最·婉约

今生最爱纳兰词

陈忠涛 著

首都经济贸易大学出版社
Capital University of Economics and Business Press
·北 京·

图书在版编目(CIP)数据

今生最爱纳兰词/陈忠涛著. —北京:首都经济贸易大学出版社,2013.7
ISBN 978 -7 -5638 -2106 -8

Ⅰ.①今… Ⅱ.①陈… Ⅲ.①纳兰性德(1655 ~1685)—词(文学)—诗歌欣赏 Ⅳ.①I207.23

中国版本图书馆 CIP 数据核字(2013)第 127452 号

今生最爱纳兰词
陈忠涛 著

出版发行	首都经济贸易大学出版社
地　　址	北京市朝阳区红庙(邮编 100026)
电　　话	(010)65976483　65065761　65071505(传真)
网　　址	http://www.sjmcb.com
E - mail	publish@cueb.edu.cn
经　　销	全国新华书店
照　　排	首都经济贸易大学出版社激光照排服务部
印　　刷	北京泰锐印刷有限责任公司
开　　本	787 毫米×980 毫米　1/16
字　　数	300 千字
印　　张	17
版　　次	2013 年 7 月第 1 版第 1 次印刷
书　　号	ISBN 978 -7 -5638 -2106 -8/I·14
定　　价	29.00 元

目录

·序·抒情的迷津

一

品读陈忠涛的《今生最爱纳兰词》，我清醒地感觉到，这是一个诱入情感漩涡的索引，从没有真正沉没的内心冲动出发，它穿行于平平仄仄的象形汉字中，料峭地打量着我们。这是一次别开生面的体势、笔势、笔触、情感和灵魂的自我陷入。

一直以为，诗词解读是见仁见智的鉴赏活动，在我所接触的有关读本中，我不停地被卷入对字词状态以及艺术风格按图索骥般的欣赏范式。但在陈忠涛的笔下，我看到了一个奇迹，看见那些语词像雨水、白露和丛林一样拔节而出。我是那么期待地注意到了这点。在喧闹而黯淡的夜晚，正是这样的讲述和音节抚摸着我的心灵，那种细密的、委婉的语言浪花，渗入生活虚席以待的荒漠。

“有泪水流了下来，而人又因为哽咽，不能出声。由此可见，纳兰已经悲痛到了极点。他说不出话来，只能抽泣。其实，即使他能说得出来，如今的情感，又对谁说呢？纳兰是寂寞的，寂寞的连一个说话的人都没有。这个背负着辉煌光环的男子，在这点上显得是何等的悲哀。写到这里，我油然为他心疼。

关于这点，我们可以从纳兰写给其友严绳孙的信中看出一点痕迹。他在寄给严绳孙的信中这样写道：'弟胸中块垒，非酒可浇，庶几得慧心人以晤言消之而已。'此时，卢氏走了，他那个久等的表妹没有回来，而继娶的官氏又不是一个慧心之人，有些内心的伤痛又该和谁说呢？我懂得纳兰的这种处境，就像我一样，内心的伤痛，只能独自背负，说出来也未必有人懂得，与其这样，还不如放在心里。"(《只向从前悔薄情》)

"灯火阑珊处，有泪光闪烁，亮在尘缘逝尽的地方。花期已过，内心的寒冷，将持续下去。纳兰留在情感里，在天冷地冷心冷的时候，独钓一江寒雪。他不过是一个溺水的人，在一株芭蕉叶上抵达人生风雨的尽头。词，在这个时候，不过是他呼救和呻吟的另外一种方式。

心中已经无梦可追，这才是他此生的悲哀。梦想，虽然看似遥不可及，但至少能给我们前行的动力。可是，此时，人生的无奈，朦胧了纳兰的幸福。缠绵的伤痛在文字之间，渴望飞翔。今夜，我和纳兰一样，正试图用自己的文字，做一次飞翔的努力，准备一次彻底的坠落。

一个诗人说：看啊，我已经为了等你，凝成了永恒。亲爱的，这似乎就是我们写给你的情诗。"

没有注疏，没有解析，只有一个诗人与另外一个诗人的心心相映。与其说他是在解读纳兰，还不如说是在解读自己。

这是一个解读的奇迹，他向我们展示古典诗词的属性，却没有从干瘪如洗的训诂文化入手，在常规意义上进行词语解析、艺术手法的纠缠。他畅游式的解读使我们能够更亲近一个清雅的灵魂，嗅到婉约词那一缕经久不衰的芬芳。

在“浅阅读时代”，古代经典诗词解读何去何从？我们面对的文化一直充满某种惯性，各种复杂的文化意图在一个有限的空间里聒噪，阐释和注疏成为最具学术质地的欣赏活动，在林林总总的古典诗词鉴赏文本里，这种精英文化的面目昭然若揭。

但我宁愿在陈忠涛神采飞扬的抒情世界里沉迷。我相信这样的合奏，是一个灵魂与另外一个灵魂的对话。午夜的狂欢里，一个诗人在幽暗的边缘忧心忡忡，他目击情感的真实内容，琢磨着抒情的行动纲领，用自己带着韵律的呢喃与另外一些深情的灵魂对话，坐等黎明的来临。

二

赢得更深哭一场！这是纳兰的写照，也是陈忠涛的写照。这位年轻的诗人，在皖西平原用近似于痴迷的低语，将感性的直接概括和理性的曲折释读相互渗透，并由此对那些在时空的秩序里真实存在或者假定存在的一切进行追溯和拓开，展示着生命意志与情感的瞬息释放过程。

我一直注视着他。五年前，我从他第一本诗集《当一切安静下来之后》开始，进入他的情感世界；到后来的诗集《坐等黎明》、《低语》，以及诗词心得似文本《深爱：教我如何不想她》、《伤爱：此情无计可消除》、《一寸相思一寸灰：李商隐诗中的初恋痕迹》、《此生未完成：李商隐诗中的初恋痕迹二》，再到这本《今生最爱纳兰词》等，阅读他的情感历程，我为他的感性和执着而倾倒。在他的笔下，始终有一种柔软而细腻的情愫随着时光的索引愈演愈烈，犹如一杯甘醇的酒，饮下去便欲罢不能。

他一直在抒情。或者，抒情是他选择的对于这个物质世界不假思索的生存方式。更或者，是他选择的和当下的远离自己的情感的写作的一种对抗。如果说在后工业时代中，一种心灵深处的悸动必须依靠抒情的形式才能幸存，而他一直在那么真切地表达着自己的情感，从这点上来看，他就是当下抒情第一人。

在陈忠涛的文字当中，有很多人认为有很多女孩子的身影，其实，这是一种错觉，而我觉得，在他的文字中一直只站着一个女孩子的身影。而且，他的文字一直偏向于自己内心的所指，即他内心的深爱，这明明跟大多数的女子无关，这些文字的目的地只有一个，即某个特定的姑娘。

《伤爱：此情无计可消除》和《深爱：教我如何不想她》这两本书，据我所知，是送给一个女孩子的礼物，而且是指明送给一个女孩子的礼物。其实，就算他不指明，我也知道，他此后的作品《一寸相思一寸灰：李商隐诗中的初恋痕迹》、《此生未完成：李商隐诗中的初恋痕迹二》，再到这本《今生最爱纳兰词》，甚至是以后从他笔下所出的文字，其实，都是送给某个女孩子的礼物。只是，他没有说出来而已。而他的文字，却又无法欺骗他自己的内心。

某个女孩子是幸运的。我不知道她懂不懂，纵然这个世界有人会送你金子，但又会有几个人愿意为你忍受无数个夜晚的孤独和寂寞，一遍又一遍地把自己的心灵剥开，把其中最真的情义呈献在你的面前，用心去默默地为你祝福呢？而且这种祝福，是站在原地一直都不会离开的，远远的，无私的。也许，活在这个世上，只是“如鱼饮水，冷暖自知”而已，不深入地去思考，就不会懂得“眼前冷暖和谁道”这话的含义。

抒情者，本身就是纯净的人、幽怨的人、真切的人，一个经受着世态炎凉的人，一个敏感而深情的人。在内心的针尖上步步为营，通过对古典诗词心有灵犀的识读，从而发出抑扬顿挫的价值认领和询问，不仅仅需要行云流水的语法操作，或者一意孤行的精神反常，还需要足够的勇气。

在古代汉语与现代汉语之间，怎样的桥梁才是我们的识读需求？在逐字逐句的注疏之后，古典诗词究竟能够剩下多少韵味？训诂学与美学价值的触摸，怎样才能水乳交融？对于这些询问，所有莫衷一是的回答都有各自的道理。因此，我坦然接受陈忠涛的识读体系，以情解词，在古典文本中酝酿出一袭浓郁的情感芳香。

词的全部历史，实际就是情感的纠缠史。词又称曲子词、长短句，这种民间新兴的唱辞，主要是为唐代兴起的音乐配词，是为歌女量身定做的娱乐载体。耐人寻味的是，正是这种通俗文化让无数人心旌摇曳、痴迷不已。

词全部的秘密就在于，它将一颗真实的心，一颗知冷知热的心，一颗会疼的心，捧给了这个世界，在时光的检阅下璀璨夺目。那种真切、细腻的情感在抑扬顿挫的节奏中亲近和抚慰谦卑的芸芸众生。词因历史而获得厚度，历史因词而获得韵味。

三

“此时的纳兰可以用‘魂萦梦绕’这四个字来形容他对卢氏的情感，日有所思，怎么可能不夜有所梦呢？如果不是这个人让自己的内心疼到刻骨铭心，又怎么可能会梦到她呢？一对被时光分开的爱人，在时光的长长阻隔中，这种‘梦亡妇淡妆素服，执手哽咽，语多不复能记’之影，怎么可能会出现呢？其实这种出现，才是人生最为无力而惨痛的事情。

为什么纳兰要入梦呢？弗洛伊德说过：梦是未能达成的愿望，甚至是未能满足的心愿的一种达成。因为，在现实中有不能亲近的人，有太多无法亲近的温存，无法再次亲近，所以，只有通过入梦的方式才能达成。破碎的，也许只有通过不停地怀念，不停地回忆，不停地入梦，才能重新完整。”（《赢得更深哭一场》）

“纳兰的这种心情，我完全能体会。在写这首词的解读时，我在 11 月 2 日的夜里梦见了自己在《深爱:教我如何不想她》和《伤爱:此情无计可消除》这两本书中提及的姑娘,她神情憔悴而痛苦,向我喃喃地说着些什么,语多不能复记,只是觉得,她很痛苦,但这种痛苦源自哪里,我又说不清。但愿这只是梦境,不是现实。

她那憔悴的表情,让人心疼。我不知道这个梦从何而来,我只是在梦醒后觉得非常心痛。很想发短信问她,最近是否平安而快乐。事后,想想,还是算了。她快乐不快乐,就算此时我问她,估计她也不会告诉我。这是我自己内心最深的疼痛和无力吧。在我看来,连一个朋友的关心都无法投递,太让我难过,这个尘世太凉,凉得我自己都无法伸手。连一个朋友都挽留不了,此生,我还能做些什么让自己的人生完整? 我的这些情绪,难道纳兰就没有。”(《赢得更深哭一场》)

“此时,纳兰想说的是:亲爱的,就算秋叶飘零,你已经在我的心里扎下了根,长成了大丛大丛的怀念。即使有一千个为你伤心的理由,而我也只能在你的生命之外。告诉我,午夜梦回之后,通过风中的哪条路,才能缩短距离,可以抵达你?

一生如风,风是留不住的,但会吹疼我们。再次的思念,其实只是自己的不舍,看似深情,其实是一个错误。在灯火阑珊处,即使纳兰再蓦然回首,卢氏也不会站在那里等着他。

亲爱的,夜晚已深,你如果回来,请在黎明之前到达。

难忘,便是无情也断肠。”(《手剪银灯自泼茶》)

“纳兰说,你是一盏微灯,我就是那只飞蛾,我要扑向你,那一瞬,似乎就是永恒? 而我要说,亲爱的姑娘,你是我的黎明,我是你的黑暗。我在黑暗里面,默默地念着你。让时光无法涉过你留在我心湖上的名字。只是美满的爱情,纳兰啊,我们都无法复制。我们已抛锚在自己的泪水中。

你是春天离开的，为此，我一直站成秋天，站在有你的回忆里，不愿醒来。我知道，马上就是冬天。我相信，那漫天飞舞的雪花，仍旧是我对你的思念，对你的问候。只是，我现在的思念，你可曾明白？我现在的心情，你可曾理解？我多想，倾尽自己的所有，能够到达你。

我知道，这不仅仅是纳兰的痴话，也是我自己的痴话，可能更是未来某个或某些男子的痴话。”（《青衫湿一痕》）

“这里的‘泣尽风檐夜雨铃’，写的是刻骨之哀。窗外有雨，雨水之下有一个哭泣的人。雨水就如同这个人悲伤的哭泣，风轻轻地吹动风铃，一声一声，甚是哀凄。而这铃声一声一声地敲疼纳兰的心。此时，雨声，风声，铃声，声声入耳，凄哀在心。疼痛在这之后，捧着怀念浮上心头，久久不去，荡漾着。就像许美静在《荡漾》一歌中唱的那样：‘心荡漾，泪滴落在湖心荡漾，如果我什么都保留，更让你魂系梦牵。我不想阻挡你在我心荡漾，如果连遗憾我都不会欣赏，不是对谁都如此纠缠，只可惜你无缘分享……’

只可惜你无缘和我分享。

就算用尽所有的文字去写，也写不出我内心的疼痛，写不出我对你的思念。过去的一切，在纳兰的眼里，像一只蝴蝶翩翩飞舞。有一些情感充满了苦痛，真实而清澈，让有些人无比遥远。如今如果可以相见，会不会也只能是执手相看泪眼，竟无语凝噎？而我尘满面，鬓已成霜，你是否还能认得？在风雨中，整个世界都是你的影子。

纳兰仿佛在说：你离开我，我却还站在原地，等你回来……”（《只向从前悔薄情》）

“对于纳兰，在我看来，词不过是他用以和时光对抗的一种工具，也是一种对逝去的人事的一种温柔的挽留。它使很多已经失去的可以重新回来，它使许多自相矛盾的可以和谐，它使那些不能再亲近的人可以亲近，它使那些不能实现的心愿得以达成。失去的早已失去,只有在词中或梦中才能重新拥有。逝去的早已逝去,只有用梦或词的方式才能挽留。对于纳兰而言,词不过是他无比疼痛,而又沉醉不醒的梦,就像我的文字是我自己的梦一样。”

“在这个世界,最让人无奈的事情莫过于没有知音。作为剑客,剑是他的知音;作为一个酒鬼,酒是他的知音;作为陶渊明,菊花和酒是他的知音。而谁是我们的知音,我们又是谁的知音呢?纳兰的知音又在哪里呢?‘知音少,弦断有谁听’的哀痛和无力,当下已经越来越少人这样慨叹了。现在,很多人远离自己的内心,甚至远离了自己的灵魂,恐怕也只有钱是他们的知音,放纵是他们的知音了吧。”

“纳兰从外表上看似风光无限,前途无量,但他在我看来,其实连一个贫穷人都不如,比很多人都要可怜。即使他父亲一人之下万人之上官高位重,即使他自己有八斗之才,但他活得不快乐又有什么意义?但当夜晚降临之后,他要面对自己陷入黑暗当中无力自拔的心,以及那些无边无际的绝望和寒冷。就像很多人表面活得有滋有味,但暗夜里,你自己的泪水,你如何处理?你又怎么解决,梦醒时分涌上心头的自己的疼痛?它们已经刻于骨,铭于心了。”

“很多人都不明白,为什么要有酒的存在呢?其实,如果没有酒,唐诗宋词,就少了很多味道,也太没有意思了。不仅诗人喜欢酒,我也喜欢。只是身体不行,不能饮得过多。为什么喜欢酒呢?酒,是一种对于现实的逃避,也是对自己内心强烈的疼痛的一种麻醉。只有真正伤心的人,才能用得上酒。”

“酒能引人入梦。不论是他和自己的表妹,和卢氏,甚至是和后来的江南才女沈宛的爱情,都无法在现实当中达成美好的结局,所以,他只有借助酒,引他入梦。在梦中,这些在现实中无法达成的愿望,无法亲近的人,又能一一达成吗?虽然可以在梦中见到她们,这时的相见谁又能说是快乐的呢?在我看来这样的相见,其实比不见还要让人绝望和疼痛。”

陈忠涛是这样解读纳兰的。他在抒情的意念里穿行，将心比心，平静地抵达着纳兰词的内核。陈忠涛无疑是懂得纳兰的，因为同是深于情的男人，他可以轻而易举地走进纳兰的情感世界，找出些闪亮点。

毫无疑问，这样的抵达是心灵的同频共振，是从内心深处铺展的词语旅途。这是对纳兰诗词美学的有力推进，大量的几乎是不可破译的情感秘密，组成了婉约、迷离的空间，让人流连忘返、迷醉其中。

纳兰容若，一吟这个名字，一个浊世才子的翩翩风貌，宛若近在咫尺。纳兰容若，这个带有宿命色彩的名字不由自主地使我们想象起一个意境：一个明眸皓齿的丽人，发髻高耸，插着金色簪钗，身穿艳丽的石榴裙，在月下顾影自怜。与此同时，丹桂飘香，梧桐飘飘酝酿一股浓郁的别情离绪。只有圆月，天空中那一滴巨大的清泪，悬而未决。

17 世纪 70 年代的京城，年青俊秀的纳兰容若头戴蓝宝石顶戴花翎，身披三品武官蟒袍，从后海北岸的渌水院出来，策马而去。这是大清帝国初期出现在权相明珠官邸前的一幕洒脱场景。这位贵胄公子、皇室一等侍卫的背影越来越淡、越来越远，渐渐没入历史的深处……

纳兰容若，汉语古典词的终结者，在他花迎剑佩的身后，是盛极一时的宋词流风遗韵的彻底凋谢，花落满地。

纳兰容若，一个古之伤心人，一个和晏小山一样痴于情，又深于情的人，一个澎湃着的情感伤口。这是陈忠涛对纳兰词的敏锐把握。在情感的顶部，时光之沙金子一般滑落，当一切都沉寂下来，唯有一片冰心如故。清朝这个著名的词人似乎一直生活在寂寞的子夜，用他婉约、清冷、轻微而消瘦的叹息，透露他对人世深深的眷念和忧伤。纳兰的词是一次次自我流放，凄婉地告诉世界有些人甚至是自己一定会渐行渐远，陷入最深的寂静，岁月因他的走失而忧伤莫名。

阅读的经验告诉我们，在宋词平平仄仄的迷津里流连，意味着一种两难：要么因忧伤而茫然，要么因茫然而忧伤。

梧桐更兼细雨，寻寻觅觅，冷冷清清，凄凄惨惨戚戚。在菊花凋零、满地残黄堆积的时候，在陈忠涛的笔下，我目击了一个生命对另一个生命的灵魂感动，一种语言对另一种语言的真切挽留。穿越近千年的风雨迷津，纳兰生活时的山山水水依稀可辨。那些走失的水墨情怀、那些舞榭歌台、那些晶莹而深情的疼痛和泪水、那些夭桃花开、那些洁白如雪的梨花，在向往中依次排开，清莹感人。只有宋代才有这样的清婉和忧郁，只有陈忠涛的笔下才有这样的韵味和逼真。

抒情或者解读，这些都已无关紧要，重要的是，这是一次情感皈依之旅。隔着千年的云烟，追随宋词的韵脚，在纳兰千折百回的情感迷津里颠沛流离，我们能够感到那不能承受的抒情之轻吗?

这些文字，其实是陈忠涛自己对于这个尘世的眷恋，也是他对这个世界的触摸，更是对大家的祝福，甚至是对某个女子的祝福。

最后，让我用陈忠涛自己的文字来结束这序吧：如果有来生，你守在落花飘飘、拂了一身还满的春阶之上，我一定会披荆斩棘，和小山一样又踏杨花过谢桥，请你放心，我一定在你流泪之前赶到。

陈忠涛已经赶到，亲爱的读者们，你们准备好抵达他了吗? 而那个站在他文字背后的女子，你此时又在哪里呢?

2012 年 11 月 5 日于湖南郴州

情解纳兰词

·第一篇·

赢得更深哭一场

瞬息浮生，薄命如斯，低徊怎忘。记绣榻闲时，并吹红雨；雕阑曲处，同依斜阳。梦好难留，诗残莫续，赢得更深哭一场。遗容在，只灵飙一转，未许端详。

重寻碧落茫茫。料短发，朝来定有霜。便人间天上，尘缘未断；春花秋叶，触绪还伤。欲结绸缪，翻惊摇落，减尽荀衣昨日香。真无奈，倩声声邻笛，谱出回肠。

——沁园春

这是首悼亡词。词前有一个纳兰自己记下的小序：丁巳重阳前三日，梦亡妇淡妆素服，执手哽咽，语多不复能记。但临别有云："衔恨愿为天上月，年年犹得向郎圆。"妇素未工诗，不知何以得此也，觉后感赋。

从这个小序我们可以大概知道这首词的来龙去脉。这首词是纳兰梦到卢氏后写下的。在梦中梦见自己妻子回来，或和其相见，这本身就是因为过于想念的结果。苏轼虽然是一个豪放之人，但对于亡妻王弗也是非常想念的，他和纳兰一样，也是在梦中梦到了自己的妻子，然后写下了那首《江城子》。

这首词是这样写的："十年生死两茫茫。不思量，自难忘。千里孤坟，无处话凄凉。纵使相逢应不识，尘满面，鬓如霜。　夜来幽梦忽还乡，小轩窗，正梳妆。相顾无言，惟有泪千行。料得年年断肠处，明月夜，短松冈。"这首词，我一直都很喜欢，其中没有用到生僻而难懂的典故，只情真意切地抒发内心的疼，写自己内心对她的思念。纳兰的这首词，也是同样让人感动。

此时的纳兰可以用"魂萦梦绕"这四个字来形容他对卢氏的情感，日有所思，怎么可能不夜有所梦呢？如果不是这个人让自己的内心疼到刻骨铭心，又怎么可能会梦到她呢？一对被时光分开的爱人，在时光的长长阻隔中，这种"梦亡妇淡妆素服，执手哽咽，语多不复能记"之影，怎么可能会出现呢？其实这种出现，才是人生最为无力而惨痛的事情。

为什么纳兰要入梦呢？弗洛伊德说过：梦是未能达成的愿望，甚至是未能满足的心愿的一种达成。因为，在现实中有不能亲近的人，有太多无法亲近的温存，无法再次亲近，所以，只有通过入梦的方式才能达成。破碎的，也许只有通过不停地怀念，不停地回忆，不停地入梦，才能重新完整。

纳兰的这种心情，我完全能体会。在写这首词的解读时，我在 11 月 2 日的夜里梦见了自己在《深爱：教我如何不想她》和《伤爱：此情无计可消除》这两本书中提及的姑娘，她神情憔悴而痛苦，向我喃喃地说着些什么，语多不能复记，只是觉得，她很痛苦，但这种痛苦源自哪里，我又说不清。但愿这只是梦境，不是现实。

她那憔悴的表情，让人心疼。我不知道这个梦从何而来，我只是在梦醒后觉得非常心痛。很想发短信问她，最近是否平安而快乐。事后，想想，还是算了。她快乐不快乐，就算此时我问她，估计她也不会告诉我。这是我自己内心最深的疼痛和无力吧。在我看来，连一个朋友的关心都无法投递，太让我难过，这个尘世太凉，凉得我自己都无法伸手。连一个朋友都挽留不了，此生，我还能做些什么让自己的人生完整？我的这些情绪，难道纳兰就没有？

就像庞培写的那样："突然，这一切全变了/从我的经历、记忆中掉落……/我不认识她，她迎面走过时看见我/也满不在乎/假如没有那份爱，那炽热而痛苦/赠予对方的呼唤允诺，我们全是陌生人/在这空荡荡的世上，根本不需要/等待和记忆……"

对于纳兰，在我看来，词不过是他用以和时光对抗的一种工具，也是一种对逝去的人事的一种温柔的挽留。它使很多已经失去的可以重新回来，它使许多自相矛盾的可以和谐，它使那些不能再亲近的人可以亲近，它使那些不能实现的心愿得以达成。失去的早已失去，只有在词中或梦中才能重新拥有。逝去的早已逝去，只有用梦或词的方式才能挽留。对于纳兰而言，词不过是他无比疼痛，而又沉醉不醒的梦，就像我的文字是我自己的梦一样。

风很凉，朝来有霜。两行热泪，一颗心碎。层层叠压的记忆，纷纷洒洒。内心被往事占有，听思念鼓动，内心逼近了遥远，前尘往事细致地铺展，让泪水晶莹，寂寞蔓延。后来，后来，是不是才觉得，在我们生命中的人，都只能是一阵风吹过，不能停留太久？此时，让纳兰伤心的是，情缘已经走到终点，而他刚走到半途。

"瞬息浮生，薄命如斯，低徊怎忘。记绣榻闲时，并吹红雨；雕阑曲处，同依斜阳。梦好难留，诗残莫续，赢得更深哭一场。遗容在，只灵飙一转，未许端详"，上段是回忆和抒情。

"浮生"，人生。这个词，被很多人都用过。我的朋友刘琳在个性签名中还这样写:浮生若梦,落字成殇。其实,这话很适合纳兰的心情。在这个时候的纳兰,他所能感觉到的,只是人生的空虚短暂,根本就没有丝毫的温暖。“瞬息浮生”,强调的只是时光短暂,这可能是所有诗人共同的叹息。

“薄命如斯”,这四字明显是写给卢氏的。“斯”,我个人认为是“此”的意思。“低徊”,有人认为是“流连”和“徘徊”之意,可是我认为这里明显是悼亡词,应该是“回味”、“留恋”和“怀念”的意思。那么这句“瞬息浮生,薄命如斯,低徊怎忘”,就可以这样理解:人生如此短暂,你又如此薄命,让我怎么能不留恋?我又怎么忍把你忘记?

人生,其实就是我们手中越来越少的温暖,我们自己可以珍惜,但结局却无法更改。就如同此时的纳兰,无论是干什么,都会让他怀念,让他深隐着自己内心的悲痛,站在一轮瘦小的月亮下面默默流泪,暗暗叹息。红了樱桃,绿了芭蕉之后,瘦损的心事,苍白如同一张纸,再也写不下任何的内容。

“红雨”,我觉得应该指的是落花如雨,形容落花之多。这个词总是让我想到在秋季,那寂寥的天空中飘满了花瓣。当我读到这个词时,总是会情不自禁地想到李煜。我记得南唐后主李煜在一首词中这样写过:“别来春半,触目愁肠断。砌下落梅如雪乱,拂了一身还满……”这种“砌下落梅如雪乱,拂了一身还满”的意境,不就是“红雨”的意境吗?

“记绣榻闲时,并吹红雨;雕阑曲处,同依斜阳”这句,写的就是从前两个人的恩爱。不过,纳兰虽然写的这么恩爱,但我相信,这么恩爱的时光没有多久。因为,早先纳兰的心思不在卢氏身上,而且后来,他又到宫中当侍卫去了,留给卢氏能和他恩爱缠绵的时间并没有多少。

“雕阑”,雕花的栏杆。这里是不是雕花的栏杆我不敢保证,反正,就是装饰非常美丽的栏杆。纳兰如今都记得,闲时绣榻之边,他们一起看花落花飞,云卷云舒,世事变化。两个人又相依相偎在一起,看着斜阳低落。纳兰在这里截取了他和卢氏曾经在一起度过的美好片段。

过去越美好,如今回忆的心却悲痛欲绝。披上衣服,纳兰独自一个人,站在秋风渐凉的夜里,似此星辰非昨夜,为谁寒露立中宵呢? 他无比怀念那些逝去的时光,怀念把他的心摁在其上。他默默地坐在回忆里,想那一缕风在她发际拂过的痕迹,想那朵簪子在她的头发之上散发的光泽。

谁能了解他的痛苦? 痛苦才刚刚开始,泪水已经用尽。已经错了,所有的回忆,都说出了他的无力和绝望。纳兰此时如饥似渴地在回忆中读着她的好,其实,就是一条突然中断的道路。生命中最为遥远的感受,带着某种无力,向他袭来。过去是那么清晰,让他觉得,牵过的手,总是会留下一些余痕。这些线索,需要安静地用时间在记忆中寻找。

"梦好难留,诗残莫续,赢得更深哭一场"这句,是我很喜欢的。盛冬铃这样评价这句:"'赢得更深哭一场','料短发,朝来定有霜',正是作者伤心的自白。"这样的评论深得我心。这句"赢得更深哭一场",真的像俞平伯评论李煜《虞美人》一样,他说:"奇语劈空而下,以传诵久,视若恒言矣。日日以泪洗面,遂不觉而厌春秋之长。岁岁花开,年年月满,前视茫茫,能无回首,固人情耳。"

"赢得更深哭一场",和李清照《清平乐》一词表达的情感相似,这首词是这样写的:"年年雪里,常插梅花醉。挼尽梅花无好意,赢得满衣清泪。 今年海角天涯,萧萧两鬓生华。看取晚来风势,故应难看梅花。"李清照这首词,是赵明诚去世以后写下的,所以,这首词也是悼亡词。纳兰这里的"赢得更深哭一场",在我看来,就是化用了李清照的"赢得满衣清泪"。

伤心人别有怀抱。"梦好难留"这里的"梦",我想,可能就是晏小山的"梦入江南烟水路,行尽江南,不与离人遇",亦是李煜被俘往北方之后感叹的"世事漫随流水,算来一梦浮生",以及"梦里不知身是客,一晌贪欢"的"梦"吧。梦再美好,总有醒来的一天。这么残酷的现实,让纳兰无法接受。

对此，钱仲联前辈说得更加清楚，他说：“性德这词，也说‘梦好难留’，不是说梦，而是指过去团圆日子，即‘绣榻闲时’四句所写的情景，一去不返。全词都是就醒时说。”

“遗容在，只灵飙一转，未许端详”这句，写出了锥心之痛。从这句来看，纳兰一定是看到了卢氏的遗像。容貌还在，可是人却无法亲近。盛冬铃这样说：“生离，还有他日重圆的希望；死别，则人间天上，从此相见无因。偶尔梦中一遇，相对倾诉衷肠，纵然恍惚迷离，醒来也会对尚能记起的每一细节都追怀不已。梦境中短暂而又不甚分明的团聚，是对永诀后刻苦相思的安慰，但执手哽咽，本已黯然神伤，事后即知道这也不过是镜花水月，那就更添惆怅，倍觉凄凉了……”

“灵飙”，指的是灵风，在这里应该指的是卢氏的身影。“端详”，是仔细观看的意思。她转眼之间就离开了，让纳兰还没有仔细地看个清楚，就消失在纳兰的生命之外。

“重寻碧落茫茫。料短发，朝来定有霜。便人间天上，尘缘未断；春花秋叶，触绪还伤。欲结绸缪，翻惊摇落，减尽荀衣昨日香。真无奈，倩声声邻笛，谱出回肠”，下段，写得更加伤心。

“碧落”，道家称东方第一层天，碧霞满空。这句“重寻碧落茫茫”，明显是化用了白居易的“上穷碧落下黄泉，两处茫茫皆不见”的诗意。李商隐在《当句有对》一诗中也用过这个词，他这样写道：“……但觉游蜂绕舞蝶，岂知孤凤忆离鸾。三星自转三山远，紫府程遥碧落宽。”这里的“碧落”，不过就是一种无法亲近的距离，这首诗是写给宋华阳的。

上穷碧落下黄泉，两处茫茫皆不见，此时，你在哪里？所有的背景都是记忆。所有的情感都在心里，记性中她的美丽，是那么清晰。她那么灿烂的容颜，依旧如初般在纳兰的心里荡漾着美好的温存。站在远方的身体，此刻，却是那么冰冷，那么怀念，却又异常陌生。此时茫茫生死，纳兰真的看透了吗？

古人说：情深一往，不以生死易心。可是，这样做的人，到底要承受多少孤独的寂寞，多少思念，多少疼痛的侵袭，又有几人可以懂得？一种无奈总在眉间，一种伤痛总在心上。就算纳兰能成为千古绝唱，可是，没有了自己的灵魂和心灵可以驻留的地方，又能有什么意义？暗夜里，有一个人的泪水悄然滴落，滋长着遥远。

无声的叹息总在嘴边，汹涌的伤痛总在灵魂深处，刻骨而铭心。喃喃的细语，已经无法知道幸福是什么模样。这个时候，纳兰独自在自己的心里走走停停，把自己的后悔和愧疚用力地拧出泪来，输入词语的内部，把它晾在时光的风中，等待后来之人的用心捡拾。但我知道，除却时光之外，只有伤痛，苍白地提示着，我们都已失去。

"料短发，朝来定有霜"，我觉得化用了李清照的"梧桐应恨夜来霜"。明天早上起来之后，我定然会两鬓斑白，这是在我意料之中的事情。这句，真乃是伤心刻骨之语。有一种深深的沉重的伤痛，楔入了纳兰的身体。为什么，明天早上起来之后，我定然会两鬓斑白呢？那是因为思念过于迫切，太过伤心欲绝，又太过绝望之故吧。

到底为什么会两鬓斑白呢？"便人间天上，尘缘未断；春花秋叶，触绪还伤"这句，就自然而然地交代了原因。那是因为你和我两人如今已是人间天上之隔。

虽然我们的尘缘还未断，只是如今两人已是人间天上。春花秋叶，触绪还伤。这里所写的不过是一种她不在，所有的事物都是一种伤痛的深情。她离开了这个人世，也就是带走了纳兰所有的温暖。我这样说，可能有很多人认为太严重了，其实，事实就是如此，不由得我们不承认。整个世界都是卢氏留下的遗物，你让纳兰这颗敏感、细腻而深情的心怎么去活？很多人认为纳兰是死于寒疾，可是在我看来，纳兰是死于这个尘世太过冰冷，让他连停下来喘息的地方都没有，他只能向前，不停地向前，最后实在走不动，累死。

这个世界，此时除了纳兰已经空无一人。所有的事物都已经睡去，而纳兰眼角的泪水，和内心的思念，并因思念而产生的疼痛，是纳兰还在活着的唯一的见证。有暗伤在夜里，悄然成形。纳兰独自一个人从这个世界打马而过，从回忆的水上轻轻滑过，想拾起些什么。

一盏微弱的回忆之灯，就是前世的许诺，今生的执守吧？只要你还记得，只要你还记得，我就在这盏灯下，等你重新回来。远方，只能交给远方，而心纵然愿意定格其中，也不过是一种纵横交错的诗化的伤痛而已。纳兰的泪水，其实压伤了他自己的人生。记忆之火，时时灼疼他的心，心灵之外，挂着那朵叫泪水的花朵，挂着那一盏叫做思念的风铃。

有风吹过。暗夜里，自己在心里用心浇灌的花朵，已经在心灵深处苦苦呻吟。往事如烟，越来越寂寞，越来越空虚。也许站在暗夜里这样怀念，这样痛苦，这样流泪的纳兰，才是最真实的吧。一如暗夜里那独自流泪的人，甚至是暗夜里的我自己。纳兰一次次为卢氏、为自己的表妹，凋零了那片叫做深情的叶子。

真无奈。此生纵有“依依目光，此生不换”的决心，纵有“眷恋一人，流连忘返”的深情，但也改变不了什么。在这个暗夜里，无论是倾听还是怀念，都无法忘记。

“欲结绸缪，翻惊摇落，减尽荀衣昨日香”句中的“绸缪”，有太多的解释，在这里，我选用缠绵不休的男女恋情这个解释，这里是一种情意殷切的注释。“绸缪”，我觉得跟“中有千千结”的意思大体相同。“荀衣”，荀彧的衣服。这个人是怎样的人呢？《三国志》这样记载：“荀彧字文若，颍川颍阴人也。祖父淑，字季和，朗陵令。当汉顺、桓之间，知名当世……”

据说他是一个帅哥，他身体总是带着香味，如果去哪家坐一会儿，这种香味三天都不会散去。这里当是纳兰的自喻。我记得陈继儒在《小窗幽记》中这样写过：“荀令君至人家，坐处留香三日。”其实这里也有“荀令伤神”之意。刘义庆《世说新语·惑溺》：“荀奉倩与妇至笃，冬月妇病热，乃出中庭自取冷，还以身熨之……曰：‘妇人德不足称，当以色为主。’”刘孝标注引《荀粲别传》：“妇病亡，未殡，傅嘏往唁粲。粲不明(哭)而神伤……曰：‘佳人难再得，顾逝者不能有倾城之异，然未可易遇也。’痛悼不能已已，岁余亦亡。”后因以“荀令伤神”为悼念爱妻的典实。

这句“欲结绸缪，翻惊摇落，减尽荀衣昨日香”可以理解成：我本想和你一起到老，没有想到你却早早离我而去，我的风流神采也已经消失殆尽了。这句“减尽荀衣昨日香”有人认为纳兰有点夸张，其实，在我看来，这句是实写，纳兰此时已经是和李商隐一样“一寸相思一寸灰”的状态了。

“真无奈，倩(qìng)声声邻笛，谱出回肠”，这里有别本做“真无奈，倩声声檐雨，谱出回肠”。如果这样写，也不错。如果这样写可以这样理解：我已经没有办法传达我的思念了，只能请檐上那一声声的雨水，谱出我对你的思念。

这里的“邻笛”，有很多专家认为用在卢氏身上并不确切。而我则不这样看。这里的“邻笛”，到底吹奏了什么呢？我觉得，可能就是和李清照词中写到的“天涯倦牢落，忍一声羌笛”中的“羌笛”一样。这里的“羌笛”到底是什么呢？其实，就是用笛子吹奏的《梅花落》曲子，这个曲子其音哀伤凄凉。

真无奈，这个时候，我只能请邻笛谱出我对你的思念，以及我内心的疼痛和凄凉。

·第二篇·

几回偷拭青衫泪

尘满疏帘素带飘，真成暗度可怜宵。几回偷拭青衫泪，忽傍犀奁见翠翘。

惟有恨，转无聊。五更依旧落花朝。衰杨叶尽丝难尽，冷雨凄风打画桥。

——于中好

仍旧是悼亡词，在这首词前，纳兰仍旧写下了一个小序：“十月初四夜，风雨，其明日是亡妇生辰。”这么看来，十月初五应该就是卢氏的生日了。在卢氏的生日即将来临的时候，纳兰这个怀旧的男人，怎么可能不回到他们曾经一起生活的地方，甚至来到他们曾经一起住的房间里看看呢？

这首词算是纳兰经典的悼亡词了。在词语中涌动的，其实仍然是那一往情深的怀念。怀念，是因为有个人不在了。这个人的缺席，其实就是让一颗心丧失了一半或全部。纳兰此时，站在冷风凄雨中，很是怀念。一如我怀念心中的女子一样，内心有说不出的疼痛，就像体内有什么被突然折断一样。

有一个名叫没有尾巴的鱼的诗人在一首名叫《突然回忆》的诗中这样写道："总是无缘无故地想起从前的你的/笑容，像一盏早已/熄灭的灯，在我的体内//始终不能用词语回避我们之间的/结局。我的表情曾经被/忧伤和泪水彻底浸透//我面对你的背影，无力，无奈又心有/不舍。那些曾经/活跃于我指尖上的你的发香//或者你皮肤上的或脸上的余温，如今/已面目全非/其上堆满了时光之尘//让人伤感的秘密。灰烬是曾经为你/燃烧过的心，所淌出来的怀念/有一些阴影里面，坐满了我的叹息……"

这个固执的家伙，和纳兰一样总是陷在怀念中不能自拔。不过，他比纳兰幸运的是，他所爱的姑娘，还活在这个世间，他需要用自己余下的光阴去默默地祝福。就像他说过，余下的光阴里，一定要为她快乐。能这样做的男子，要忍受多少孤独、思念和寂寞的侵袭？

回忆对于没有尾巴的鱼，其实，也并不是突然的，他和纳兰一样，从来都不擅长遗忘。所以，记忆是痛苦的根源，在他们身上得到了完美的展现。

这个世界，不知道是不是有一种矛盾，越是拥有深情的男人，越是要伤得很深很透，甚至伤到无法呼吸。对于纳兰和这个叫做没有尾巴的鱼的诗人来说，这种伤就像一把刀子，夜夜在他们的心里扎着。文字，是流血的呼唤或呻吟。文字是内心的疼痛的凝结，落在纸上，渐渐发黄。

此时的纳兰，我想，就像诺瓦利斯所写的那样："我的世界已经彻底崩溃，我的心上为你开出的花瓣也已凋落，仿佛被虫子洗劫一空。我生命的所有财富，和所有的心愿也已葬入了坟墓，我还在此忍受着痛苦的侵袭。"

"尘满疏帘素带飘，真成暗度可怜宵。几回偷拭青衫泪，忽傍犀奁见翠翘"，上段，睹物思人，无比疼痛。

“疏帘”，编织稀疏的窗帘。有专家认为是竹子编成的，在这里，我不做这样确切的强调。“素带”，在我看来，就是白色的条幡。这里当是卢氏去世时用的。

纳兰独自来到了他们曾经住过的房间，开始，是站在房间之外观看的。那个稀疏的窗帘之上已经挂满了一层薄薄的灰尘，而卢氏去世时在房柱上系上的白色条幡还在风雨中飘动。这里所有的景物，都是冰冷的，都是伤痛的，都是荒凉的。这里的“景语”，皆是内心情语的一种反衬。

过去的温存还在风雨中流转。雨水敲打着这个世间，雨水如泪。泪水是情感的深吻，多么想亲近一个人。在一盏灯下，读一个人的诗词，就是读一个人的伤痛。纳兰站在这个曾经温存的地方，形单影只，像一条船在大海中，找不到自己的方向。

远方不归的爱人呀，当你点亮我的时候，为什么只留下了寂寞、寒冷和绝望，让我一个人忍受？所有生动的回忆，如今都已锈迹斑斑。人生难道只是一场苦恋，并因苦恋而生出的执着，不过轻如一阵微风？怀念，不过是自己和自己的一场灵魂和内心的对话，告诉自己已经失去。

暗香浮动的记忆，像一朵梅一样，不过是我们最终灵魂的漂泊，最终只能抵达，寂寞和孤独，剩下的留给怀念，去一点一点碾平。一个字，就是一滴滴落在时光之风中的泪水，击不起多少回声。就算是我们的如同“谦谦君子，温润如玉”的纳兰也一样。

“真成暗度可怜宵”句，写得让人读着心疼。一个“暗”字用得多么伤心，多么无奈啊。这个“暗”字，在我看来，其实是独自的意思。这里恐怕有纳兰独自地前来悼念卢氏之意吧。我的朋友逸舟红尘在她的 QQ 个性签名中这样写：“孤独，是因为恋无可恋！”这话，很接近纳兰的心境。

“可怜宵”，有人认为是可爱的夜晚。“可怜”这个词，在《子夜歌》或《古乐府》中经常出现，如《子夜歌》诗中“宿昔不梳头，丝发披两肩。腕伸郎膝上，何处不可怜?”这里写的是一个美丽的女孩那风情万种的姿态和欲羞还迎的情态。这里的“可怜”，不错，应该要解释为可爱。

但纳兰这里写的不是欢愉悦乐，所以，解释为可爱明显不符合词意。纳兰这首词是悼亡词，所以解释为可怜的夜晚，以写其内心的悲痛才更符合词意。夜晚会可怜吗？不。那还不是因为，在这个夜晚，那个思念的人，无法亲近他内心的所爱而产生的伤痛吗？我记得古人说过：大凡天下可爱之人，必是可恨之人。那么能不能把这句话换成：大凡天下伤心之人，必是可爱之人呢？这里的可爱，是值得交托自己内心的爱情之意。

大凡伤心之人，在我看来，都是可以去爱的人，像纳兰容若，像秦观，像晏小山，像柳永，这些男人，他们因为深情、执着，所以，才成了众人认为的“古之伤心人”。徐晋如这样写过：“说到底，文学要能成为经典，第一是要有个人主义的精神，作品中写的，一定要是你自己的感情，第二是不能清汤寡水不咸不淡。一首好的诗，一首好的词，要让人读了后，感觉面前站着的是一位生命力或强健或坚韧或柔弱或病态的活生生的人，他在一刻不停地与命运抗争。”蓝棣之先生说得好，“一切文学经典都是有病呻吟”。读晏几道的《小山词》，你会发现，你面前的是一位病人，而且病得相当不轻。

是啊，不止晏小山是病人，秦观、柳永、纳兰、黄景仁、项莲生、李煜等，又何尝不是一个病人呢？其实，我自己也是一个病人，已无药可救。

疏帘之上，已经挂满了灰尘，那是因为时间久了的缘故。可是，就算时间已经过了这么久，但纳兰内心的思念，却未能有丝毫的忘却，相反，他内心对她的思念，反而因为时间而越发的深刻和厚重。爱尔兰著名诗人叶芝说：她的亲切就像月亮，如果我能够，把其中不能理解，而人人都相同的东西称为亲切，仿佛我的哀愁只是一片布景，在身后一面墙壁上描绘。于是我躺倒，像石头一样，在一棵折断的树下。假如能将心中的痛苦,冲着掠过的飞鸟呼喊,或许我就能恢复如初,可我沉默,出于人类的尊严。

纳兰选择和叶芝一样的沉默,难道仅仅出于人类的尊严?我不得而知。只是,这个可怜的夜晚,纳兰却只能偷偷地拭去脸上的清泪。而且,不止一次。

为什么他要"几回偷拭青衫泪"呢?那还不是因为"忽傍犀奁见翠翘",如此简单就得到了答案。"青衫",指的是读书人或地位低下之人穿的衣服。"犀奁",以犀牛角制成的收藏化妆品的盒子。"翠翘",华丽的头饰。这个词,在纳兰词里经常出现。

从这两句来看,卢氏死后,纳兰一直原封不动地把卢氏生前用过的东西放在他们曾经住过的地方,一有闲暇的时候,就进来看看。其实,这样做,只会给自己徒增太多的伤痛而已。纳兰和我一样,无法决绝。如果纳兰真的能决绝地把卢氏,把对其表妹的爱情抛弃掉,忘掉,也不至于这样短命。无法决绝,是因为太过留恋,我也和纳兰一样患着这样的病。

睹物必定思人。所以,所有的伤痛和难受,都来源于此。

"惟有恨,转无聊。五更依旧落花朝。衰杨叶尽丝难尽,冷雨凄风打画桥",下段,仍然是抒情,在想象或现实的景物当中抒情。

"惟有恨"这里的恨是什么"恨"呢?恐怕是生离死别之恨吧。就像白居易写的那样:上穷碧落下黄泉,两处茫茫皆不见。此时,纳兰的心里唯有恨吧。恨当初不知道珍惜,恨命运如此捉弄,恨美好这么短暂。于是,接着,他的心情自然而然地就低落了下来。

这里的"无聊",我觉得不应该解释为无聊的意思,当是难过、悲痛、孤独、荒凉等纠结在一起的综合情愫。

"五更",指的是黎明、早晨、日旦等,是天将亮了。"落花朝",落花的早晨。

这里的“落花”，我想有暗示卢氏去世的嫌疑。人如其花，已经凋落，就像《圣经》上说的那样：你们是尘土仍归于地，灵仍归给赐灵的神。所以，我说这句“落花朝”，可能既是实写，也是暗喻，一语双关。

落花飘飘的早晨，纳兰的心随着这些落花在上下起伏，无比悲痛。纳兰的心里此时可能在想：你就是在那个五月，那个落花飘飘的早晨离我而去的，而此时，又到了落花的时节了，可是我对你的思念，仍然没有丝毫的减弱。这句，其中的离恨犹深，深得让人不忍卒读。

“衰杨叶尽丝难尽”这句，我个人觉得，有化用李商隐那句“春蚕到死丝方尽，蜡炬成灰泪始干”的嫌疑。李商隐这里强调的，是对一个人的思念，可能直到死才能结束，而纳兰这里比李商隐走得更远，他说，也许我可能会死，但对你的思念，恐怕难以因此而彻底结束。

“衰杨”，衰老的杨树，这里当是纳兰的自指。“丝”，即“思”，就是思念的意思。这句的意思是，也许我会越来越老，也许我会死去，但对你的思念，恐怕很难结束。这句，无奈中满含深情，让人感动。

“画桥”，有专家解释为饰有彩绘的桥。其实，我个人怀疑这里的“画桥”，可能是实物，但更可能是暗喻。我觉得，这里的“画桥”，可能是织女和牛郎相见的“鹊桥”。“冷风凄雨”，有可能是实景，也有可能是纳兰的心境。“冷雨凄风打画桥”这句，写的其实是两个人再也无法相见之悲。

纳兰此时的感受，诺瓦利斯应该心有戚戚焉，他在自己的日记中这样写道：“我觉得我对索菲的爱仿佛处在一种崭新的亮光之中。索菲会过得越来越好。我只需越来越多地活在她给予我的情感中。只有想念她时，我才真正地感到快乐，我才能触摸到自己。

我必须更加坚强地对待自己——相信自己会像个男子汉——一定不能像小孩子一样胆怯，显得软弱并悄悄躲避起来。我要学会更好地承受痛苦和悲哀的时时侵袭……可惜，我很难重新鼓起勇气站起来。"

他又写道："傍晚，我去看索菲。在她坟前我有说不出的快乐——闪光的喜悦的时辰。我把她的坟墓像尘土一样吹散。几百年恍若一个瞬间，可以感觉到她就在我的身边，我相信她会随时走出来和我相聚。

快乐地想到我做出的决定，常常跟索菲有关。我需要越来越多地为她而活，我只为她而活，不是为自己或为别人。她是那天上的星辰，是我生命中唯一的……

今天我终于发现了一种唯一的财富，它是不可言说的孤独，自从索菲死后，这样的孤独就把我包围在越陷越深的伤痛中，对我来说，整个世界已经随她一起死去，从那个瞬间我就不再属于这个世界。

……她死了，我也在一点一点地死去。世界一片荒凉……不懈地尝试沉思冥想的效应，我借此要把索菲留在我的身边……"

这个索菲是谁呢？是诺瓦利斯的未婚妻。1794 年 11 月 17 日，诺瓦利斯遇见了不到 13 岁的索菲，诺瓦利斯对这个姑娘一见钟情，从此以后，他便陷入到了爱情的快乐当中。到了 1795 年的 3 月 15 日，两个人终于在双方父母的同意订下了婚约，可这年的 11 月，索菲却一病不起。1796 年 5 月 19 日，索菲带着对诺瓦利斯的不舍，沉重地闭上了自己的眼睛，远离了这个让她心有留恋的世界。而这个时候，她才 15 岁，正是生命中最美好的时刻，而她死时，诺瓦利斯不在她的身边。

这个打击，对于诺瓦利斯来说，无疑是非常沉痛而巨大的。他在写给一个人的信中这样写道："……我永远都无法摆脱她死去给我带来的悲痛。这美丽的灵魂所受的煎熬将始终是我余生的重担。我为此祈求上帝，唯愿他能把我的余生给缩短一些，我好见到我心爱的索菲。"

他和纳兰一样觉得自己所爱的人死后，世界上一片荒凉。她们，是他们的一切。也可以换句话说:不管世界怎么荒凉,爱过你就不怕孤单。

纳兰站在风雨飘摇的夜里,自言自语地说:如果有来生,无论你在哪里,我都会去找你。无论你要去哪里,我都会用心追随。如果你是风,我愿意是那片站在枝头、悄然等待你的叶子,就算飘落,也要让你轻拂。如果你是雨水,我愿意是那一株小草,站在大地上,等待你的莅临。

如果还有来生,那么我不会让你再孤独无望,我不会让你的生命,因为等待变得苍白。我也不会让我的人生满怀绝望。不会让你再有寂寞的日子,我一定会时刻陪在你的身边,让你小胆不再怯空房。我也不会让你独自在风中守候着我遥遥的归期,像一片落花,直等到秋风来临。

只是今生,今生,只能有这一次相遇的机会,那么,就让我们一起等待来生吧。来生,你还能做我的妻吗? 如果你愿意,我会一直等,把自己等成一滴清澈的泪。

·第三篇·

透寒金缕鞋

隔花才歇廉纤雨，一声弹指浑无语。梁燕自双归，长长脉脉垂。

小屏山色远，妆薄铅华浅。独自立瑶阶，透寒金缕鞋。

——菩萨蛮

这首词，是闺怨词。所谓的闺怨词，不过就是词人代女子立言。其实，写来写去，始终离不开自己情感的倾注。

纳兰这首词写得凄婉而清丽。有一批专家认为这首词是写给其亡妻卢氏的，真让我觉得无语。这首词，明显有着花间词的一些特色，以此看，应是纳兰早期的作品，怎么可能和卢氏相关呢？我认为，这首词，是纳兰怀念他表妹的作品。

一夜春雨洗涤了那无言的伤痛，在这些寂寞的场景当中，有一颗心已经隐藏得太久，始终都喘不过气来。任这个站在雨水中的男子多么悲痛，而时光就像一个人的身影，挥一挥衣袖，不带走一片云彩般越走越远。寂寞，让人窒息的寂寞，不动声色地在纳兰的心里燃烧。

这场春雨，是他一生无法躲过的劫吧。就像，在今生遇见她，把自己的全心掏出来爱她，最后却落得个空在远方孤独牵念的下场。有风吹过，春光乍泄的花朵，在雨水的爱抚之下，让纳兰的思念温情乍现，一瞬间亲近，一瞬间远离，就像风吹过春天的湖面，丝丝的涟漪，是内心的伤。

虽然时光已经走了很远，但她站在其中，仍然光芒万丈。纳兰此时的心，陷入到了思念当中，流离无依。面对这些盛开的桃花，这些隔岸的爱情之火，纳兰的心里，怎么可能不觉得疼？有些痛，是告诉我们，我们已经失去了，且永远失去了。灼灼其华的容颜，其实，就是一碗毒药，深入到了纳兰的骨头深处，渐渐朽烂。

那颗忐忑不安的心，一切看来都已经来不及。来不及抓紧她的手，来不及和她吻别，来不及把她抱在怀里。在时光的深处，纳兰要她的爱，一直渴望她的爱，在自己的生命之中低吟浅唱成为一生驻留的借口，只要有她陪伴，窗外，任他云卷云舒，风雨飘摇，对于他来说，亦是也无风雨也无晴。

“隔花才歇廉纤雨，一声弹指浑无语。梁燕自双归，长长脉脉垂”，这四句，是抒情的景语，借此来表现纳兰自己内心的情感世界是何等寂寞和失落。

“廉纤雨”，毛毛细雨。“弹指”，这里可以解释为捻弹手指，也是佛家用语，用来指时光的短暂，或美好时光的短暂。

“隔花”这两个字，我觉得有李白《长相思》之意。李白在这首词中这样写道：“长相思，在长安。络纬秋啼金井阑，微霜凄凄簟色寒。孤灯不明思欲绝，卷帷望月空长叹。美人如花隔云端，上有青冥之长天，下有渌水之波澜。天长地远魂飞苦，梦魂不到关山难。长相思，摧心肝。”

这里“隔花才歇廉纤雨”，明显纳兰用的是拟人化的写法。其实，不过就是“美人如花隔云端”之意。窗外有美丽的花朵，而这个时候，细雨刚刚停止，这些美丽的花朵被洗得发亮，散发着清香。而这个时候被雨水洗过的花朵，多像他日夜思念的女子的脸，是那么得美好，散发着回忆的气味。

雨水停了，思念不会停止，距离不会停止，疼痛不会停止。当她的脸再次浮现在纳兰心尖之上的时候，她的脸就是一轮月亮，偏偏照在纳兰内心最深的痛处，不照他内心渴望得到的幸福，让他此生因为得到自己渴望的爱情而变得圆满。一轮月亮，空照纳兰自己的天荒地老，海枯石烂。

一个人变得如此遥远，因为遥远，却又如此接近。美好的时光总是转瞬逝去，良辰美景成虚设，人间无味。内心有太多的话语，想深情而认真地说给她听，可是，当内心亲近的时候，疼痛也跟着搅和，让那些所谓的温存，所谓的美好，如同一朵花，虽然美丽妖娆，却已经飘落。

美好是如此短暂，我此时已经失去了你，还能说些什么呢？曾经我们约定在有雨水的夜晚，拥在灯下，静观花朵落去。此心安然，因为有你，这个世界触手可及。曾经我们约定，不要因为时光的衰老而改变了彼此确认过的心意。我们曾经约定会在红尘深处，轻歌缓行，即使春花会变成秋月，心也欢喜。

如今，你独自留下了我，忍受漫漫长夜的煎熬、怀念的敲打以及思念的拳击。此时，就算我用尽了所有的文字，所有的怀念，都无法把你从时光中要回。隔着花朵，隔着雨水，隔着山峦，不能相见的人，你要记得，你欠我一个温暖的拥抱，在来生的转弯处，你要还给我。

梁上的燕子，成双成对的身影，如今，对于纳兰来说，是一把解剖他的刀子，让他的心无比疼痛。梁间的燕子都回来了，你什么时候可以回来？与其说这个女子面对春雨打落花朵，面对成双成对的燕子而内心无力地慨叹，还不如说是纳兰自己在慨叹。可怜同一月，却照南北人。

柳条含情脉脉地垂下了悲伤的头，让人无比疼痛。这句“长长脉脉垂”，很像纳兰另外一首《浪淘沙》里的一句“谁见薄衫低髻子，抱膝思量”。这里，不过写的是内心的凄凉而已。所念的人，不可即，也不可望，在瘦尽春光的时候，瘦却的不是春光，而是纳兰自己。这样的情感，怎么能说不痛苦?

就像我的朋友胭脂所写的那样：“依偎于你肩天地同笑，感知你冷，感觉你累，遗憾我身为胭花，无法为你衣必躬亲无微不至的贪恋。互致呼吸千回百转，笑你而笑，暖你所暖，叹息我陪你知你任你的痛入了髓，我的黯然却无法抵达你的眉眼。”是啊，对于她的情感，以及因此而产生的痛，已经早深入了纳兰的骨髓，挥不去，抹不掉。

就像阿M在一首歌中唱的那样：“……我集中全力去爱你等你抱你想你，而你却自在的像狂风把我刮进大雨里，爱情像胎记，丢不开洗不掉擦不去……我梦见TITANIC，梦醒了你在哪里，我的泪好咸好咸，你看不见。”

是啊，此时，就算纳兰的泪水比盐还咸，她怎么能看见呢?

“小屏山色远，妆薄铅华浅。独自立瑶阶，透寒金缕鞋”，这段，我个人觉得是纳兰的遥想。

“小屏”，应该指的是枕屏。这个东西在花间词中，不仅是一个装饰物，更是一种身份的象征。这种枕屏，是一种小型的屏风，常常立于床前枕畔，其状若高低曲折之山，所以又被称为“屏山”。“妆薄”，指的是淡妆，我觉得，这里是这个女子卸妆了。“瑶阶”，玉砌的台阶，后来用此形容台阶。

“小屏山色远”，在我看来，有化用温庭筠诗的嫌疑。温庭筠是词的鼻祖，沉醉于花间词的创作。他在一首诗中这样写过：“屏上吴山远，楼中朔管悲。”他又在一首《菩萨蛮》中这样写道：“小山重叠金明灭，鬓云欲度香腮雪。懒起画娥眉，弄妆梳洗迟……”这里的“小山”估计就是这里的“小屏”。

纳兰这句“小屏山色远”，有专家认为是“远处的山峦像小小的屏风”，可我觉得，这里当是纳兰的遥想，不是他眼前的实景，而是他所爱女子的居室，这里的意思当是：枕屏之上有远山的风景。这里纳兰想的是他所爱的女子、所在卧室中的一些举动和场景。

“妆薄铅华浅”这句，我个人觉得就是温庭筠上首词中的“懒起画娥眉，弄妆梳洗迟”之意。但纳兰这里的女子比温庭筠笔下的女子更加寂寞而孤独。温庭筠这里的女子虽然起来迟了不想打扮自己，但她毕竟到最后还是打扮了自己，而纳兰这里的女子却无心打扮自己。

纳兰贴心贴肺地想着这样的一幅场景：他所爱的表妹，在卧室里和自己一样，面对着春雨打落的花瓣，心情落寞。她无心打扮。这是一个标准陷入闺怨中的女子的形象。我记得鱼玄机在一首诗中就写过这样的情态：“羞日遮罗袖，愁春懒起妆。”鱼玄机这里的女子和纳兰笔下的女子一样，都是寂寞而伤情的。

这个女子为什么会无心打扮呢？这是纳兰自己的想象而已。他认为，表妹被选入宫后，也和他思念着她这样思念着自己，所以，她在这个春雨打落花朵之后，产生了一种陷入思念深渊当中的空洞，所以，她因为想他而觉得百无聊赖，无心打扮。纳兰这样的想象，虽然有点喧宾夺主，但也情有可原。

“独自立瑶阶，透寒金缕鞋”，她独自站在台阶上，远望啊，远望，那金缕鞋怎么能抵挡得了这漠漠的春寒呢？这是纳兰的担心，也是纳兰对她的情感细致入微处。

读这句的时候，我怎么都会想到纳兰的另外一首《昭君怨》：“深禁好春谁惜，薄暮瑶阶伫立。别院管弦声，不分明。　又是梨花欲谢，绣被春寒今夜。寂寞锁朱门，梦承恩。”我觉得，这两首词写的是一个女子。

值得深思的是，这首词中的某些词。比如：深禁、朱门、瑶阶、承恩。这几个词更有暗喻皇宫的嫌疑。“深禁”，本身指的就是深深的皇宫。“朱门”，红色的大门。这个大门一般指的就是皇宫的大门。“瑶阶”，宫中的台阶。“承恩”，在我看来，就是得到或期待皇帝的宠幸。

把这些联系在一起来看，站在瑶阶之上的就是一个宫中的女子，而她渴望在寂寞锁朱门、绣被春寒之夜得到皇帝的宠幸。那么这个站在瑶阶之上的女子，在我看来，就是纳兰的表妹。

这种“透寒金缕鞋”，很有李后主的风格。李煜在一首词中这样写道：“罗衾不耐五更寒”，而这个女子的情态也不比这个失国的后主好到哪里去。有人认为，爱情就是一场战争，而这个女子的城池，已经被纳兰占领，她也和这个李后主一样觉得人间凄冷。

没有爱，这个世界触手冰冷，就像某个人的遗物。而没有爱的人生，值得我们付出自己一生的耐心去过吗？活在当下的年轻人面临的问题是，他们不是没有爱，而是他们不知道到底何为爱，又该怎么去爱或者应该爱谁。

那站在台阶上悄然远望的身影，楔在我的心里，让我的心很疼很疼。就像我站在词语的台阶之上，悄然远望，悄然落泪。亲爱的姑娘，你要过得幸福啊，你一定要过得幸福，为此，我付出了自己半生的流离无依，我也付出了半生的执着，一直站在你的背后用心祝你幸福。其实，我站在你的背后，已经被这样的雨水湿透。

·第四篇· 断肠声里忆平生

残雪凝辉冷画屏。落梅横笛已三更。更无人处月胧明。

我是人间惆怅客，知君何事泪纵横。断肠声里忆平生。

——浣溪沙

这首词，到底是怎样的一首词呢？有很多专家认为是政治词。《纳兰性德词新释辑评》一书认为“性德怀经济之才，有‘堂构之志’，渴望得到朝廷的重用，奋志骋才，有所建树……”看着蛮有道理，可是，也许在纳兰表妹还没入宫之前，他有过这样的雄心壮志，但到了后来，纳兰心如死灰，在他看来，生前名还不如一杯酒，这简直就是讨厌政治到了极点的一种表现。

我不认为这首词是所谓的政治词，跟纳兰的雄心壮志有关。相反，我认为，这首词是爱情词，是怀念远方之人的一些情感，暗暗地涌动在这些文字当中，根本没有半点政治的影子。写这首词，明显是一种无力、无助而孤独的情绪，哪里来的豪情壮志?

我的朋友胭脂这样写道:“这个夏天,我紧紧地抱着回忆,流着眼泪不肯松手。生命到底有多少时间,可以让我们这样的互相牵绊?前一分钟生生纠缠,后半辈子死死铭记。却不知道下个夏天,我又会是谁的谁呢?有谁会知道,我们偶然的相遇,还来不及为这次邂逅而庆幸,转眼即是刻骨铭心的伤痕,彼此变成了彼此的心累。因为要得很纯粹,所以爱得多愚昧,以致输得太狼狈。尘世间的风景,爱到忍无可忍,疼到无路可退。所有的欢喜和眼泪,幻化作寂寞时的华美装扮,那么得虚伪,却与你无关。只是这样的执着和脆弱,却再也与你无关。”

哎,陷入爱情当中的人,无非就是这样的挣扎,这样的悲痛,也是如此的绝望。如果当真能如此决绝,那也不至于像纳兰这样疼痛。因为有些情,已经刻了骨,铭了心,如何可以忘记?当爱情到了无法挽回的地步,决绝有的时候,未必就不是一件好事。至少,它会让我们不至于那样长久的疼痛。

“残雪凝辉冷画屏。落梅横笛已三更。更无人处月胧明”,上段写景。自古以来,写景如果离开了情感,便味同嚼蜡。王国维大师说:“一切景语皆情语也”,是深懂诗词之后的彻悟,不是一般人能领悟的。

“残雪凝辉冷画屏”这句,交代了时间和地点。“残雪”,没有完全融化之雪。“画屏”,绘有美丽图画的屏风。这个美丽的东西,是在宋词或《花间词》当中经常出现的道具。

残雪,难道就是残雪吗?肯定不是。它难道就不能是纳兰心里的思念,甚至是怀念?思念将尽未尽,丝丝缕缕,系得他的心无比疼痛。天气很冷,可是,远没有纳兰的心冷。

“画屏”,会觉得冷吗?当然不会。还是那个睡在或站在画屏之前的人,觉得冷了吧。“冷画屏”，这是纳兰自己心里的情态。夜里，窗外的雪的光照在屏风之上，散发出了很冷的光辉。而这个人，在这么冷的夜里，到底在干什么呢?他的心恐怕已经心冷似灰了吧。

当我们爱上一个人后，我们其实却失去了自己。也可以说，爱可以带给我们快乐，同样，也会带给我们难言的苦痛和孤独。

躺在床上的纳兰，在微暗的灯光下，想着从前，想着从前那个美丽的人。此时，纳兰所有的悲喜不过都一阵风一样消失，都停留在过去的时段当中，无法触碰。也永远只能在他的心里，那么清晰地知道，它是那样鲜艳地为一个人念着疼着，一如我自己在这个冬夜里为一个人念着疼着。

求而不得虽苦虽疼，但远比得后又失要好受得多。所以，在纳兰的生命中，他求了得了失了，所以，他背负着这两种苦痛，苦苦地在他自己的心里，为她一个人艰难地跋涉，每一步都是一滴血泪，就像一枚钉子钉下了自己。

“落梅横笛已三更”这句，更加清晰地交代了时间。“落梅”，我觉得应该指的是笛曲《梅花落》，其音哀凄无比，让人悲痛。“落梅横笛”这句，总是让我想到一个美丽的女子或一个风度翩翩的男子的形象。

这句让我想到了姜白石。姜白石曾经就是这样一个风度翩翩的男子，他写下了一首《暗香》:“旧时月色，算几番照我，梅边吹笛? 唤起玉人，不管清寒与攀摘。何逊而今渐老，都忘却春风词笔。但怪得竹外疏花，香冷入瑶席。 江国，正寂寂，叹寄与路遥，夜雪初积。翠尊易泣，红萼无言耿相忆。长记曾携手处，千树压、西湖寒碧。又片片、吹尽也，几时见得?”

姜白石因为这首词，赢得了小红的芳心，最后，范成大这个痴人促成了一对美好的人间眷侣，所以，姜白石在和小红一起离开范成大的途中，写了作为一个才子的心里一直渴望并幻想的这样的幸福:“小红低唱我吹箫。”可是，这种幸福没有过多久，大概也就五年多的时间吧，小红离开了姜白石，嫁给了一个商人，可见，越是美好的东西，越是无法长久下去。

纳兰比姜白石要不幸而又悲哀得多，姜白石因为梅边吹笛而赢得了一颗芳心，得到了一个佳人，而纳兰却在这种笛声之下，无比悲痛地想念着过去，想念着过去的那个自己深爱的佳人，两者一比，一个在天上，一个在地上，落差太大。这里“落梅横笛”的人，到底是纳兰的邻居或附近之人，还是纳兰自己？这个读者们可以自己想象。其实作为我本人，是相当怀疑这个半夜三更的时候，吹笛子的人就是纳兰他自己。

“三更”，古人把一夜分为五更。三更，约在半夜十一点左右。这个时间，在广州或深圳，夜生活才刚刚开始。但在古时早已是一片死静，只有风还在窗外吹着，月还在窗外照着，一个又一个失眠之人在痛着。

“落梅横笛已三更”这句，我们可以有两种理解，第一种是窗外传来了一声又一声凄哀的笛声惊醒了纳兰。另外一种解释是，纳兰自己在床上睡不着，起来吹起了笛子，用笛子来倾诉自己内心的苦痛。他更试图让这些笛音替他说出些情话，抵达她的听觉。

不论是哪一种解释，纳兰的心都不会好受，我想，都一定疼到了一定的地步。我想只有心疼到了一定的地步，才会睡不着，才会想找些什么东西，或找某个方式去消解，去倾诉。

“更无人处月胧明”这句，写窗外之景，是一种非常阔大的意境。其实，这句是整首词的“词眼”，但却被很多喜欢纳兰的朋友们忽略过去了。这句写出了纳兰内心很深的哀痛。

纳兰为什么会这样悲痛呢？说来说去，还是因为“更无人处”吧。因为那人不在，所以，他才这样悲痛。“月胧明”，模糊而微暗的月亮。窗外的月亮不是很亮，但能模糊地看到雪，看到了雪那洁白的光，但见不到那个他日夜思念的人。

“我是人间惆怅客，知君何事泪纵横。断肠声里忆平生”，这段，我觉得，前两句是纳兰用他所爱之人的语气，给自己的安慰，也可以是纳兰用自己的语气给他所爱之人的安慰，后一句则写的是他自己的感慨。

“我是人间惆怅客，知君何事泪纵横”，这句写得相当真切。“我是人间惆怅客”，这七个字，一直深深地打动着我，让我读后有一种说不出的疼。纳兰是一个人间惆怅的旅客，我们自己又何尝不是呢？就像《圣经》上说的那样：“你们在世是客旅，是寄居的……”这是一种肉体存在于这个世间，而心灵却不在这个世界的写法。

纳兰的肉体在这个世间，但他的心已经不在自己的身体内了，早已飞到了他所爱之人的身上。这样的人，容易成为伤口，更容易成为悲哀本身。

其实，爱一个人，我们不再是自己，而是所爱之人的一个影子。我们从爱上一个人的时候，注定那颗认真而深情的心，就不再属于我们自己。

其实，每一场爱情的开始可能大同小异，但结束都一样悲痛，唯一不同的无非只是走过的过程和用心的程度。纳兰和其表妹的爱情，一开始就比很多人想象得深厚，他的心毫不设防地替她敞开，到了最后，痛彻心扉地在自己的心里呼唤她的名字，像一只啼血的杜鹃，更像一只子规鸟，在一个个黑夜凄凉地哀鸣。

这是一种怎样的疼痛呢？我只能说，那些我们爱过的、还爱着的人，她们的容颜和她们身体的温暖，在时间的永恒中，将再也跟我们无关。唯一跟我们有关的，只是对她们的怀念、想念，或者还有那种因为这些而产生的空虚，如同永恒本身。

在这个空虚、短暂而荒凉的世间，这种疼痛虽然让我们无边苍凉，但同时也让我们温暖。猛一想起来可能有点心疼心酸，然后是眼睛慢慢地湿润，有泪掉下来。其实，在纳兰身上，有一种天真，这种天真，就是雪小禅说的那种“苍老的天真”。

这样的天真到底是怎样的呢？雪小禅这样解释："我父亲一生致力于科学事业，家里天文望远镜有好几个。他又养猫，四五只猫是常事。六十几岁的人，总是唤猫的名字，和它们说话聊天。院子里的兰花开了，他拍下来发到我邮箱里，春天里花开了，他一定打电话让我回去看。但他拉二胡时却又是另一种样子，全情投入，无视别人的存在，有时拉到自己都泪水涟涟……那种苍老的天真让我感动。"

"我知道，这样的苍老天真，足以打动麻木的心——但他们在别人眼中是异类，过于耽美于天真，过于维持着纯粹和干净。这样格格不入的人只能在旅途，或者成为大家，一意孤行地活下去。"

而纳兰又何尝不是如此天真和纯净呢？我喜欢纳兰，就是因为他骨子里和我一样流淌着某种天真，某种纯净，某种纯粹，更有某种一往情深的付出，爱上一个人，再也不会回头，永远也不会回头的执着。

"君"，我觉得，这里可以是纳兰对所爱女子的尊称，也可以是纳兰所爱的女子对纳兰的尊称。

我们一样都是人间惆怅客，我知道你因为什么而伤心，我更知道你为了谁而泪流满面。这是多么贴心的安慰啊。如果有一个人能对你说这话，请一定要珍惜这个人，一定要好好对待这个人，让这个人陪你走过这个寂寞而荒凉的人世。

夜夜徘徊在通向你的记忆之路上，那些两岸微暗的灯火，不过是一种内心的不舍而已，却再也和你无关。那些灯火如今只是一条条盲目的鱼，不再像从前一样可以照见你的脸。当心在安静的时候，经过的一切，都是熟悉的细节，都是对自己所爱的那个人倒背如流的记忆和想念。

只是光阴这么短，这么短。这些文字，这些像叶子一样的文字，在心中飘落如雨，这是多年积蓄的泪水，肆意地倾诉它们自己。有些东西，如今，只能隐藏在心里，也只适合隐藏在心里。它们已经在时光的永恒当中，失落了自己。但终有人会记得，它们曾经那么鲜艳那么丰盈那么苍绿。

回忆，也许是对未来遗忘的慰藉。在遥远的距离之外，曾经的人，曾经的物事，会一点点地再现于我们的脑海，可是，我们用尽所有的力气都无法回去了。

所以，只能断肠声里忆平生。

第五篇 落魄江湖还载酒

木落吴江矣，正萧条、西风南雁，碧云千里。落魄江湖还载酒，一种悲凉滋味。重回首、莫弹酸泪。不是天公教弃置，是南华、误却方城尉。飘泊处，谁相慰。

别来我亦伤孤寄。更那堪、冰霜摧折，壮怀都废。天远难穷劳望眼，欲上高楼还已。君莫恨、埋愁无地。秋雨秋花关塞冷，且殷勤、好作加餐计。人岂得，长无谓。

——金缕曲 · 寄梁汾

这首词，是纳兰寄给顾贞观的，大约写于清康熙二十一年。有专家认为纳兰此时身在塞外。从词意来看，顾贞观这个时候，也落魄地回到了自己的家乡无锡。这个时候的顾贞观，犹如当年的杜牧一样失意，所以，纳兰对他特别担心，于是就写了这首词聊做自己的安慰。我估计，这首词就是在这样的心态和情况之下写成的。

顾贞观一直没能在仕途上有什么大的亮点，纳兰也一直在安慰他。其实，真正的朋友，就是无时无刻不在心里挂着，看到他痛苦，我们自己也跟着痛苦。有的时候，他的痛苦，就是我们的痛苦，甚至强过我们的痛苦。纳兰是做到了这一点的。这个真性情的男子，一直用他的这颗真心，感动着这个荒凉而冰冷的世界，感动了你，也感动了我。

顾贞观，其实挺多只算一个失意的才子，纵然他心有不甘，也无力改变什么。有的时候，越是有才越是遭到这个社会的冷落和丢弃，这可能是某种宿命吧。上天给了你才华的同时，也把财富等从我们的身上抽走，所以，纳兰在寄给他朋友的信中说：诗酒琴人，例多薄命。这声叹息，一直在时光的长河中隐隐地响着。

"木落吴江矣，正萧条、西风南雁，碧云千里。落魄江湖还载酒，一种悲凉滋味。重回首、莫弹酸泪。不是天公教弃置，是南华、误却方城尉。飘泊处，谁相慰"，上段，写的是纳兰对顾贞观的思念，以及给予顾贞观将心比心的抚慰。

"吴江"，有专家解释为江苏省南部，这里其实不过就是顾贞观家乡的代指。顾贞观为什么会回到自己的家乡呢？是因为他的母亲去世了，所以，他回去悼念其母。纳兰怕他伤心太甚，所以就写了这首词用以安慰。

"木落吴江矣"这句，有专家这样解释："说贞观所在的江南此时已到了木叶纷落的秋天"，我个人觉得，这个解释太过从字面去理解了。我觉得这里的"木"，指的就是顾贞观。如果非要实指，这里的"木"我个人觉得是"槐树"。"槐树"的象征意义到底是什么呢？

槐树是身份地位的象征。《周礼·秋官》记载：周代宫廷外种有三棵槐树，满朝文武在外候着觐见天子时，只有三公才有资格站在槐树下躲太阳。后世以三槐喻三公，象征位极人臣的地位。在这里，纳兰有这样的喻指来形容顾贞观，是对顾贞观才华和能力的肯定。虽然顾贞观没能位极人臣，但在纳兰的心里，他的品格和才华足以和这些重臣相提并论的。

这里的“木落吴江矣”，在我看来，其实是这个意思：你离开了我，自己又流落回到了你自己的家乡。

“木落吴江矣，正萧条、西风南雁，碧云千里”，整句的意思就是：你回到了自己的家乡，此时，你的家乡正是落叶萧萧的秋天吧，西风渐冷，北雁南飞，你要保重身体啊。诗词本身不是散文，所以，要省略很多东西。

“落魄江湖还载酒，一种悲凉滋味”这句，化用了杜牧的诗。杜牧当年在苏州当掌书记时，风流倜傥，经常流连于青楼妓院，和那些歌女发生过一些恋情，后来，在他离开的时候，写了一首《遣怀》赠给那些歌女：“落魄江湖载酒行，楚腰纤细掌中轻。十年一觉扬州梦，赢得青楼薄幸名。”

杜牧其实也算是一个失意文人，所以这句“落魄江湖载酒行”，就是他自己的写照。而后来到了宋朝，这句“落魄江湖载酒行”也成了柳永的写照。纳兰在这里化用了这句，显然是肯定顾贞观的才华。纳兰的意思是，你和杜牧一样失意而落魄，但有才华的人不一定都能被朝廷接受，所以，你也不必为此而愤愤不平，绝望透顶。

一种悲凉滋味，谁知？我们活在这个世界之上，就像著名的爱国将领岳飞所说的那样：“知音少，弦断有谁听？”我想，纳兰这里的“一种悲凉滋味”，其实，让我觉得有一种人性的温暖充斥其中。顾贞观此生死而无憾，因为，他遇到了像纳兰这样真心待他的知音，其他的什么功名利禄，不过就是一场浮云，唯有和知己月下共酌才是人生的温暖。

顾贞观和纳兰身世不同，所以，也许有人会认为，纳兰说这些话是站着说话不腰疼。他自己身为明珠之子，明珠一人之下、万万人之上，要风得风，要雨有雨，而顾贞观有什么呢？其实，我的心灵告诉我，不是这样的，不是这样的，纳兰一直想方设法、设身处地地站在顾贞观的立场上想顾贞观的事情。所以，顾贞观这次南还，应该还是纳兰赞助的路费呢。

纳兰值得让人感动的一点就是他对友真心以待，接济过很多朋友，没有势利之眼。顾贞观这次南还，心里肯定不是滋味。自己没能混出个模样，仍然是那样落魄，回乡的路费，还要纳兰赞助，说实话，这多少会让他的心里生出些悲凉。但我相信，他把纳兰视为知音，他也没把纳兰当成是那种为富不仁的人去看。

“重回首、莫弹酸泪”这句，是纳兰对顾贞观的安慰。纳兰的意思是说：当你重新回过头去看的时候，不要为了那些所谓的浮名而伤心不已。不要为了浮名而去伤心，它不值得我们这样去做。

“不是天公教弃置，是南华、误却方城尉”，这句是纳兰替顾贞观抱不平。这句个人觉得，应该是化用了温庭筠的诗：“因知此恨人多积，悔读《南华》第二篇。”

“天公”，指的是朝廷。“南华”，是《南华真经》的省称，也就是《庄子》一书。“方城尉”，指的温庭筠。温庭筠曾在河南方城县做过方城尉，所以，后人又用“温方城”称呼他。如果没有温庭筠，花间词就少了太多的温柔艳丽。本词里的“方城尉”，指的是顾贞观。

温庭筠是词的鼻祖，和唐朝大诗人李商隐是朋友，两人在文坛上齐名，人称“温李”。有人总认为温庭筠比李商隐名气大，在文学上的成就也多一些，可是，我不这样看。相反，我认为温庭筠其实不如李商隐。李商隐虽然没有写过词，但他在诗上的成就可不是温庭筠能比得上的。李商隐的诗比温庭筠的词好。

这句，明显是纳兰的安慰之语。纳兰对顾贞观说：你如今被闲置，没能取得官职，是朝廷不懂得识人，不是你没有过能力和才华。你大可不必过于伤心难过，淡然一些吧。

“飘泊处，谁相慰”这句的意思是：虽然你此时漂泊在自己的家乡，但至少还有我这个朋友写信安慰你。哎，人生能得这样一句平淡的话语，该是多么幸福。我相信，顾贞观看到这里的时候，至少他的心不再是那么荒凉，而是生出了淡淡的温暖，这种温暖是纳兰人性的美好和光辉。

“别来我亦伤孤寄。更那堪、冰霜摧折，壮怀都废。天远难穷劳望眼，欲上高楼还已。君莫恨、埋愁无地。秋雨秋花关塞冷，且殷勤、好作加餐计。人岂得，长无谓”，下段，仍然是纳兰的劝慰。

“别来我亦伤孤寄。更那堪、冰霜摧折，壮怀都废”这句，是纳兰向顾贞观诉苦。“孤寄”，有专家认为是孤寂，含有孤独和寂寞之意。“更那堪”，我觉得是怎么忍受，或怎么承受的意思。柳永当年就这样无力而又无奈过：“多情自古伤离别，更那堪，冷落清秋节。”

其实，在这里我认为纳兰的意思是：如今，我在边塞，因为官事而孤独寂寞。纳兰向顾贞观缓缓倾诉着自己内心的一些情感：自从和你分别，我被派往边塞，我自己也觉得孤独和寂寞。我和你一样，怎么承受那些来自外在的摧折呢，如今，我已经没有了曾经的豪气，也没有了曾经的追求和目标。

纳兰一边怕顾贞观悲伤，一边又在自伤。一颗晶莹剔透的心，历历在目，清晰可触。“更那堪、冰霜摧折，壮怀都废”句，写得相当无奈和心酸，读了让人情不自禁地心疼。古人说：才子遇才子必有惜才之心。纳兰和顾贞观之间，其实是相互怜惜的。纳兰是一个伤口，顾贞观又何尝不是一个伤口呢？两个人就像两个伤口，抱在一起相互取暖。

对于纳兰来说，一个文人，去做一个武夫的差事，怎么可能不是“冰霜摧折”呢？这里的“冰霜”，不过是一种隐喻，显然暗指朝廷。这里纳兰对自己的这份工作,相当不满,而且牢骚满腹。

“天远难穷劳望眼,欲上高楼还已”这句,写的是纳兰对顾贞观的思念。这句,我个人觉得化用了晏殊的词。他在《蝶恋花》一词中这样写道:“……昨夜西风凋碧树,独上高楼,望尽天涯路。欲寄彩笺兼尺素,山长水阔知何处。”晏殊这里,其实也是在怀人。晏小山说他父亲“未尝作妇人语”,不过是替其父遮掩罢了。

这句可能这样意译:每当想你的时候,我想登上高楼去看看你,但想想你此时人在千里之外,无法看到,于是又作罢。

“君莫恨、埋愁无地”这句,可以这样意译:你不要认为没有人了解你的悲愁。这是省略性的写法,如果不省略,纳兰的意思应该是这样的:不要悲伤,至少我是懂得你的悲愁的,所以,我一直在安慰你。

“秋雨秋花关塞冷,且殷勤、好作加餐计”这句,纳兰的意思是勉励顾贞观,告诉顾贞观彼此都要保重。这里的“且殷勤、好作加餐计”,让我想到了《古诗十九首》:“行行重行行,与君生别离。相去万余里,各在天一涯。道路阻且长,会面安可知。胡马依北风,越鸟巢南枝。相去日已远,衣带日已缓。浮云蔽白日,游子不顾返。思君令人老,岁月忽已暮。弃捐勿复道,努力加餐饭。”

司马相如当年以一曲《凤求凰》挑动了卓文君的春心,让卓文君夜奔相如,最后和他一起私奔了。卓文君和他一起同患难,但最后他富贵了却又想娶小妾。于是,卓文君就写了一首《白头吟》给他,和他诀别,最后她觉得不过瘾,又这样写了一首《诀别诗》:“春华竞芳,五色凌素,琴尚在御,而新声代故!锦水有鸳,汉宫有水,彼物而新,嗟世之人兮,瞀于淫而不悟!朱弦断,明镜缺,朝露晞,芳时歇,白头吟,伤离别,努力加餐勿念妾,锦水汤汤,与君长诀!”

纳兰这里的“且殷勤、好作加餐计”,我觉得,就是卓文君这里的“努力加餐勿念妾”。纳兰告诉顾贞观,塞外的秋天已经很冷了,你和我都要多吃饭,好好保重身体，留待以后重新相聚。

“人岂得，长无谓”这句，是纳兰对顾贞观的安慰。这句应该可以这样意译：一个人可能有能力有才华，怎么可能一生都无所作为呢？

莫恋浮名，梦幻泡影有限；且寻乐事，风花雪月无穷。

·第六篇·

十八年来堕世间

十八年来堕世间，吹花嚼蕊弄冰弦。多情情寄阿谁边？

紫玉钗斜灯影背，红绵粉冷枕函偏。相看好处却无言。

——浣溪沙

这首词，到底是写给谁的呢？《纳兰词新释辑评》一书这样评价："在这首词里他描绘了妻子的姣好美艳，上片总写妻子既有高才又多情可爱。下片特写了新婚之夜妻子姣美动人的情态和与妻子相处的情景。词中充满了对爱妻卢氏无限怜爱和赞赏的激情。"

虽然专家们这样说，但我从这首词中，根本就没有读到一点悼亡的沉痛。我认为这首词是写给他表妹的，根本就不是写给其妻的。如果是写给其妻卢氏的，那么，纳兰能用"紫玉钗斜灯影背，红绵粉冷枕函偏。相看好处却无言"？我觉得不能。这里的"相看好处却无言"，我觉得其中有一种遥遥的距离。这样的距离是生离，而不是死别。

自己一直用心深爱的表妹被选入宫了，他怎么可能不悲痛？所以，在春暖花开之际，因为一点小小的感冒，他病倒了，而且病得很严重。我想，是因为表妹的离开，让他无比悲痛和绝望，身体抵抗能力迅速下降，所以，他才会在春暖花开即将来临的时节，一病不起。

他在一种思绪中寸步难行。有的时候，一个人的内心本质，完全可以因为一些文字而到达它自己的意义。爱一个人，沉溺是其极致的状态。雪小禅说："恋爱到了一定浓度，仿佛吸了过量鸦片，死也心甘情愿。那些日，燃烧旺盛，仿佛一只火鸟，总嫌烧得不够，又丰盈又饱满，又宽阔又悲怆……爱上一个人，总会动荡些时日，半夜跑去写情书。私情这东西总怕沉溺，但不沉溺又是错的。"

但像纳兰这样一意孤行而又无比固执的沉溺，又是正确的态度吗？但当我们用心爱一个人之后，沉溺下去，其实是一种无法自控的冲动。我们根本不能阻止，我们这么极速地沉陷于对一个人的思念。因为，我们爱着爱着，就没有了自己。我们凡事都喜欢站在所爱之人的立场上去考虑一些问题。所以，爱一个人，在我看来，就是失去自己或找到另外一个自己。

分裂，是爱情最终的结果吗？纳兰在这个时候，已经失去了自己，又是找到另外一个自己。他一意孤行地思念，那是因为他爱她到了极致，爱到了灵魂的最深处。如果沉溺于对一个人的思念，无法得到回应，但又无法决绝地转身离开，其实，这是死路一条。纳兰的这种一意孤行的态度，即使是错误的，他也觉得正确。

纳兰此时的状态，就像雪小禅写的那样："沉溺，还需要把自己淹没，时时感觉到窒息。沉溺时，是在泥里，在水里，拔不出腿来，总牵绊着很多的枝枝蔓蔓；沉溺还是，看一眼这个人就掉进去了，如大海一样，瞬间淹没；或者，他只轻轻地唤你的小名，一句足矣，浑身战栗，瞬间沉溺。"

“十八年来堕世间，吹花嚼蕊弄冰弦。多情情寄阿谁边”这段，写的是两个人从前幸福并恩爱的生活。

“十八年来堕世间”这句，其实，是李商隐诗中的句子。李商隐的诗歌清丽婉约、绵软而伤痛，特别是那些《无题》诗。李商隐是唐诗中一个清丽而忧伤的影子。李商隐和明朝的王次回对纳兰的影响是很大的，要知道，王次回的《疑雨集》在当时相当有影响力，被称为一代奇书。而王次回，不过就是明朝的李商隐。王次回的诗，就是李商隐诗的翻版。

李商隐在《曼倩辞》一诗中这样写道：“十八年来堕世间，瑶池归梦碧桃闲。如何汉殿穿针夜，又向窗中觑阿环。”

纳兰竟然把这句“十八年来堕世间”直接拿过来，没有经过自己的一点剪裁，应该是别有用意的。如果我们想读懂纳兰在这里的用意，那么，我们就必须先懂李商隐的这首诗。这首诗到底是怎样的一首诗呢？历来说法不一，有人认为是李商隐和宫中的妃嫔偷情，也有人认为是李商隐和宫中的一些宫女偷情。

可我怎么都认为，这首诗是写他自己的初恋。我在《一寸相思一寸灰：李商隐诗中的初恋痕迹二》一书中，认定这是一首李商隐写给宋华阳的情诗。一直在读李商隐的诗，也一直在诗中找寻着李商隐初恋的痕迹。因此，写了两本关于他初恋的诗的解读，即《一寸相思一寸灰：李商隐诗中的初恋痕迹一》，和这本《一寸相思一寸灰：李商隐诗中的初恋痕迹二》。写这两本书，我用了两年的时间。

“曼倩”，指的就是东方朔，他字曼倩。在这里，我们要读李商隐另外一首《圣女祠》：“惟应碧桃下，方朔是狂夫”，再读《月夜重寄宋华阳姊妹》：“偷桃窃药事难兼，十二城中锁彩蟾。”这里使用了《汉武帝内传》中的东方朔偷吃西王母仙桃的典故。这里的“碧桃”，应该和爱情有关。可以认为是偷香窃玉之风流韵事，也可以理解为和一个女子偷食禁果。

十八年，又是多久呢？恐怕就只是一瞬吧。就像雪小禅说的那样："每每听此，眼睛发涩——谁能与时间为敌？十八年？是，十八年，听起来很长，过起来，不过一刹那。太短的，太短了，短到还来不及珍惜，'嗖'一下子就过去了。"其实，"千年如已过的一日，又如夜间的一更"，不过就是我们自己的一声叹息，几滴悲痛的浊泪而已。时光跟永恒是等长的，所以，我们都够不到。

"吹花嚼蕊"，指的是歌乐、游赏、吟咏之事。也可以理解为吹拉弹唱和一些跟诗词有关的事情。"弄"，是弹拨或吹奏的意思。"冰弦"，有专家解释为"冰弦玉柱"，即指筝。在这里，当指的是琵琶、琴或筝之类的乐器。

"十八年来堕世间"，指的是这个女子最为灿烂、鲜艳而美丽的那段时间。这句"十八年来堕世间，吹花嚼蕊弄冰弦"的意思是：她聪颖无比，花了很多心血、精力和时间去研究诗词书画和音律。这个时候的她，应该是人生最为美好的时候，也应该是他和纳兰初见时的那些留存于他心灵的记忆。

那时她多么美好，多么有才情，让他心动。他不知不觉地沉陷了进去。而那个时候的这个女子，也是如此的多情可爱，她也爱上了纳兰。

"多情情寄阿谁边"，这句就是纳兰心灵的独白，也是对我们这些读者的交代。他告诉我们，在这个女子最美的年华里，他不是旅人，他也不是一个过客，他曾经近距离地走近这颗心灵，而这颗心灵之手也把自己内心最深最纯的情感之果捧给了他尝。

"阿谁"，是纳兰的自指。"边"，指的是处的意思。这句"多情情寄阿谁边"，应该可以意译为：她是那么的多情而可爱，她把自己的情感给了我。

或许，她注定将成为纳兰心头的刺青，疼，一直在疼。雪小禅说："……这些琐碎的记忆可以把人打到湖底里，你溺水了，呼吸不过来，觉得压抑，觉得心疼。"

“紫玉钗斜灯影背，红绵粉冷枕函偏。相看好处却无言”，下段，写她在灯下的美丽，以及自己和她隔着如今遥遥的距离，只能相望，却无法亲近。

“紫玉钗斜灯影背”这句，我觉得写的是这个女子在灯下的背影。我觉得，是纳兰在自己的脑海中想象出来的场景。这是一个身材婀娜的女子，这样的背影让纳兰思念并痴恋无比。

古代的人欣赏美女也讲究情趣，所以，一些文人士大夫总是想在某种意境当中让自己的感官得到满足。可是，有很多时候，这种满足只能是我们穷极一生都无法完成的渴望和目标。就像陈继儒在《小窗幽记》中写道：“窗宜竹雨声，亭宜松风声，几宜洗砚声，榻宜翻书声，月宜琴声，雪宜茶声，春宜筝声，秋宜笛声，夜宜砧声。”“花看水影，竹看月影，美人看帘影。”古人又说：灯下看美人，是另一番意境。

帘下的美人和灯下的美人，是人世间风景中的风景。而纳兰的笔，就为我们描绘了这样美好的场景。一个婀娜多姿的身影，背对着微弱的灯光，站在窗前，面目我们无法看清。但在我们心里，我们就知道这个女子一定美丽。微光照在她的背影之上，显出了太多的落寞和悲痛的光影。这明显就是一个陷入思念、怀念、孤独、寂寞和悲痛当中的女子，哪里来如新婚一样的幸福呢？

这个女子背对着微暗的灯光，远望着窗外，到底在干些什么呢？恐怕，除了思念，还是思念吧。就像雪小禅写的那样：“疼，是这样让人感觉到快意。虽然，更多的时候是绝望。有了疼的光阴，忽然觉得值得。杜兰斯说：‘爱情仍在那里，完好无损，即使它破碎了，它仍是那时时刻刻的疼，它仍然在那里，越来越强烈。’”

我喜欢这句话，它仍然在那里，越来越强烈。

如果是我，会加上一句话，越来越疼。

她背对着灯光远望或发呆，或许是因为思念，或许是为了寂寞和孤独，也或许是因为爱情之疼。接着这句“红绵粉冷枕函偏”，便一览无余又明明白白地交代了出来纳兰疼痛的原因。

我怎么都想不通这句“红绵粉冷枕函偏”，为什么不少专家认为是纳兰和卢氏刚结婚时的那些幸福而美满的生活呢？没看到这里的“冷”和“偏”字吗？

这里的“红绵”，指的是女子用来擦粉用的粉扑儿。那么这句“红绵粉冷枕函偏”，明显写的就是一个女子内心的失意、失落和落寞，哪里有半点儿的新婚时的那种喜庆和娇羞的气息和影子？我估计，这些专家可能从“红绵粉冷枕函偏”这句之意，认定这首词是悼亡词，跟卢氏有关。这样的理解太过牵强，从词意上根本说不过去。

这句“红绵粉冷”，应该和《梦江南》中的“心字已成灰”一样，有一语双关的嫌疑。在这里，不是卢氏死了，剩下的粉没有用了，被弃置在时光的深处，渐渐发冷。在我看来，应该是她因为内心百无聊赖，无心去打扮之意。一方面是形容她无心打扮，另外一方面又形容她内心的情绪。

她此时的心，肯定和这些“红绵”和“粉”一样冷吧？一个小女人的心态昭然若揭。因为，他不在自己的身边，不能怜爱自己，所以，她觉得孤独和寂寞。这种孤独和落寞，其实是对一个人用心深爱的结果。女为悦己者容，他不在自己的身边，所以，她就无心把自己打扮得花枝招展的。在她的情感意识里，她认为，即使自己打扮得花枝招展，又给谁看呢？

叶芝说：我可以枯萎地进入真理。对于这样的女子来说，恐怕，爱情在某种程度上来说，就是她的真理吧。我不知道爱情是不是这个女子的真理，但至少我知道，对她的爱情，此时应该是纳兰的真理，甚至成了纳兰毕生的唯一信仰。但爱到最后，纳兰越来越冷，甚至连自己呼吸都很困难。

“枕函”，枕匣，就是中间可以放置物件的匣状枕头。这句“红绵粉冷枕函偏”，明显带有孤独、凄冷、落寞、怀念或思念的气息，哪里来的什么“百年好合”、

“缠绵悱恻”、“洞房花烛”的影子？这句“红绵粉冷枕函偏”写的就是，她无心化妆，于是，在微灯之下，独自在床上睡下了，但却一直在失眠的状态当中。

为什么会“枕函偏”呢？就是因为“鸳鸯失伴独自飞”，也是因为“十分好月，偏不照人圆”。那么这个女子此时，睁着眼睛在床上干些什么呢？我们可以从《关雎》一诗中找到答案：“关关雎鸠，在河之洲。窈窕淑女，君子好逑。参差荇菜，左右流之。窈窕淑女，寤寐求之。求之不得，寤寐思服。悠哉悠哉，辗转反侧。”

这个人在干什么呢？睡在床上辗转反侧，翻来覆去睡不着。为什么会睡不着呢？那是因为，他心里有一个人无法亲近，他在思念着这个人。而纳兰这首词中的女子，也陷在思念当中无力自拔。当然，她到底是不是真的这样思念纳兰，这个问题不好说，这是纳兰自己想象的结果，不一定和事实有关。

“相看好处却无言”这句，我觉得，仍然用的是想象的方式。这里的“相看”，不一定就是现实中的两个人真的见面了，有的时候可能是纳兰自己想象的结果。和他在悼亡词中写的“梦冷蘅芜，却望姗姗，是耶非耶”一样，都是自己在脑海中想象着她来到自己的身边，不是现实中发生的事情。

就像雪小禅写的那样：“……而只有爱情，可以让人焕发光彩，那样的熠熠夺目，是自己没有过的样子。就像张中行老先生说，还是男女之情最有意思。因为像鸦片，有瘾，有毒，离不了，忘不了，相互吸引，又相互刺痛。”

这句“相看好处却无言”，我觉得可以用柳永的那句“执手相看泪眼，竟无语凝噎”来解释。为什么无言呢？只是因为过于悲痛，抽泣之声哽在喉咙，或者因为过于激动而无法说话。这里的“相看好处”，我觉得可以用李白的一句诗来解释：“相看两不厌，唯有敬亭山。”

这里“相看好处却无言”，不应该是洞房花烛之夜时的那种两两相看，吹熄灯烛，用彼此的肉体步入彼此的灵魂，而是遥遥的、带着幻想的两两相牵。

其实,活着,有些时光是必须浪费的。而活着,有的时候,更需要一点一意孤行。纳兰就这样一意孤行地陷在对他表妹的思念中,无力自拔。

就像雪小禅写的那样:“《红楼梦》中宝玉最后出家,仍然抱着林黛玉送给他的瓶子,念念不忘:妹妹,我心里只装着你一个人啊!少时看王文娟演的《红楼梦》,宝玉和宝钗结婚的当晚,宝玉是疯了的,管宝钗叫林妹妹。而黛玉,含恨饮血,焚了那么多的旧情、旧稿子,脸色灰如土尘,看的让人动容。”

能焚得了旧稿子,但旧情真的能一焚了之?我很怀疑。

其实,我一直认同一种说法,那就是宝玉是纳兰的翻版。而纳兰也跟宝玉一样天真、一样深爱着他的表妹,爱得是那样得疼,那样得绝望和悲伤。

曾经有多美好,如今,就有多疼。这个道理,纳兰这个时候能懂得吗?至少,如今,我懂得了。

有一本书上说:一片白茫茫的大地真干净。这些存在于人世的,白茫茫的,恐怕应该是我们一生的生离死别、悲欢离合吧。

·第七篇·

怅难寻旧约，枉费新词

锦瑟何年，香屏此夕，东风吹送相思。记巡檐笑罢，共捻梅枝。还向烛花影里，催教看、燕蜡鸡丝。如今但、一编消夜，冷暖谁知。

当时。欢娱见惯，道岁岁琼筵，玉漏如斯。怅难寻旧约，枉费新词。次第朱幡剪彩，冠儿侧、斗转蛾儿。重验取、卢郎青鬓，未觉春迟。

——凤凰台上忆吹箫·守岁

这首词，其实是一首怀人念远之作。纳兰在这首词里思念或怀想的是谁呢？我不认为是卢氏。我也不认为是沈宛。我认为是他的表妹。

从这首词的副标题，我们可以看出，这首词写在过年的时候。在古代，古人在除夕有守岁的习惯。守岁是从吃年夜饭开始，一夜不睡，以迎候新年的到来。

我觉得，纳兰表妹被选入宫之后，纳兰在过年的时候想念她，所以，他在欢声笑语的氛围当中，内心如此荒凉，如此想念。

纳兰此时的感受，就像我的朋友胭脂写的那样："在寂寞无边的世界上，一堕十劫，一劫百错，情到深处情转薄，无悔也难，天长地久地付出，才把生命，当成了一种修炼……什么样的得到才能真让我们漂泊的灵魂尘埃落定？一路的追寻和失望，到最后，戏会散场，人走茶凉。每个曾经那么天真那么亲爱的人都只能选择离开。"

她又说："只是那些生命行程中偶尔停驻的符号，或是某一个时刻突然袭至心灵毫无预兆的不能用文字表达的意象，疼痛到了尖锐的麻木，这么些偶然碰撞的事物组合起来，居然就贯穿了我们的一生。"

曾经是那么认真地拥抱过，亲吻过，爱过，为什么到了如今，只换来怀念和疼痛，甚至是默默流泪？在人世间，这样认真而情深一往地爱，为什么只换来短暂的邂逅后擦肩而过的怅茫和无助？这些，纳兰恐怕是想不通的，也永远想不通。

仍然记得她的眼神，她的气息，她的芬芳。温暖此时对于纳兰来说是件太过的事情，在他心尖之上悄然开放的，不过就是那朵叫做回忆的花儿，不为人知地怀念着她曾经的来临。那些无法再给予的温暖，熄灭在了他们彼此的心里，成了灰烬。

无法兑现的承诺，或来不及兑现的承诺，难道会成了纳兰心中的永远？其实，到了后来，纳兰成了一块拒绝融化的冰。不是他不能融化，是他根本就不想融化。他一直把自己冻僵在对过去的怀念中，这种姿态，有一种决绝之美。就像一只飞蛾，扑向那盏微暗的灯火。

他始终无法行走于遗忘之上。往事在他的心里，一直散发着一种诱惑的气味，让他越陷越深，无法自拔。那蔓延的伤痛，只是暗暗地疼在他的心里。那些漂浮不定的情缘，那个穿梭在纳兰渴望深处的身影，娇美得让他想哭。阵阵滋长的寂寞，让他触到了自己的幻灭。

“锦瑟何年，香屏此夕，东风吹送相思。记巡檐笑罢，共捻梅枝。还向烛花影里，催教看、燕蜡鸡丝。如今但、一编消夜，冷暖谁知”，上段，是回忆，也是抒情，更是他内心的沉醉和疼。

“锦瑟”，有专家解释为一种漆有织锦纹的瑟，这里当指的是乐器。这是一种怎样的乐器呢？《古今乐志》中这样解释：“锦瑟之为器也，其柱如其弦数，其声有适、怨、清、和。”我记得李商隐那首最为著名的《锦瑟》一诗这样写道：“锦瑟无端五十弦，一弦一柱思华年。庄生晓梦迷蝴蝶，望帝春心托杜鹃。沧海月明珠有泪，蓝田日暖玉生烟。此情可待成追忆，只是当时已惘然。”

李商隐这首诗，到底是什么诗，历代争论不休，大概有三种说法：有人认为是写给令狐家的一个侍女青衣的，这种说法即“青衣说”；还有认为李商隐写的是真锦瑟，这种说法即“音乐说”；不过，现今有专家认为这首诗是李商隐对自己的一生做了一个回忆性的记述。而我本人，还是倾向于后者。这首诗本来就是放在李商隐诗集之前的，为此有专家认为是李商隐诗集的序言，这种论点相当有新意，我认同。

这首诗不过就是他年轻时的那些事情，当然也是跟爱情有关。而在纳兰这里的“锦瑟”，是不是真的瑟，我们难以搞清。如果是真“瑟”，到底是五十弦的那种，还是一分为二的二十五弦的瑟，确实无法确知。但我们知道，这是一种弹奏的乐器。

“香屏”，有专家解释为华美的屏风。这里，我个人觉得，当指的是女子屋子里用的屏风。这里我觉得还有代指他们曾经历过的那些温存缠绵的美好时光的嫌疑。屏风怎么可能会香呢？那还不是因为这个屋子中住有佳人吗？那不是因为这屋子中曾经有两个交织在一起的身体吗？

“东风”，即春风。李商隐有一首《无题》诗这样写道：“相见时难别亦难，东风无力百花残。”这里的“东风”，恐怕指的也是春风。“吹送”，这个词，我个人觉得，应该指的是把纳兰的思念吹向了她。

“锦瑟何年，香屏此夕，东风吹送相思”这句，带有明显的回忆的气息，还有如今物是人非的悲叹。这句如果意译应该是：什么时候才能有和过去那样美好的时光呢？如今，春天来了，春风把我的思念吹向了你的身边，而我倍觉孤独和寂寞，只因你曾经弹过的乐器陪伴着我，看到它我的心无比疼痛。

物是人非，怎能不伤人呢？那颗爱你的心还在，只是时光走了，没有留下你来继续陪我。无论我们怎么努力，停留于回忆中的爱情，只能是一边前行一边消失。对于她和自己的未来，纳兰心里是没有把握的。他只能让自己的心还停留在原地等她，他也只能让自己的爱还跋涉在向她的途中，他只能在路上，也永远只能在路上，无法抵达。

“记巡檐笑罢，共捻梅枝”，写的是两人曾经一起散步的美好光景。“巡檐”，就是在屋檐之下来来往往地散步。这句可以这样意译：我至今仍然还记得，我们曾经在一起共度佳节的情景：那时你和我两人在房檐下来回地散步，之后，我们在房檐旁的梅树边，摘下了二枝梅条，共捻着梅枝开心地笑，那时，手捻着梅枝的你，很美。

这是她，犹如夭桃的她，灼灼其华的她，是他记忆中唯一的温存和真实。那时有灯光，是不是和今晚的灯光一样美好？梅看水影，美人看帘影，也看灯影。在灯影之下的她，成了他心里永远抹不去的印记，永远是那样灿烂，也让他永远那样疼痛。就像一首歌唱的那样：爱情像胎记，丢不开、洗不掉、擦不去。

“还向烛花影里，催教看、燕蜡鸡丝”这句，还是写两个人曾经的温存。从“催教看”这三个字，我们就可以看出这个小女子的美好情态。

“烛花”，烛心燃烧时结成的花状物。这个词，其实一直含有闺怨的气息，有思念、怀念、孤独和寂寞掺杂在一起的气息。

“燕蜡鸡丝”，是古人在正旦之日所做的节日食品。具体是什么样的食品，我也没见过，所以，也就不敢乱说了。这里我最感兴趣的是“烛花影里”这个词，在词当中，基本都跟爱情有关，都跟两人的身体温存，或跟思念，甚至是怀念有关。

“催教看”这三个字，我最喜欢，写出了一个女子内心的情感世界。她捧着燕蜡和鸡丝，在灯火之下，逼他看它们的颜色，或者还时不时地塞一点在他的嘴里。一个可爱的女子的神态，呼之欲出。这种神态，跟李清照在《减字木兰花》中写的相差无几：“怕郎猜道，奴面不如花面好。云鬓斜簪，徒要教郎比并看。”这里，当是李清照把花买来，插在鬓上，非要赵明诚看看，让他评定一下到底是花美，还是她的人更美一些。

纳兰在这首词的“烛花影里”，是幸福的，但他在另外一首词“烛花摇影，冷透疏衾刚欲醒”中却是无比孤独而悲痛的。这首词是这样写的：“烛花摇影，冷透疏衾刚欲醒。待不思量，不许孤眠不断肠。　茫茫碧落，天上人间情一诺。银汉难通，稳耐风波愿始从。”

我的朋友凌小汐这样评价此词：“这一阕《减字木兰花》，也是说法有二。一为悼念亡妻卢氏说，一为怀念入宫恋人说。容若没有标记题副，亦无别据可考，而从词意来看，我更倾向于前者。这样盛大的悲伤，若非生死相隔，怎能安然担承。”

“如今但、一编消夜，冷暖谁知”这句，是写他自己如今的处境和自己的情感。“一编”，指的是一编书。“冷暖谁知”，其实是从“如鱼饮水，冷暖自知”化用而来。这句可以这样意译：如今，我在这个热闹的节日气氛中，只能无比孤独地读着一编书，依靠读书来消磨或打发自己的时光，我的悲痛又有谁知道呢？

读到这里我的心很疼。就像纳兰亦师亦友的好友顾贞观说的那样：“家家争唱饮水词，纳兰心事几人知？”是啊，现在很多人都喜欢纳兰，都在读纳兰，但又有几人愿意深入地去理解纳兰，去探访他内心的疼痛，以及了解他为什么这样悲痛呢？

“当时。欢娱见惯，道岁岁琼筵，玉漏如斯。怅难寻旧约，枉费新词。次第朱幡剪彩，冠儿侧、斗转蛾儿。重验取、卢郎青鬓，未觉春迟”，下段，是物是人非的对比，以及由此而产生的悲叹。

这里的“当时”，恐怕也有“谁念西风独自凉，萧萧落叶闭疏窗。沉思往事立残阳。 被酒莫惊春睡重，赌书消得泼茶香，当时只道是寻常”之叹吧。

当时，恐怕沉醉于梦中，还没醒来吧。就像李煜说的那样：往事已成空，还如一梦中。当时的一切都是那么美好，纳兰痴痴地想着，也许，这样的美好会永远美好下去吧。这样的想法，太过幼稚，但我喜欢这种做梦似的幼稚。所以，我喜欢这样的男子。就像晏小山一样“梦入江南烟水路，行尽江南，不与离人遇”一样的深情。

晏小山和纳兰一样，都是单纯的男子，这种单纯，看上去总有一些幼稚的嫌疑。其实，这是他们真切的表现。这样的男子总是会用一颗真心去触摸这个世界，得来的结果，一定是会让他们痛不欲生。但又必须接受现实所给予的结果，所以，他们只能把这种疼隐藏在自己的文字中。文字，是他们的呻吟，也是他们的呼救，更是他们的倾诉，只是容易被很多人忽略了。

“琼筵”，欢宴，盛宴。“玉漏”，就是滴水的漏壶，用来计时之用。“欢娱见惯，道岁岁琼筵，玉漏如斯”这句，可以这样意译：那时我沉醉于当时和你在一起的快乐时光，哪里能够想到会有今日的孤独场景呢？对于已经习惯了有她的纳兰，没有她的陪伴，岂不像是失去了自己一样疼痛？

纳兰已经习惯了有她相伴的时光，但她终于，终于还是离开了他，留给了他一个绝美而无尘的背影，让他用泪水相送。纳兰原来以为，她会永远和自己在一起，永远和自己在一起，可惜，那个时候的他，哪里知道还有“命运”这个词呢？“命运”，从来都是由天不由人的，那个时候，他无法懂得这个道理。

和曾经一样丰盛的宴席，没有了她的身影，变得索然无味。曾经的玉漏，一滴滴滴出的是缠绵和温存，如今，漏的却是怀念、是思念，还有他的孤独和寂寞，甚至还有他的绝望和疼痛。

“怅难寻旧约，枉费新词”句，写的是他自己的感叹。“怅”，惆怅，怅惘。“旧约”，过去的约定，过去的誓言。“枉”，徒劳无用地、枉自努力地。“新词”，新填出来的词，或新写出来的诗。这句，真的如顾贞观说的那样：“有一种凄婉处，令人不忍卒读。”这才是纳兰心灵深处让他朽烂的疼痛，有最深的无力和绝望。

如今想一想，过去的誓言，过去的约定，已经无法实现，就算用尽了所用的文字都没有用了，也不过是我一个人的努力，徒劳无用罢了，这多么让人觉得绝望、无力和疼痛啊。是啊，对于一个无法忘记过去的人来说，这样的疼痛，显得过于沉重，沉重的让他无法背负，压得他喘不过气来。

“次第朱幡剪彩，冠儿侧、斗转蛾儿”句，写的是他眼前的场景，或他幻想中的场景。“次第”，依次地。“朱幡”，彩色的旗幡，或红色的旗幡。“冠儿”，“蛾儿”，古代妇女在元宵节所带的头饰。

“次第朱幡剪彩”这句，让我想到了仓央嘉措。他在一首情歌中这样写道：“当良辰吉时到来，我就竖起了祈福的幡儿。就有一位美丽的少女，请我去赴宴。”

仓央嘉措沿着走廊疾步往前走，几乎就要跑起来了。他经过庭院的时候，抬头看过天空，深深的蓝，没有一丝云彩。这么晴朗的天气，让一切都显得轻盈，闪着光，促使他渴望再向上。他不停地穿过走廊，登上阶梯，飞快地穿堂过户，一口气也不喘，一直来到最高的露台那里。四周空荡荡的，清寒的空气沁入心扉，他不禁摊开了双手，像鸟一样，几欲展翅高飞。太阳升起不久，闪耀着光芒。从这里可以清晰地看见大昭寺和大昭寺广场上插立的经杆。

经杆上的幡条，狭长如飞龙，或红或白。布上用藏文、梵文书写的佛陀的教言，缝接在粗实的经杆上。再看向四周民居的楼顶上，也到处飞扬了祭神、祈福与吉祥的经幡。这些幡都是那种用五色拼接的，即蓝、白、红、绿、黄色的星火无字幡条，和一块单色镶边的主幡方块布，上面印有佛陀教言和鸟兽图案。有的人家将其挂在楼顶，还有的人把它系挂在柳树枝上，更为壮观的是，在人烟稀少的远山间，人们把印有佛陀教言和鸟兽图案的五色方块布一块紧接一块地缝在长绳上，悬挂在两个山头之间。

他想在露台上也升起一道经幡，祈求好运。实际上，出门前他就查过藏历，知道今天是个良辰吉日。在穿过长廊，转角上楼之前，也已经命令随从去取来一条全新的经幡。他默默地在心里祈祷了一遍，然后看着随从从门后晃出身子来，献上经幡。他在露台的栏杆高处将经幡挂起，看着五色的布块渐渐在风中飘动起来，祈求福运隆昌，消灾灭殃。经幡的五种颜色是固定的，排列的顺序也是严格规定的，不能随便变化，也不能出错……

仓央嘉措升起了朱幡，到底想要什么呢？不过就是想接近一个姑娘。而纳兰这里的“次第朱幡剪彩”，恐怕也是这种意思。可是，他却没有仓央嘉措这么幸运，他升起了朱幡，过了不多久，这个姑娘的父母就请他去她家里赴宴，终于接近了自己思念很久的姑娘。

“斗转娥儿”句，让我想到了李清照。李清照在《永遇乐》中这样写道：“……闺门多暇，记得偏重三五。铺翠冠儿，捻金雪柳，簇带争济楚……”纳兰上面的“冠儿”，估计就是李清照这里的“铺翠冠儿”，是饰有翠羽的女式帽子。李清照这里的“捻金雪柳”应该指的就是“蛾儿”。纳兰这里的“次第朱幡剪彩，冠儿侧、斗转娥儿”，我觉得是纳兰遥想的，这里应该指的是正月十五。因为，在正月十五古代的女子有戴这个头饰的习惯。

“重验取、卢郎青鬓，未觉春迟”句，我怀疑是对他所爱的女子的交代。这句的意思是：你如果回来，我如今尚未老去，我们仍然还可以开出爱情之花来。

“卢郎”，这里当喻指纳兰自己。“卢郎”指的是传说中唐代的卢家子弟，年老后才为校书郎，后来娶了年轻美貌的妻子，却遭到其妻的抱怨。

你如果回来，我仍然站在那里等你，如同一棵树。

写到这里，我想到了徐悲鸿纪念馆的一句话：活着，就要一意孤行。纳兰一意孤行地走了下去，再也没有回头。

·第八篇· 浮名总如水

马齿加长矣，枉碌碌乾坤，问女何事。浮名总如水，拚尊前杯酒，一生长醉。残阳影里，问归鸿、归来也未。且随缘，去住无心，冷眼华亭鹤唳。

无寐。宿酲犹在，小玉来信，日高花睡。明月阑干，曾说与，应须记。是蛾眉便自、供人嫉妒，风雨飘残花蕊。叹光阴、老我无能，长歌而已。

——瑞鹤仙

本来不打算选纳兰的友情词的，但最后考虑，要想把一个完整的纳兰呈现在读者面前，如果没有纳兰的友情词，那这个纳兰是不完整的。所以，几经考虑，还是决定把纳兰对朋友的真情厚谊呈现在大家面前，让纳兰不再是支离破碎的纳兰，而是一个完整的、真实的纳兰。

也许有人会问：这个时候纳兰认识顾贞观了没有？我要告诉大家的是，这个时候顾贞观和纳兰还没有认识多久，这个时候的顾贞观大概在纳兰家里教纳兰的弟弟读书，纳兰因此和顾贞观相识，为顾贞观的才华和学识而深深吸引。有一句话：才人遇才人必有惜才之心。所以，纳兰对顾贞观其实一直有一种"怜才深意"。

这首词是友情词，词上有一个纳兰自己写下的小序：丙辰生日自寿，起用弹语句，并呈见阳。从这个小序来看，这首词是写给张见阳的。纳兰写这首词是在清康熙十五年，这年纳兰二十二岁，这首词当写于这年纳兰自己的生日之时，然后，他把这首词寄给了张见阳。

"弹语句"，应指的是顾贞观的词集《弹指词》。纳兰这短暂的一生，温润如玉，如谦谦君子，对待爱人用心用力，对待朋友用心用情，痴情一往，深情无限，认真而真切。在清朝的词史上，纳兰和顾贞观以及吴兆骞等的友情，是其一段辉煌、鲜艳而感人的情感。所以，我在自己 QQ 空间的日志上这样写过：能遇到纳兰和顾贞观这样的朋友，此生无憾。

张见阳，即张纯修，号见阳，辽阳人，隶属汉军正白旗，累官至安徽庐州知府，著有《语石轩》一书。他擅长书画。张见阳在纳兰死后，也即清康熙三十年在扬州为纳兰刊刻了《饮水诗词集》，张见阳在此书的序中这样说："容若与余为异姓昆弟。"可见两人是倾心相授的知己。而纳兰在寄给他的信中这样写道："兄之自爱，深于弟之爱兄，更无足为兄者。"

张见阳在《饮水诗词集》的序中又这样叹道："谓造物者而有意于容若也，不应夺之如此其速；谓造物者而无意于容若也，不应畀之如此其厚。"可见，纳兰之死，对张见阳的打击也是不小的。张见阳擅画风兰，纳兰死后，他就不再画风兰，以示对纳兰的悼念。张见阳，也没让纳兰失望。

纳兰从外表上看似风光无限，前途无量，但他在我看来，其实连一个贫穷人都不如，比很多人都要可怜。即使他父亲明珠一人之下万人之上，官高位重，即使他自己有八斗之才，但他活得不快乐又有什么意义？当夜晚降临之后，他要面对自己陷入黑暗当中无力自拔的心，以及那些无边无际的绝望和寒冷。就像很多人表面活得有滋有味，但暗夜里，你自己的泪水，又如何处理？你又怎么解决梦醒时分，涌上心头的疼痛？它们已经刻于骨、铭于心了。

在这个世界，最让人无奈的事情莫过于没有知音。作为剑客，剑是他的知音；作为酒鬼，酒是他的知音；作为陶渊明，菊花是他的知音。而谁是我们的知音，我们又是谁的知音呢？而纳兰的知音又在哪里呢？"知音少，弦断有谁听"的哀痛和无力，当下已经越来越少人这样慨叹了。现在，很多人远离自己的内心，甚至远离了自己的灵魂，恐怕也只有钱和放纵是他们的知音了吧。

纳兰和顾贞观在词学主张上，都以"性灵"说为重，这跟袁枚的诗学主张差不多。袁枚在《随园诗话》中这样说："杨诚斋曰：'从来天分低拙之人，好谈格调，而不解风趣。何也？格调是空架子，有腔口易描；风趣专写性灵，非天才不辨。'余深爱其言。须知有性情，便有格律；格律不在性情外。三百篇半是劳人思妇率意言情之事，谁为之格？谁为之律？而今之谈格调者，能出其范围否？"

其实，纳兰词除了"性灵"之外，还有什么？他除了自己的真性情，在词语的技巧等方面，跟同时的陈其年、顾贞观和朱彝尊等相比，差了起码一个档次。其实，我觉得这是纳兰的聪明之处，他知道自己在汉语这门非母语的语言之上，肯定比不了那些把母语用得出神入化的诗人，所以，他选用了自己的真性情这种内在的血液来弥补这个不足。与其说纳兰是清朝"国初第一词手"，还不如说纳兰是抒写真性情的第一人。所以，王国维大师说纳兰"以自然之眼观物，以自然之舌言情"，是相当有道理的。

顾贞观在纳兰死后，默默地收集纳兰的一些诗词和书信，他在纳兰寄给张见阳的书信之后这样说："每一人言容若佳处，闻者或以为过情，要是其人未识容若耳。若曾相识，则其佳处不尽于吾辈所言也，今观此札，与见阳受重若此，知容若，并可知见阳。而容若已不可复作矣，惜哉!"

秦松龄看了纳兰写给张见阳的书信后，这样评价："人谓容若贵公子，稍知之者，因为才人已耳。不知其志洁，其行芳，不但不以贵公子自居，并不肯以才人自安也。此与见阳先生往来手札，观其于朋友之间肫笃如此，亦岂今人所有哉！……见阳裒集成卷，宝爱如拱璧，其知容若深矣。"

从以上记载和文字可以看出，纳兰待友之道是何等的真诚，以及他和张见阳之间的深厚情谊。纳兰是什么样的人呢？程鱼门有诗这样写道："也应有泪流知己，只觉无颜对俗人。"

"马齿加长矣，枉碌碌乾坤，问女何事"句中的"马齿加长"，是化用了顾贞观的词。纳兰一定花了很长时间研读顾贞观的《弹指词》，纳兰词中有很多词语、句子，甚至是意象，其实都是从顾贞观的词里移过来的，可见顾贞观的词对于纳兰词的影响是何等之深。

顾贞观在《金缕曲》一词中这样写道："马齿加长矣。向天公、投笺试问，生余何意？不信懒残分芋后，富贵如斯而已。惶愧杀、男儿坠地。三十成名身已老，况悠悠、此日还如寄。　惊伏枥，壮心起。直须姑妄言之耳，会遭逢、致君事了，拂衣归里。手散黄金歌舞就，购尽异书名士。累公等、他年谥议。班范文章虞褚笔，为微臣、奉敕书碑记。青史上，古今灭。"顾贞观的词中多落寞。在词中的他，跟纳兰词中的纳兰有相似之处，都是以一个疲倦而乏力的形象存在的。

"马齿加长矣"，这句话的意思是，马的牙齿会随着年岁的增长而增长，在这里比喻人的年龄渐长，一事无成。《谷梁传》这样记载："荀息牵马操璧而前曰：璧则犹是也，而马齿加长矣。"每读古诗词，我为古时的诗人们的阅读量而深深折服。在这里，其实顾贞观是在自嘲，说他自己年龄渐老，仍然一事无成。就像一个诗人写的那样：我双手空空，空有一身热爱和疲倦。

在过去的读书人心里，他们读书都是为了“十年寒窗无人问，一朝成名天下知”。功成名就，一直是古时很多读书人心里挥之不去的心结。

“枉碌碌乾坤”句中的“枉”，在我看来有“任”的意思，在这里其实是“无可奈何”。“问女何事”句中的“女”，是“汝”，这里是纳兰的自指。这句“马齿加长矣，枉碌碌乾坤，问女何事”，是纳兰在怨叹，自己的年龄渐长，但在这个莽莽尘世之间，碌碌无为，没有什么成就，到底是为了什么呢？这里有无可奈何的悲叹。

有很多人也许会问，纳兰生在贵显之家，其父明珠一人之下、万万人之上，应该是要风得风要雨得雨，骑马过斜桥，满楼红袖招才对，为什么要这样怨叹呢？

其实，这样问，是不懂纳兰。这年纳兰应该中了二甲第七名，等待“分配工作”。而自己的表妹，已经被选入宫多年了。本以为以自己的才华和能力，可以有一番大作为，但却只等了一个三等侍卫，一个不用动脑子、纯粹体力活的工作。这个工作看似风光，其实对于纳兰来说，却是一种折磨。

纳兰被分配到乾清宫值班站岗，看似承幸了恩泽，其实，这完全是一种专业不对口。让一个文职人员去做一个带刀侍卫的工作，你说康熙这家伙到底打的是什么主意？而他这样做的目的背后，又有着怎样的悬疑呢？难道真的是信任明珠，甚至是信任纳兰，认为他们忠心于自己？

其实，纳兰是非常讨厌侍卫这个工作的，整天和一群舞刀使棒、肌肉发达而脑子空空如也的人混在一起，别说纳兰这个聪慧敏感的人，就是我也受不了。在写给严绳孙的信中，纳兰的这种讨厌和抱怨清晰可见：“中秋后会于等普通之人大恩僧舍，以一函相寄，想已入览矣。弟秋深始归，日直驷苑。每街鼓动后才得就邸。曩者文酒为欢之事，今只堪梦耳。兹于廿八日又扈东封之驾，锦帆南下，尚未知到天涯何处，如何言归期耶？汉槎兄病甚笃，未知尚得一见否，言之涕下。弟比来从事鞍马间，益觉疲顿。发已种种，而执役如昔，从前壮志，都已坠尽。昔人言：身后名不如生前一杯酒，此言大是。弟是以甚慕魏公子之饮醇酒近妇人也。行前得吾哥手书，知游况不佳，甚为悬念。然人之常情，毋足深讶。东巡返驾，计吾哥已到都亭，当为弹指画谋生之计。古人谓好官不过多得金耳。吾等但得为饱暖闲人，又何必复萌宦情耶。吾哥所识天海风涛之人，未审可以晤对对否。弟胸中块垒，非酒可浇，庶几得慧心人，以晤言消之而已。沦落之余，久欲葬身柔乡，不知得如鄙人之愿否耳。乘兴南往，恐难北上，如尚未发棹，须由中州从陆，以岁前为期，便当别置帷房，以炉茗相待也。此扎到日，速以答书见寄，必附章藩，乃能速达……"

这句"弟比来从事鞍马间，益觉疲顿。发已种种，而执役如昔，从前壮志，都已坠尽。昔人言：身后名不如生前一杯酒，此言大是"，读了真让人心痛，有一种心如死灰的绝望和无力。无可奈何，还是无可奈何啊。这里的"身后名不如生前一杯酒"，出自《世说新语》："或谓之曰：'卿乃可纵适一时，独不为身后名邪？'答曰：'使我有身后名，不如即时一杯酒。'"

陈继儒在《小窗幽记》中这样写道："名利场中，难容伶俐；生死路上，正要糊涂。""一杯酒留下万世名，不如生前一杯酒，自身行乐耳，遑恤其他；百年人做千年调，至今谁是百年人，一棺戢身，万事都已。"

"浮名总如水，拚尊前杯酒，一生长醉"这句，不就是写给严绳孙信中的"身后名不如生前一杯酒，此言大是"之意吗？这句"浮名总如水"，有柳永的风格。柳永才华横溢，他的词传播之广，让人惊叹。有人这样形容柳永词："凡有井水处，皆能歌柳词。"

柳永在一次落第之后，写了一首《鹤冲天》："黄金榜上，偶失龙头望。明代暂遗贤，如何向？未遂风云便，争不恣狂荡？何须论得志。才子词人，自是白衣卿相。 烟花巷陌,依约丹青屏障。幸有意中人,堪寻访。且恁偎红翠,风流事,平生畅。青春都一晌。忍把浮名,换了浅斟低唱。”

其实这是一首自我安慰的词,词的意思是,我考不上也没有关系,浮名如水,我还是醉于诗酒之间吧。令柳永想不到的是,这首词在瞬间就传了开去,而且越传越广,最后竟然传到了宫里,甚至传了到宋仁宗的耳朵里。柳永再次参加考试,终于以他出众的才华通过了。但临到皇帝圈点放榜时,宋仁宗看到柳永的名字,想起了他那首《鹤冲天》,就在旁批道:“且去浅斟低吟,何要浮名?”又把他的名字勾掉了。

其实,我们都要感谢仁宗的这一笔,如果没有他大笔一挥,宋词史上,会少了很多软香暖玉般的温存,只留下那些大老爷们顶着所谓豪放的帽子在那独自起舞,让人觉得无趣。仁宗轻轻地就把柳永送上了一条越走越远的路,柳永觉得功名没希望了,那我就醉于诗词和花酒之间吧,他干脆打了个牌子:奉旨填词柳三变,从此在青楼妓院我们总能看到这个失意而落魄的才子的身影,一生官小位卑,死后被一些妓女凑钱葬了。其实,很多专家不喜欢他的词,并因他的词攻击他的人格,这种做法让我相当厌恶。

浮世之名,不过就像东流之水一样,没有多少意义。“拚”,乃甘愿之意。这句“拚尊前杯酒,一生长醉”,不过是纳兰心灵深处最真的愿望和渴望。我甘愿常年和酒相对,清闲自在,隐于荒野之中,过完自己的一生。纳兰其实是厌倦了侍卫这样的生活,但又没有能力改变现实给他的束缚。

其实,纳兰的工作就是一种捆绑,更是一把心灵的枷锁,把他的双手捆住,把他的心灵锁住,让他无法自由,有的时候,甚至都无法呼吸。

“拚尽尊前杯酒”这句,让我想到了曹操。曹操说:何以解忧,唯有杜康。很多人都不明白,为什么要有酒的存在呢? 其实,如果没有酒,唐诗宋词,就少了很多味道,也太没有意思了。不仅诗人喜欢酒,我也喜欢,只是身体不行,不能多饮。为什么喜欢酒呢？酒，是一种对于现实的逃避，也是对自己内心强烈的疼痛的一种麻醉。只有真正伤心的人，才能用得上酒。

酒能引人入梦。不论是纳兰和自己的表妹，和卢氏，甚至是和后来的江南才女沈宛的爱情，都无法在现实当中达成美好的结局，所以，他只有借助酒，引他入梦。在梦中，这些在现实中无法达成的愿望，无法亲近的人，又能一一达成吗？虽然可以在梦中见到她们，这时的相见谁又能说是快乐的呢？在我看来，这样的相见，其实比不见还要让人绝望和疼痛。

为什么要“拚尽尊前杯酒”呢？那是因为内心的忧愁、伤痛、怀念太多太多，自己已经明显无法承受，所以，只能借助酒精来麻醉自己。

“残阳影里，问归鸿、归来也未”句中的“归鸿”，指的是大雁，暗喻离人未归。那么这里的“归鸿”指的是谁呢？从纳兰写这首词的一些情况来看，这里的“归鸿”有可能是张见阳，但也有可能是别的人。这首词是纳兰在自己的生日之时写下的，然后才作为书信呈给张见阳的，必定包括他自己的一些感叹。竟然是在他生日的时候写下的，这个时候，卢氏和纳兰结没结婚还是一个问题，那么，这里的“离人”我们能把卢氏排除在外，剩下的也只有纳兰那个被选入宫的表妹。在我看来，这里的“归鸿”也有可能是她。

“残阳影里”，这句跟李白的“西风残照”表达的情感基本相同。昏黄的光影里，飞过了一阵阵的大雁，而此时，纳兰望着它们，悄然问：大雁都飞了回来，你什么时候回来呢？这里面明显有一种等待或守候之深情镶嵌在其中。下面紧接着就是他自己安慰自己的话语。

“且随缘，去住无心，冷眼华亭鹤唳”句，是自我安慰的话语。有专家认为这里的“且随缘，去住无心，冷眼华亭鹤唳”是说应该顺其自然，对待功名之事要以冷淡之眼观之，用阔达的胸怀对待得失。

这里“华亭鹤唳”是一个典故，出自《世说新语》：“陆平原河桥败，为卢志所谗，被诛，临刑前叹曰：‘欲闻华亭鹤唳，可复得乎?’”这里的陆平原，就是陆机，陆机曾经和他的弟弟在没有入仕途之前，常常在华亭游玩，所以，陆机临刑之前才有这样的感叹。陆平原看来是非常后悔步入仕途的，早知如此，还不如和自己的弟弟隐于华亭，逍遥自在呢。

纳兰这里的“华亭鹤唳”，在我看来是感慨人生起伏多变。这里的“去住无心”句中的“去住”，就是去留的意思。这句总是让我想到了一首歌中的一句歌词：心不在，留不留都是痛。心不在，留下抑或离开，都没有多少意义，都是那个在乎的人的心中，一抹永远无法抹去的伤痛和刻骨的疼。这种疼痛带着时光的苍白，刻在岁月之石上，永远不会被风剥落。

“无寐。宿酲犹在，小玉来信，日高花睡”句，看出了纳兰的无力和无奈。他睡不着，所以，又拚尽尊前杯酒，换取一醉。纳兰的这种生活，让他想逃避，可是，他又如何逃避呢? 这种心情我们也可以从他写给张见阳的另外一首词《菩萨蛮》中看出些许的端倪和痕迹：“车尘马迹纷如织，羡君筑处真幽僻。柿叶一林红，萧萧四面风。　功名就看镜，明明秋河影。安得此山间，与君高卧闲。”

这首词，是纳兰路过张见阳的山居时的感叹。张见阳在北京西山一带隐居了一段时间，纳兰路过这里，从心里羡慕这种清静悠闲的生活。从首句我们就知道，纳兰已经讨厌了自己的这种“车尘马迹纷如织”的生活，而羡慕张见阳的“柿叶一林红，萧萧四面风”的幽僻住处。这首词里，他对功名之心看得更淡。在他看来，功名就像镜中之花、水中之影一样，到头来都是捕风而已。

纳兰这里的叹息，让我想到了《圣经》中《传道书》的作者。他叫所罗门王，是以色列历史上最富有、最聪明的王。他可以说比纳兰还有权力和地位，但他的感叹和纳兰几乎同出一辙：“传道者说：虚空的虚空，虚空的虚空，凡事都是虚空。人一切的劳碌，就是他在日光之下的劳碌，有什么益处呢? 一代过去，一代又来,地却永远长存。日头出来,日头落下,急归所出之地。风往南刮,又向北转,不住地旋转,而且返回转行原道。江河都往海里流,海却不满;江河从何处流,仍归还何处。万事令人厌烦,人不能说尽。眼看,看不饱;耳听,听不足。已有的事,后必再有;已行的事,后必再行;日光之下,并无新事……我见日光之下的一切事,都是虚空,都是捕风。"

这些话语在那些自诩坚强、乐观的人看来,太过消极。其实,这才是自己对自己,甚至是对这个世界真正的认识。就算你可以翻手为云覆手为雨,但你又能如何呢? 对于生命,甚至是对于你自己,你可能从来都未曾认识过。当我们把自己的心敞开,安静地倾听这个世界的声音,用心去触摸这个世界,我们就会为这个世界万事万物的存在而发出赞叹之声。

研究佛学的纳兰,似乎也没能超越。他在这个时候认为万事都不如"生前一杯酒",功名再吸引人,都不如及时行乐。

"宿酲",宿醉。这个词,我觉得跟"病酒"相差不大。纳兰在第二天的早晨,仍然没有醒酒,看来是喝了不少。"小玉",本来指的是仙女的侍女,这里,当指的是自己家里的丫环。丫环来喊他起来,告诉他太阳都升得老高了,不要再睡了。这句是告诉张见阳,我喝醉了,太阳老高了我还在床上睡着,还是丫环喊我起来的呢。

"明月阑干,曾说与,应须记"这句,我总怀疑不是写给张见阳的。"明月阑干"这句,明显有偷情词的一些氛围。这里当是两个人花前月下的约会。当然,朋友也可能在明月下的栏杆边"东篱把酒黄昏后",但如果用于写爱情,这句应该会更加精彩。

这句如果是写给张见阳的,那么就是这个意思:"在明月之下,在栏杆边,我们曾经说过的话,请你一定要记得。"这里其实是纳兰的叮嘱语,颇似写给顾贞观的那句"一日心期千劫在,后身缘、恐结他生里。然诺重,君须记"。在这里,纳兰叮嘱张见阳，跟叮嘱顾贞观一样的真切。

所以，顾贞观在读纳兰写给张见阳的信时说“知容若，并可知见阳”，这话是一个非常懂得纳兰的人写下的。他没有因为读纳兰写给张见阳那么多的信札而心生嫉妒，反而因此说纳兰是一个怎样的人，张见阳必是一个怎样的人，这是一种对纳兰和张见阳之间的友情和他们的人品多么好的赞美和肯定啊。由此可以推测，张见阳和顾贞观必也是倾心相授的知己。

“是蛾眉便自、供人嫉妒，风雨飘残花蕊”句，既是纳兰安慰张见阳也是安慰自己的话语。“蛾眉”，眉形的一种，代指女子。在这里有专家引用了屈原的《离骚》:“众女嫉余之蛾眉兮”来注释。这里的“蛾眉”，当指才华或才子。这是纳兰安慰张见阳，说既然我们有才华，肯定会招来很多人的嫉妒，就像风雨必定会摧残那美丽的花朵一样，所以，你不用放在心上。

“叹光阴、老我无能，长歌而已”这句，是纳兰的自叹。只是光阴如同风一样从指尖一扫而过，而我渐老，一事无成，只能徒自长歌而已。这里的“长歌”，我觉得有“长歌当哭”之意。“长歌当哭”，用诗词来代替痛哭。这是一个伤心人写伤心语。就像曹雪芹写的那样:“感怀触绪，聊赋四章，匪曰无故呻吟，亦长歌当哭之意耳。”

纳兰一边在安慰张见阳，一边也希望张见阳安慰自己。所以说，没有朋友的一生，该是多么贫乏而苍白的啊。朋友，是我们最后的那一笔精神财富了吧。什么是朋友呢? 就是在你痛苦的时候默默地陪伴着你，给你安慰，当有子弹射向你时，他会义无反顾地为你挡。

·第九篇·

怕幽泉、还为我神伤

青衫湿遍，凭伊慰我，忍便相忘。半月前头扶病，剪刀声、犹在银釭。忆生来、小胆怯空房。到而今，独伴梨花影，冷冥冥、尽意凄凉。愿指魂兮识路，教寻梦也回廊。

咫尺玉钩斜路，一般消受，蔓草残阳。判把长眠滴醒，和清泪、搅入椒浆。怕幽泉、还为我神伤。道书生薄命宜将息，再休耽、怨粉愁香。料得重圆密誓，难禁寸裂柔肠。

——青衫湿遍

这首词是悼亡词。《青衫湿遍》为词牌名，盛冬铃认为是纳兰的自度曲。从“半月前头扶病”来看，当写于卢氏死后不久。盛冬铃在《纳兰性德词选》一书中这样说：“……容若初娶汉军旗人两广总督卢兴祖女，婚后夫妻十分恩爱，但婚后仅三年，卢氏即于清康熙十六年，也就是1677年5月30日因难产而亡。”

其实，纳兰在卢氏死后，内心是无比后悔的。对于一个和自己生活在一起这么久的人来说，卢氏的离开，怎么能不让纳兰悲痛呢？卢氏死后，说纳兰无比悲痛，这我倒是信的，你如果说纳兰非常爱卢氏，我就不能认同了。在卢氏死后，纳兰才觉察到卢氏对他自己的重要性，所以，才从心里觉得悲痛。

纳兰词中的那种真情，其实是他自己对内在自我的真诚。什么是真诚呢？在我看来，就是真实地、一览无余地表现自我的情感。读纳兰的词，我们就会知道，纳兰的这种真诚是指向内心的，是对自身内部情感的尊重，以及对外在世界的否定和反叛。这种斗争，让纳兰面对这个世界时产生了更多困难，甚至有着更多的困惑和无力。

这种真诚，超越了技巧，直面个人有关生存所遇到的一切遭遇，真实地表达自我的情感，真实地展示自己的内心，是纳兰词中最美丽的光彩。这种光彩带着人性的温润，以及那种有别于其他人的独特的柔和。

其实，在我看来，能够真实地、赤裸地，而不是虚伪甚至是虚假地表达内心的情感，这应该才是现代文学所需要反思的立场，尤其是现代诗歌更加迫切的需要。其实，读纳兰词的时候，我总认为，纳兰词中的真切，就是给我，甚至是给那些写现代诗歌的诗人们，以及当今的中国文学的一记响亮的耳光。

“青衫湿遍，凭伊慰我，忍便相忘。半月前头扶病，剪刀声、犹在银釭。忆生来、小胆怯空房。到而今，独伴梨花影，冷冥冥、尽意凄凉。愿指魂兮识路，教寻梦也回廊”，上段是回忆，写景，然后跟着抒情。

人生最为悲痛的是，我们虽然明明知道爱情开了，但最后却离花儿很远。

人已逝，但情还在。在刻骨的悲凉过去之后，回忆，就是一缕不冷的温暖。爱情永远指向未来，而我们永远只在路上，没法抵达。

还是一样的夜晚，还是一样的星星，但人已经换却。温暖的手，已经冷去。

这个世界，仿佛都是她留下的遗物，让纳兰触手冰凉。而纳兰才是她留下的遗物中，最为让人悲痛而绝望的一个。作为生命个体的纳兰，在时光的长河中，是一粒无比渺小的微尘，我相信，在这个时候，纳兰已经意识到了这点。

所有的一切，都已经无法挽回。其实，虽然时光可以冲淡疼痛的深度，但它不能永远消失，在这个时候，这种疼痛还在汹涌地展示着纳兰心里的情感。沧海桑田的变幻，这个时候，是纳兰一个人的疼痛，是他自己无法原谅自己。她没等来他的爱，她还没等来他的心，她就独自离开了。

“青衫湿遍”，显然比纳兰另外一首词中的“青衫湿一痕”要悲痛得多。“青衫”，代指书生或地位低下或官职卑小的人。卢氏离开之后，纳兰无疑甚是悲痛，但这种悲痛更多的是失去了一个心灵之上的依靠，不是失去了心灵之上最重要的一种东西。这种悲痛，更多的是建立在后悔之上的一种大彻大悟。

纳兰始终没有想到，有些人，在的时候没有珍惜，一转身，便成永别，而这种永别，在他清醒之后，便是一生的遥远。时间，属于他们的时间太少，太少。而纳兰给卢氏的时间，可以在一起温存的时间，太少太少。纳兰把自己的心给卢氏的时间，更是少之又少。转眼之间，便成陌路，遥隔着天上人间的距离。

只道当时是寻常。而如此，此情可待成追忆，便是此时已惘然。纳兰只能在自己的心里，沉默地悲痛。事到如今，已经无法挽回，他只能无比后悔而悲痛地怀念她在时的一些情景。卢氏和纳兰生活在一起的这三年，也就是一千多个日子里，纳兰有几天真正而投入地和卢氏在一起了呢？这个答案，恐怕只有死去的卢氏知道，只有纳兰自己知道。

平常的日子，此时，显得是那么完美，那么重要，拥有超过寻常的意义和价值。卢氏走后，纳兰持续而不间断地做梦，梦见她，梦见她和自己相见和再次别离。梦里面的快乐，是梦醒后悲痛的一种反衬？纳兰此时的悲痛，他的怀念，只能是他心里种的一朵花儿，它的名字叫后悔和寂寞。

凄凉的人世，能让纳兰看到的，只是时间过了，窗外的花儿落了一地，像一个人无助而悲咽的泪水，更像是一个人对前尘往事的思恋。当时柔情似水，温情弥漫，花好月圆之处，有她相伴在身边，不过那时，他的心里，为什么装着另外一个人？为什么直等到如今才能醒悟过来，发现卢氏对于他来说是如此的重要？

从“凭伊慰我”这句，我们就能看出卢氏是一个多么细心体贴而温柔的女子。这句“青衫湿遍，凭伊慰我，忍便相忘”，我们完全可以这样意译：她离开我了，我无比悲痛，我为她流下的泪水已经将我胸前的衣服湿遍了。她活着的时候，对我的关心、照顾和体贴，以及对我的安慰和真情，我怎么能忘记？又怎么忍心忘记？

“半月前头扶病，剪刀声、犹在银釭”，这句，明显是回忆。“银釭”，从字面理解，应该是用银子打造的灯台。这里到底是不是用银子打造的灯台，大家不必抓着不放。反正，就是装饰精美而名贵的灯台。纳兰家里有的是银子，用银子打造些灯台，对于纳兰来说是个小事。

“扶病”，在我的理解当中，应该是带着病的意思。而“剪刀声、犹在银釭”这句，有很多专家认为是“卢氏剪灯花的声音，还落在银灯边”。这样的解释本身没有啥问题，但是过于拘泥于从字面上理解了吧？我认为，这里的“剪刀声”，是纳兰特意截取了卢氏做女红的一个片段。我认为，这里的“剪刀声”，是卢氏在为孩子做衣服。卢氏死于难产，在这之前，孩子就要出世了，作为一个温柔而贤良的母亲，她为自己的孩子做点衣服啥的，很符合一个母亲的形象。

“半月前头扶病，剪刀声、犹在银釭”这句，在我的理解当中是这个意思：你半个月之前还带着病，却强作欢颜、强打精神，在微弱的灯火之下，为我们的孩子做衣服。那一针一线是如此认真，把你对孩子的深情完全缝入，这让我怎么能忘记？

卢氏活着的时候，纳兰在这个红尘之上，等待着表妹的回来，这颗心，他把它丢在了远方。而卢氏要忍受怎样的寂寞和孤独，等待着纳兰的心前来和她的心进行一场亲近和融合。到底有没有人这样想过？卢氏到底用一颗怎样坚持和执着的心，怎样温柔而善于等待的心，给纳兰一颗完整而深爱的心？

在我看来，卢氏爱纳兰，爱得相当辛苦。就算背负这种辛苦，她一直未曾移动过。不过，她没能等待纳兰的心前来和自己的心进行一场亲近的确认，便独自离开了人世。都说这个人世纳兰觉得冰凉，但我觉得，这个人世对于卢氏来说，似乎更加冰凉。卢氏一直等待着和纳兰的心进行确认，只是我读遍了纳兰词，都没有看到这种被纳兰确认的痕迹。

自己倾心相授的人，他的心一时一刻，哪怕一秒的时间都未曾留在自己身上，这么长的时间，难道卢氏真的一点都感受不到？我想，对于这么一个细心的女子来说，她一定感受到了，只是她沉默不语。她默默忍受着无比的寂寞和孤独，甚至是疼痛。我一直为卢氏心生悲悯。

“忆生来、小胆怯空房”这句，写卢氏的一些性格。“小胆”，应该就是胆子小。卢氏是一个胆小的女子，和我认识的某个女孩子一样，一个人害怕待在房间里，她也是把所有的悲痛和泪水，所有的寂寞和孤独，都留在了无人的深夜，独自承受。写到这里，仿佛有无声的暗泣，穿透我的耳朵，揉碎我的心。忽然很想对这个姑娘说：余生的岁月里，我将和纳兰一样，站在远方一直为你祝福。不过，我没有纳兰这样的后悔和悲痛，我将用快乐的心态和表情，用心灵看着你在这个尘世之上活着。

有很多时候，我都不忍心这样写纳兰对卢氏的情感，可是，这是我真正所感受到的。

“到而今，独伴梨花影，冷冥冥、尽意凄凉”这句，是紧接着上句“忆生来、小胆怯空房”而写的。意思是：你从前都害怕一个人待在房间里，而此时，你躺在冰冷的棺木里，独自伴着梨花影，无比幽暗，肯定是受尽了凄凉的折磨吧？

为什么这里是“梨花”呢？因为，梨花洁白，这种白有的时候是悼亡最好的颜色。这种白，不仅是一种纯净、纯洁，更多的是一种伤，一种无法言说的疼，以及一种无法再次亲近的距离。在梨花盛开的时节，卢氏的身影和梨花的影子融合在一起，让纳兰的心冷到极点，又疼到极点。

春天虽然来了，但纳兰的春天，这个时候，正动身悄然从纳兰的心里离开。伫立在纳兰的词中，总有泪水从脸颊上悄然流下，总有回忆在心里汹涌澎湃。这个时候，就连梦都是冷的。思念总是在寻找的途中，生命的阴影在词语之中，没有止境地追赶着情感的宣泄，即使在我们看不见的地方，都闪烁着湿漉漉的泪光。

“愿指魂兮识路，教寻梦也回廊”，前句，明显有楚辞的一些特色。“回廊”，又是这个词。其实，读这首词的时候，我总不把它简单地读成一首悼亡词。我觉得，在这首词中也有纳兰自叹身世的一些情感。我总认为“回廊”这个词，是和纳兰的表妹纠缠在一起的，就像李商隐诗中的“碧落”、“十二城”等有关道家的意象，是跟李商隐初恋的女子宋华阳纠缠在一起一样。可以说，“回廊”这个词，就是她表妹独有的词语，也是一种独有的意象。

我是这样理解这句的：我愿为你的灵魂指路，让你可以和我在回廊旁寻找到失落的旧梦。这句，猛一看上去像悼亡，但细细读来，却是失去爱情之后，内心那强烈而认真的渴望。这里的“魂兮”，可以理解为灵魂，但在我看来，也可以理解为心灵。其实，文学就是个人的经验和体验，有的时候，一首词中，包含有很多种情感，这也是很正常的事情，大家不必大惊小怪的。

在我看来，这首词，原来是写悼亡的，但写着写着，纳兰的这颗心不仅想到了卢氏的早亡，可能还想到了心爱的表妹远在距离之外，所以，心生怀念。

“咫尺玉钩斜路，一般消受，蔓草残阳。判把长眠滴醒，和清泪、搅入椒浆。怕幽泉、还为我神伤。道书生薄命宜将息，再休耽、怨粉愁香。料得重圆密誓，难禁寸裂柔肠”，下段，接着用想象的方式写景，然后是抒情。

我一直怀疑这首词中不仅是悼亡之情，还有失去他表妹的一些伤情，这是有根据的。这里的“咫尺玉钩斜路”句中的“玉钩斜路”，是隋代埋葬宫女的地方，在今天的江苏扬州。据说，隋代的宫女死后都埋在这里。所以在这里，我怀疑有暗指皇宫的嫌疑。如果这样理解的话，那么这句“咫尺玉钩斜路，一般消受，蔓草残阳”，应该就是这个意思：虽然皇宫和我的距离不是太远，而我们一样地消受这蔓草在夕阳照耀之下的荒凉景象，内心无比悲痛。

冯秀亭在《纳兰丛话》中这样说：“……《青衫湿遍》过片云：‘咫尺玉钩斜路，一般消受，蔓草残阳。’玉钩斜，宫女之塚也，移之卢氏则不切……”冯秀亭也觉得这里的“玉钩斜路”这个词用于悼亡词不太合适，所以，他选清词的时候，把纳兰的这首词弃之不用。冯秀亭可能认为纳兰用错了典故。我觉得纳兰用错典故的可能性几乎为零。如果不是纳兰用错典故，那么就是纳兰自己故意用这个典故来表达一些隐藏于心的情感。

这里如果把“玉钩斜路”解释为埋葬卢氏的墓地，当然也可以。如果把这“玉钩斜路”解释为卢氏的墓地，那么这句的意思，在上述解释的基础之上，只要把上句的“虽然皇宫和我的距离不是太远”，改成“你我相隔不是太远”就行了。到底这里的“玉钩斜路”解释为何，我想，完全可以由读者自己去把握。

“蔓草”，蔓生的草。这种草，最早出现于我国第一本诗歌总集《诗经》当中。这首诗叫《野有蔓草》，它是这样写的：“野有蔓草，零露漙兮。有美一人，清扬婉兮。邂逅相遇，适我愿兮……”这是一首爱情诗，写的是两个正值青春年月的年轻男女偶然相遇，之后，便两情相悦的事情。所以，这“蔓草”在我看来是“春情”之草，是温暖之草，可是，在纳兰这里，这种草却带着无比悲凉甚至是沉重的色彩。

“残阳”这句，让我想到了李白的《忆秦娥》：“箫声咽，秦娥梦断秦楼月。秦楼月，年年春色，灞陵伤别。　乐游原上清秋节，咸阳古道音尘绝。音尘绝，西风残照，汉家陵阙。”王国维在《人间词话》中这样评价此词最后一句：“……寥寥八字，独有千古。”纳兰这里的“残阳”，恐怕就是李白这里的“音尘绝，西风残照，汉家陵阙”之意吧。

“判把长眠滴醒，和清泪、搅入椒浆”这句中的“判”，应该通“拚”，应该是心甘情愿的意思，甚至有不顾一切之意。我记得我早年就读过一首词，全词我记不太清了，至今仍然清晰地记得：拚尽今生、对花对酒，为伊泪落。

这个“拚”，在柳永词里也经常出现。我记得秦观有一次在一个宴会之上，遇到一个富人家的小妾，这个女子擅长歌舞，但不擅饮酒，女子举杯劝酒，秦观反过来敬她酒时，主人说：“我这个小妾从不饮酒。”但他的话音刚落，这个女子端起酒杯说道：“今日我为学士拚得一醉。”说完一饮而尽。

“椒浆”，椒酒，以椒浸制的酒，用来祭奠亡人用的。那么这句“判把长眠滴醒，和清泪、搅入椒浆”的意思应该是：我不顾一切地想用自己的泪水，搅入椒酒，想把你从长眠中滴醒过来，让你活过来，和我一起生活。这不过是一种痴话，更是一种梦话，看起来，相当傻。但这种傻，反而因为情感的真切而变得甚是柔软和温润。

“怕幽泉、还为我神伤。道书生薄命宜将息，再休耽、怨粉愁香”句中的“幽泉”，有专家认为指的是其妻的墓地，而我觉得，这里应该指的是幽暗的黄泉。

“将息”，应该是保重或调养的意思。“耽”，应该是沉醉，或耽搁的意思。“休耽”，应该就是不要沉醉，或不要被什么耽搁。“怨粉愁香”，这句有太多强烈的脂粉味。这里应该代指男女之间的情爱纠缠。从词意来看，这里当指的是纳兰和卢氏过去的一些记忆。

联系上句，那么这句可以这样解释：如果我不顾一切地想用自己的泪水，搅入椒酒，要把你从长眠中滴醒，那么，就算你能活过来，也一定会再次为我神伤。你肯定会说：书生总是容易薄命，你的身体又不好，应该多保重、调养，不要再苦苦地思念我，甚至是怀念我了，还是把我忘记吧，只要忘记，你才能迎接快乐，迎接新生。这些道理，纳兰似乎都懂，但他就是做不到。想忘记一个人，对于纳兰、秦观、晏小山和我本人而言，是何等的困难。

"料得重圆密誓，难禁寸裂柔肠"句中的"密誓"，应该指的是两人在花前月下的誓言。整句应该是这样的意思：就算我还能记得过去的誓言，但这誓言再也无法实现，想到这里，我又怎么能不柔肠寸断呢？这最后一句，是纳兰只写给卢氏的？我怀疑，这最后一句，纳兰也是写给他表妹的。不管是卢氏，还是被选入宫的表妹，都是纳兰心底深处那一枝鲜艳的疼痛。

一夜的孤独和寂寞，落满了怀念的翅膀。秋天的道路上，没有她要回来的讯息。一柱沉香燃尽，在这无比思念的夜晚，一颗心就是思念产生的地方，也是思念熄灭的地方。

无数的思念被夜风衔走，衔向远方。我像一缕盲目的风，无法拂过你温暖的面颊，以及你如瀑的长发。纳兰一分一秒地在回忆的刀刃之上游走，试图寻找到她的消息。静坐于内心，一阵风吹过的时候，他走不出深深的怀念，却在情深缘浅中彻底跌倒，再也没能爬起来。冷寂在心里，楔入了它自己。

夜晚的风，夜晚的星，是被遗弃之人唯一的倾听者。一腔幽怨，打湿了发黄的纸页。纳兰，我忽然想这样为你写下文字：当我一遍又一遍地呼唤你，一次又一次停留于记忆的痕迹里拼凑你，在风之上披着深情一次又一次默念着你的名字，亲爱的，你会从遥远的夜空之上，陨落下来吗？

短暂的一生，却有着长长的深情，时光之剪，也无法剪断。蟋蟀在月光之下，像纳兰一样悲伤地歌唱，穿透了深情的心，把渐浓渐近的寒意衔了过来。在远方,亲爱的姑娘,你是我心灵的方向。只是我仍然静静地站在远方,一动未动。因为,我心依旧,无法亲近你的美好。

诗歌揭开了内心隐秘的角落,在词语的深处,爱情悄然睡去。纳兰和我,将怀揣着怀念,做着和果实无关的梦。我们将会在梦里收集一缕缕月光,照亮心灵的去处,那是你的地方。而通向你的道路,已经消失在时光之外。我、纳兰,两个男子,在这个尘世之上,是不是注定在爱情的路上,一往情深,却只能两手空空?

纳兰说:我的十指在你琴弦之上,每一个手指都是一次绝望的歌唱。于是在悲痛之中复述悲痛,在泪水之中翻译泪水,在词语之中倾注自己。而你的归期,是星星和天空的孩子,让我们的心灌满绝望之水。于是,我站在绝望之水上,把自己一瓣一瓣地打开。打开之后,会让你看到,就算我们紧紧握住,也无法留下那悄然远去的背影。

你的归期在风之外。

·第十篇·

然诺重，君须记

德也狂生耳。偶然间、缁尘京国，乌衣门第。有酒惟浇赵州土，谁会成生此意？不信道、竟成知己。青眼高歌俱未老，向尊前、拭尽英雄泪。君不见，月如水。

共君此夜须沉醉。且由他、蛾眉谣诼，古今同忌。身世悠悠何足问，冷笑置之而已。寻思起、从头翻悔。一日心期千劫在，后身缘、恐结他生里。然诺重，君须记。

——金缕曲·赠梁汾

这首词，是纳兰写给顾贞观的。顾贞观，字华锋，号梁汾，今江苏无锡人。清康熙五年顺天举人，著有《弹指词》。其词清丽、婉柔、忧伤，和纳兰的词风相近。他于1676年，也就是康熙十五年和纳兰相识，从此两人成为莫逆之交。顾贞观当时已经四十岁了，纳兰才二十二岁，当时顾贞观只是一介布衣，明珠聘他为自己家的家庭教师，教纳兰的弟弟读书。

钱仲联这样评价此词："这首慢词，赠顾贞观，风格便与贞观的《金缕曲》二首相近。为自己写照，也为其交游写照，中间又交错着对蛾眉谣诼的感叹，易拍云'重然诺，君须记'。可以参证性德身任救吴汉槎入关一事。"

这年，二十二岁的纳兰容若刚中进士不久，在自己的家里得以结识顾贞观这个早已闻名天下的江南才子，欣喜异常，更有一种相见恨晚之叹；而年满四十岁的顾贞观见纳兰容若温文尔雅、谈吐不凡，在他身上没有那种一般贵族子弟的架子，而且他非常好学、谦逊，所以两人一见如故，结为忘年之交。

纳兰是明珠的长子，自幼接受汉文化的深度熏陶，性情温雅、为人信义，磊落而深情。他非常喜欢词，这种抑扬顿挫的乐感、错综变化的韵律、长短参差的句法以及所抒发的浓烈深挚的感情，令他如痴如醉。如今，家里来了一位诗词高手，让他有了一个可以向其学习的老师，纳兰因此而非常高兴。

所以，纳兰一有时间就向这个顾老师请教，没事就请这个顾老师喝个小酒，认真地听这个老师讲讲他对词的看法、感悟和体验，两个人有的时候竟能谈得通宵达旦，这种才子和才子的吸引力确实让人叹为观止。

纳兰的爱情，是纳兰心底最深的痛楚，而他和顾贞观、张见阳的友情，则是他心头唯一的一缕温暖和抚慰。读纳兰的友情词，我们就知道，我们该如何对待那些用心对待我们的人。在今生我们应该倾心相许，一心一意，来生还结这情于茫茫之处。

顾贞观看到这首词后非常感动，也写了一首和词。这首词是这样写的："且住为佳耳。任相猜、驰笺紫阁，曳裾朱第。不是世人皆欲杀，争显怜才真意。容易得、一人知己。惭愧王孙图报薄，只千金、当洒平生泪。曾不直，一杯水。歌残击筑心逾醉。忆当年、侯生垂老，始逢无忌。亲在许身犹未得，侠烈今生已已。但结托、来生休悔。俄顷重投胶在漆，似旧曾、相识屠沽里。名预籍，石函记。”

但结托，来生休诲，让我感动莫名。又有几人愿意跟我们这样说呢？

著名的词评家陈廷焯这样评价顾贞观和纳兰的这两首词：“二词纯以性情结撰而成，悲之深，慰之至，丁宁告诫，无一字不从肺腑流出，可以泣鬼神矣！”“如家常说话，而痛快淋漓，宛转反复，两人心迹，一一如见，虽非正声，亦千秋绝调也。”

诗词，在我看来性情为上，其他皆次之。

顾贞观在《弹指词》中多次提到纳兰的死对于他来说，是一种打击和疼痛。他在他留下的文字中，多次提起他们的相识。他这样记下了纳兰写这首词时的一些经过：“岁丙辰，容若二十有二，乃一见即恨识予之晚。阅数日，填此曲，为予题照，极感其意，而私讶他生再结语殊不详，何意竟为乙丑五月之谶也。伤哉。”

注意，这里顾贞观的“阅数日”，指的是阅什么数日呢？我个人怀疑是阅顾贞观写给吴兆骞的两首《金缕曲》：“季子平安否？便归来，平生万事，那堪回首？行路悠悠谁慰藉？母老家贫子幼。记不起、从前杯酒。魑魅搏人应见惯，总输他、覆雨翻云手！冰与雪，周旋久。　泪痕莫滴牛衣透。数天涯、依然骨肉，几家能够？比似红颜多命薄，更不如今还有。只绝塞、苦寒难受。廿载包胥承一诺，盼乌头、马角终相救。置此札，君怀袖。”

“我亦飘零久，十年来，深恩负尽，死生师友。宿昔齐名非忝窃，试看杜陵消瘦。曾不减，夜郎僝僽。薄命长辞知己别，问人生，到此凄凉否？千万恨，为君剖。　兄生辛未我丁丑，共些时，冰霜摧折，早衰蒲柳。词赋从今须少作，留取心魂相守。但愿得，河清人寿。归日急翻行戍稿，把空名料理传身后。言不尽，观顿首。”

这两首词是写给吴兆骞的。顾贞观的好友吴兆骞是江苏吴江县人，生于书香之家，少年时就聪颖不凡，文才突出。顺治十四年(1657)，吴兆骞高中举人，但因“丁酉科场案”被株连而流放宁古塔。宁古塔位于黑龙江省牡丹江一带，天寒地冻，环境恶劣，是清初流放重大罪犯的场所，发配到那里的人，基本是有去无回。

这个地方到底是什么样的，吴兆骞自己有过描写，他在写给朋友的信中这样写道：“塞外苦寒，四时冰雪。陶陶孟夏，犹著敝裘。身是南人，何能堪此。每当穹庐夜起，服匿晨持，鸣镝呼风，哀笳带雪，萧条一望，泣下沾衣……”可见，对于吴兆骞来说，宁古塔是一个怎样的地方，他又是怎样地度日如年。

顾贞观为救吴兆骞，选择留在京城四处奔走呼号，遍求满朝权贵，折腾了十年都没获成功。尽管如此，他仍然没有放弃，仍然选择留在了京城，继续寻找机会。终于来了机会，纳兰的父亲明珠聘他去当自己儿子的老师，这就是一个机会。

如果能遇到这么一个用十年的时间为救我们而四处奔走的朋友，此生夫复何求，又死而何憾?

顾贞观把这两首词写出来后，委托自己的好友苗君稷寄给了吴兆骞，在这两首词后，顾贞观还写了一封短信：“塞外恐未必有词谱，望我汉槎之暇，按调为之，便中寄我。万里唱酬，真词场佳话也。”吴兆骞收到后，便有《寄顾梁汾舍人三十韵》寄回，一时间传为词场佳话。

顾贞观在这两首词中表达了对朋友身处绝地的深切关怀、思念和慰藉。“季子平安否?”一声看似平淡的寒暄问候，蕴含着深切的痛惋和情义。顾贞观的词通篇如话家常，婉转反复，心迹清晰如见。所以，我觉得纳兰的这首词，也是读了顾贞观这两首词后而写下的，这其中有对顾贞观的安慰和劝导。

据说，纳兰读了这两首词后，感动得泪流满面，对不惜一切为朋友奔走的顾贞观，由尊敬上升到钦佩的境界。于是，他对顾贞观说："给我十年时间吧，我一定把吴兆骞给捞出来。"顾贞观哀叹："十年？那样的绝地，他还能活几年？五年为期，好吗？"纳兰容若擦着眼泪点头。果然，五年后，吴兆骞回来了，纳兰践行了他的承诺。

其实，对于那些真正用心给予我们的人，他们的痛苦，又何尝不是我们的痛苦呢？不论是恋人也好，是朋友也罢，其实，道理都是一样的。当我们能把他们的痛苦看成是我们的痛苦之后，我们就会一心一意地去爱他们，我们就不会为自己着想，而是不停地为他们着想，觉得他们能幸福，就是我们幸福。所以说一个诗人为一个女孩子这样写过：你好就好，其他的一切都不重要。其他的，我来背负。

"德也狂生耳。偶然间、缁尘京国，乌衣门第。有酒惟浇赵州土，谁会成生此意？不信道、竟成知己。青眼高歌俱未老，向尊前、拭尽英雄泪。君不见，月如水"，上段，是纳兰写自己的一些情况，以及安慰顾贞观的一些话语。

"德也狂生耳"句中的"德"，应该是纳兰的自谓。这句话的意思应该是：我和你一样，本来也是一个狂放不羁的人。这里的"狂"不是盲目的狂傲，而是人格上的信义。就像一句话说得好：人不可以有傲气，但必须有傲骨。

"缁尘"，风尘，有专家认为是"言尘染衣黑也"。"京国"，京城。"乌衣门第"，指的是谢安一家。东晋时，谢安等名门望族都居住在乌衣巷，所以，后来便用"乌衣门第"来指居于名门望族的子弟。

这句"偶然间、缁尘京国，乌衣门第"，是纳兰向顾贞观解释，我生长在名门望族之家，又在京城供职，这实属偶然，你不要因为这个而疏远我。

"有酒惟浇赵州土，谁会成生此意"句，有专家认为化用了李贺的诗"买丝绣作平原君，有酒唯浇赵州土"。平原君，姓赵，名胜，"战国四公子"之一，以善于养士而闻名,家中食客多达数千人。有人这样评价他:平原君,翩翩浊世之佳公子也……纳兰和顾贞观也是这个浊世一对翩翩佳公子。

据说,平原君和普通人家毗邻而居,他有一个妾,看见前来投奔他的一个人跛腿,就嘲笑这个跛腿者。这个跛腿者去见平原君的时候说:"臣听说平原君礼贤下士,许多门客都不远千里来投奔您,因为您以贤士为重,臣不幸染上了腿疾,而您的小妾见到我后,竟然大声地嘲笑我,我希望您能把她杀了给我出气。"平原君看不起这个跛腿之人,但又不好表达出来,于是就信口允道:"可以。"可是,过了很久都没见他杀自己的这个小妾。后来,平原君家里的门客渐渐离开,于是,平原君抱怨道:"我对门客小心谨慎,以礼相待,从没有亏待过他们,他们怎么会一个一个离开了呢?"有一个门客上前回答说:"因为您答应了那个跛足者的事情,直到现在都没有实现。所以,您出尔反尔,大家因此离开了。"平原君听后,默默点头,命人把这个小妾杀掉,然后又去那个跛足者家里道歉,之后,那些离开的门客才重新回来。

这句"有酒惟浇赵州土,谁会成生此意"中的"生",应该是纳兰的自指。应该是这个意思:我仰慕你的学识和人品,而我也和平原君一样礼贤下士,爱好交友,我愿意和你成为知己,谁能理解我的意思呢?谁又能成全我的愿望呢?这里是渴望和顾贞观成为知己的一种吁求。

"不信道、竟成知己"这句的意思是是:我都不敢相信,竟然能和你成为知己。

"青眼高歌俱未老,向尊前、拭尽英雄泪"句,有专家认为化用了杜甫诗"青眼高歌望吾子,眼中之人吾老矣"。这句是对顾贞观的安慰。"青眼",指的是阮籍,后人称之为阮步兵,著述甚丰,和嵇康、山涛、向秀、刘伶、王戎及阮咸七人,常在当时的山阳县竹林之下喝酒纵歌,肆意酣畅,被后人称为竹林七贤。

据说阮籍对待俗人不正眼去看,常翻白眼,而见到那些奇人高士,谈到兴处，常以青眼看人。这句的意思是：你我成了知己，当青眼相对，互相鼓励互相帮助，不要伤痛，应拭去脸上的泪水，振作起来，我们的年龄都不算太大，都大有可为。纳兰写这句的时候才二十二岁，应该还没有去乾清宫上班，所以这个时候，在纳兰眼里，前途充满了希望，还没有后来的“身后名，不如生前一杯酒”的哀叹。

“君不见，月如水”句，是纳兰向顾贞观剖白自己对他的心迹。你看，我对你的心，就像那月光一样。

“共君此夜须沉醉。且由他、蛾眉谣诼，古今同忌。身世悠悠何足问，冷笑置之而已。寻思起、从头翻悔。一日心期千劫在，后身缘、恐结他生里。然诺重，君须记”，这句，依旧是安慰顾贞观，以及希望和顾贞观把友情继续保持下去的决心和嘱托。

这句“共君此夜须沉醉”，应该是紧接着上句“君不见，月如水”而写的。你看，月光如水，这是一个多么有诗意的夜晚，我会陪你喝酒，直到喝醉。酒是好东西，也是坏东西。这句明显有“酒逢知己千杯少，话不投机半句多”之意。

“且由他、蛾眉谣诼，古今同忌”句中的“蛾眉谣诼”，化用了屈原《离骚》中的“众女嫉余之蛾眉兮，谣诼谓余以善淫”。这句的意思是：就让那些喜欢在我们背后说三道四的小人们去造谣中伤吧，这种事情古今都是一样的。这句，是对顾贞观的安慰。顾贞观在这个时候都四十岁了，仍然没有功名，所以，纳兰惺惺相惜地安慰他。

“身世悠悠何足问，冷笑置之而已”句，仍然是对顾贞观的劝慰。“身世悠悠”，化用了李商隐的诗“欲问孤鸿向何处，不知身世自悠悠”。

这句的意思：其他的一切何足你这样劳累呢，冷眼观之吧。这句，如果不明白纳兰和顾贞观之间的情意，猛一看上去，纳兰有站着说话不腰疼的嫌疑。纳兰身在富贵之家，吃穿不愁，怎么可能去考虑一些生计问题呢？但顾贞观要考虑啊。

“寻思起、从头翻悔”这句的意思是，想一想，我都后悔去考试了。有专家认为纳兰这年中了进士，工作久久未能安排，所以他的心情颇有不快，生出当初赴考的悔意。细细读此词，纳兰当有此意。

“一日心期千劫在”句，是渴望他和顾贞观的友情可以永远。“心期”，以心相许的时间。“千劫”，指的是永远。这是佛家用语，纳兰和顾贞观都深受佛学影响。佛家认为以天地一成一毁为一劫，“千劫”该是多久呢？这句的意思是：今天我们俩约定永远成为知己。这是纳兰的痴话，他忘却了时间。在时间面前，一切的生命都是短暂的存留，但纳兰与顾贞观的友情仍然在发黄的词语中鲜艳夺目。

“后身缘、恐结他生里”句，写的是要和顾贞观结来世之友情。“后身缘”，来世之情。来世之情，或许可以结在他生里。这句，顾贞观后来在自己和纳兰此词的词上补注说：“……私讶他生再结语殊不详，何意竟为乙丑五月之谶也……”

“然诺重，君须记”这句，是纳兰对顾贞观的交代和嘱托。我要和你再结来生缘，你一定要记得，一定要守信义。

最后让我们看一看《炙砚琐谈》一书的记载吧：“一夕，梦侍中至，曰：‘文章知己，念不去怀。泡影石光，愿寻息壤。’是夜，其嗣君举一子。梁汾就视之，面目一如侍中，知为后身无疑也，以窃喜甚至。弥月后，复梦侍中别去，醒起，急询之，已卒矣……”

这里面有多少可信的成分？顾贞观经常梦见纳兰我是相信的，其他的，就纯粹是后人美好的幻想了，明显有“人鬼情未了”的愿望充斥其中。

·第十一篇·

近来无限伤心事

近来无限伤心事，谁与话长更？从教分付，绿窗红泪，早雁初莺。

当时领略，而今断送，总负多情。忽疑君到，漆灯风飐，痴数春星。

——青衫湿·悼亡

这首词，纳兰自己标明是悼亡词。词中所写的，仍然是那一往情深的情，以及汹涌不息的怀念。失去了卢氏，纳兰的心，无疑是疼痛的。对于敏感而真切的纳兰来说，这种疼痛，更多的是他对卢氏所产生的从心里生出的依赖。

失去一个人，对于很多薄情的人来说，并没有什么，但对于纳兰和我来说，仿佛就是失去了自己的灵魂。就像庞培在《影像》一诗中这样写道："肯定暮色里有某些影像/肯定等候经年的事情最后会连自己都想不起/我们只是通过回忆的方式，允诺自己任性/尽情地爱/我们的爱只有虚空的手，而且因为天快黑了/脸和手都已看不太清。”

像昨夜悄然凋零的花朵，纳兰无法收回的泪水，月光一样在岁月里洇开。那些慢慢长大的绝望，是纳兰心底深处一处处疼痛，无法回到当初的温暖。此时，如果你用心倾听，会听见纳兰笔下的每一枚文字都在呼唤，都在哭泣，这种细微的声音，并不拒绝另外一颗心的抚摸，就像此时，我作为另外一个男人在阅读他一样。这种阅读，有一种亲近的企图。

如果你问我，纳兰的词到底带给我什么？我只能告诉你，纳兰的文字中，有我的深情，也有我的泪水和疼痛，甚至还有我的绝望在其中舞蹈。此时，读纳兰词，我唯一能做的，也许只能是把自己的回忆打开，倾听、沉默、怀念或坚持孤独的守候，等待着在逝水中忘记一生的悲欢离合。

只是，曾经那么认真的情感，已经被冷到刻骨的红尘淹没。那些用心的思念，甚至是呼唤，已经消散在四面八方，无法寻觅。只是，你要知道，只要文字在，纳兰就在。这是无法让我们忽略的事实，却一直被人们忽略着。

纳兰是一个追求爱情自由的人，就像我所敬重的作家宁萱写的那样："爱自由，是人类最高贵的品质之一。一个爱自由的人，必然与不断剥夺人的自由的等级秩序形成某种紧张的关系。那么，用什么方式来捍卫自由呢？用酒还是用歌？酒只是消极的、暂时的逃避，诗歌却是积极的、永恒的抗争。”

“近来无限伤心事，谁与话长更”句，写的是纳兰的痛怜深惜。从你走后，我无限伤心，无人与共，在这个漫长的长夜里，凄凉、孤独而寂寞。你走了，会有谁愿意陪我在深夜里听我说话呢？又有谁来给我一点温暖，安慰我的心呢？

纳兰这样写，不代表纳兰就找不到女人在深夜里说话，也不代表纳兰就找不到女人在深夜里共栖同睡。纳兰才华横溢，又是一个帅哥，这些是吸引女子的软件，但纳兰也有着过人的硬件，其父明珠一人之下、万人之上，家里有的是钱,别说找一个女人,就是找一车女人那也是轻而易举的。纳兰在这里写的意思是:我还能去哪里找像你这样的女人。这是对卢氏的夸赞之语,并不是说他找不到女人。

纳兰风流倜傥不错,但风流不等于下流。有人抱怨他对自己的妻子卢氏是亏欠的,因为他爱他表妹,而忽略了和自己相依相伴的这个人。其实,因为这点我反而喜欢他。对一个人情深一往,不论是何地何时都不放弃,这样的执着又有几个人能有? 我们的心,在古人看来不过就是"方寸"之间,如果放太多女人,那就是滥情了。

我的好友问过我:那个让你心痛,并让你用尽这一生力气都无法从自己心里抹去的人,你遇到过吗? 我回答遇到了。有很多喜欢我文字的朋友都猜测,站在我的文字背后的一定有一个女子的身影。他们认为在我心里一定放着一个女子,因为我的文字就是她存在的明证。

甚至有一个朋友这样告诉我:你从开始为她疼痛,到如今的文字,只剩下你站在远方,为她快乐,又默默为她祝福。这其中你要付出多少努力,多少疼痛,才能走到如今这一步啊。你终于懂得了张小娴说的"爱是成全"这话的意义。

听完这个朋友的话,我悄然落泪。我又微微一笑,想想活在这个世界之上,我还是幸运的,就算藏在我心中的这个人不明白,但这个世上,总还有一个人明白我为了她疼痛,为她快乐,为她祝福,为她努力付出和牺牲。

我不知道别的男人是什么样的,反正我知道我自己,我的心只要为一个人打开,就没有能力再次关上。这可能是我、纳兰、晏小山共同的悲剧和煎熬,甚至是一种苦难吧。这种苦难,对于我来说,算是一种修行。让我知道,我要快乐地活在这个世界之上,为心中的那个人。

"从教分付,绿窗红泪,早雁初莺",写的是卢氏走后,纳兰无心过问其他事情的一种心如死灰的状态。

“从教分付”，是听之任之的意思。这其实是一种无力的动作或情态。“绿窗”，从字面理解应该是装有绿色窗纱的窗子，这里代指女子的居处。“红泪”，代指女子的泪水。据说曹丕在位时，他选妃子的时候选中了一个叫做薛灵芸的女子，这个女子没有出过远门，眼看自己要离开了自己的故土，甚至是亲人，就非常伤心，那泪水不停地、汹涌地流下来，在临别登车上路的时候，一些宫女就用玉壶给她承泪，这个玉后来就变成红色了，到了京师以后，这个玉壶中的泪水凝如红血。

“从教分付，绿窗红泪，早雁初莺”，我看网上有人这样解释：就是回忆当年新婚燕尔时的一些情景，春天的晚上，窗前烛下，夫妻二人絮絮情话，柔情蜜意。这样的解释真的符合词意吗？如果这样解释，那么“绿窗红泪”该怎么解释呢？我认为这里应该指的是卢氏走后的一些情感。我是这样理解的：从你走后，那扇曾经听到我们喃喃细语的窗户也在一直流泪吧，而我已经不再关心春天的变化。

“当时领略，而今断送，总负多情”，这句是后悔之语，后悔当时辜负了卢氏的深情。有专家认为这句是化用了王次回的“也知此后风流减，只悔从前领略疏”一诗。这些专家的眼光真的是很独到。如果想懂纳兰词，就要多读李商隐、五代词人和王次回的作品。这些作品对纳兰影响很深。

这里的“当时领略”，其实就是纳兰另外一首词中的“当时只道是寻常”之意。这句的意思是：当时没能知道，没能珍惜，而今却已经断送了那些美好的时光，辜负了你的深情。纳兰犯了很多人容易犯的毛病，总是以为失去的才是最好的，所以，导致卢氏死后，他无比后悔，后悔没有珍惜她在的时光。

伸出手，除了空虚和冰冷，没能触到什么。一句句深情的呼唤，苍白在风中，牵扯纳兰的心无比疼痛。是怀念，使他一次次飞翔，然而，却在现实中长久沉默，任所有的泪水，纷纷扬扬。有些伤痛，早已深入了骨头。一行清澈的泪水，是纳兰一生简洁的情感，但却注定会消逝在远方。

纳兰心里的话，其实已经无法说出，因为，时光让他自己都无法把自己的心捂热。生离死别之后，彻骨的冰冷，其实只是内心的一种回光返照的光景。所有的风，在脸上留下的痕迹，难道是时光之花的花期？

“忽疑君到，漆灯风飐，痴数春星”句，写得很是深情。“漆灯”，形容灯火明亮如漆。“风飐”，风吹动的意思。这句的意思是：风吹动了一盏瘦小的灯火，我怀疑你来了，无法感受到你后，我一个人孤独地坐在窗下数着天上的星辰。

“忽疑君到”这里的“君”，有没有人觉得用得不太合适？刚读这首词的时候，我也有这种感觉。后来，我读李商隐写给其妻的诗“君问归期未有期，巴山夜雨涨秋池”之后，就理解了这个“君”的意思，乃是对于其妻的一种尊称。

有风吹过，在一盏摇晃的灯火之下，有一个人站在月亮之下，抬起头来痴痴地数着星辰，脸上悄然流下清泪。此时，这个男子在想，她到底是天空之上的哪颗星辰呢？

·第十二篇· 此愁知向谁说

人生能几，总不如休惹、情条恨叶。刚是尊前同一笑，又到别离时节。灯灺挑残，炉烟爇尽，无语空凝咽。一天凉露，芳魂此夜偷接。

怕见人去楼空，柳枝无恙，犹埽窗间月。无分暗香深处住，悔把兰襟亲结。尚暖檀痕，犹寒翠影，触绪添悲切。愁多成病，此愁知向谁说。

——百字令

有专家认为这首词是悼亡词，可是，我们不能以为词里有“芳魂”两字，就把这首词看成是完全的悼亡词。我觉得这首是离情词，其中所写的是对一个女子的思念，甚至是对不能“执子之手，与之偕老”的爱情的一种悔恨和抱怨。

如果说纳兰这首词写的是对于一个女子的思念，甚至是对“执子之手，与之偕老”的爱情的一种悔恨和抱怨，那么我们从纳兰短暂的一生，来寻找这个女子的踪迹吧。跟纳兰有过近距离接近的，也只有纳兰的表妹、卢氏、官氏、颜氏，官氏和颜氏，基本上可以淡出我们的视野，到了后来纳兰才认识沈宛，两人先是书信交往了一段时间，然后在顾贞观的努力下两个人才相见。如果有人说这是写给沈宛的，不管大家信不信，反正我不信。

这首词，在我看来，仍然是写给被选入宫的表妹的。词中所写的是一种不能在一起，却又无法忘记的情感。孤独着，纳兰孤独着。他把自己的伤口，放于文字当中，隐藏的并不是很深。泪水在文字中，精疲力竭地流动，在时光的长河中扎下了根。

我的好友胭脂这样写道："曾经沧海，除却巫山，只是当日已经惘然。里面谁的恩？谁的怨？是谁后悔谁成全？外人到底难以明了个中情节。一个'归归'的名字，就此被烙在我的小城记忆之中。这城中，从前你走过的路，我今日缓缓走遍；你说过的话，我必一一记得。至于当年，你失落过什么样的喜乐哀愁？一如我此夜的留言，也许你这一生，都不会看到。人世如潮缓如水，除了你，他们不知道我是谁。"

除了纳兰所爱的人，我们又能知道，纳兰到底是谁吗？

"人生能几，总不如休惹、情条恨叶。刚是尊前同一笑，又到别离时节。灯灺挑残，炉烟爇尽，无语空凝咽。一天凉露，芳魂此夜偷接"，上段，是回忆加抒情。

如果静下心来读纳兰词，就可以知道，纳兰的心始终被一个女子的背影紧紧系着。于是，他的心不关心这个尘世，不关心红尘之上到底有多少花开，他自己执着而情深一往地等待着她的花开，让自己在这个红尘之上，成为一个寂寞而荒凉、甚至有些疼痛的伤口。

他是一把锁，可是，钥匙却被她带走。他最终，是否只能在时光的风雨中独自锈损？幸好，多年以后，还有这么多人喜欢他，并他的词，这是纳兰的幸运还是他的不幸？他活着是因为爱，而绝望是他的爱的一只眼睛，怀念是另外一只眼睛，而那一个个被内心的思念所煎熬的，又无法亲近的夜晚，其实才是他爱的内容。

她一直在纳兰的生命之外。这是多么残酷却真实的现实。我们活在这个世界之上，最深的痛苦，不是那个我们爱的人离开了我们，而是用尽一切爱她之后，才发现能从她的生命中舀走幸福的从不是我们，却仍然用最深的情，最真的念，去执著于等待那个早已被命定的结局，最后让自己无法回头。

在这个时候，最美的风景其实在最远的地方。有个人很近，却没有路可以抵达。对于纳兰而言，我想，就像海子写的那样：远方除了遥远，一无所有。在我看来，纳兰肯定懂得，人生就是一盏微弱而孤独的灯，渴望和另外一盏灯的微光融合在一起。他更一定知道，爱才是这盏灯的油，可惜，纳兰固执地把自己灯中的油燃尽了，而他自己也跟着灭了，灭在没有等到她的绝望和悲痛之中，更灭在他自己执著的深情当中。

“人生能几，总不如休惹、情条恨叶”句中的“情条恨叶”，其实就是因为多情而产生的悲痛、孤独、寂寞、怨恨，甚至是伤口。

“人生能几”，我个人觉得，其实就是化用了曹操的“对酒当歌，人生几何。譬如朝露，去日苦多。”曹操在这里，也是在感叹人生无多，时光短暂。这样的感叹，在唐诗宋词中比比皆是。在唐朝有一个女子叫杜秋娘，她写了一首诗，专门用来劝酒。这首诗是这样说的：“劝君莫惜金缕衣，劝君莫惜少年时。花开堪折直须折，莫待无花空折枝。”

这里其实都是人生无多、及时行乐之意。就像李白写的那样：“人生得意须尽欢。”不过，纳兰在这里，写的并不是人生得意须尽欢，他反用其意。他的意思是，人生无多，不如不要因为多情而惹下那么多的纠缠和幽恨，让自己成为伤口楔在这条有些冰冷无情的时光长河中，即使再鲜亮，也逃不过寂寞和孤独的宿命。

可是，这句在我看来，只是纳兰内心的叹息。有的时候，我们明明知道不能爱这个人，明明知道爱这个人我们自己的下场不会美好，但我们无法自控地陷了进去，而且是越陷越深，无法自拔。我想，纳兰肯定也是这种情况。有的时候，说起来容易，能做出来是何等的困难啊。纳兰还是情不自禁地跟这个女子见面了。

“刚是尊前同一笑，又到别离时节”，这句，就是他和这个女子见面的说明和解释。这句，我个人觉得，有李商隐《无题》一诗的意境。李商隐在这首诗中这样写道：“相见时难别亦难，东风无力百花残。春蚕到死丝方尽，蜡炬成灰泪始干。晓镜但愁云鬓改，夜吟应觉月光寒。蓬山此去无多路，青鸟殷勤为探看。”

李商隐的这首诗是写给他初恋的女子宋华阳的，李商隐觉得和她相见难，但见到她后要和她分开更难。就算这样，他也会像春蚕一样，直到死才会停止想她念她，为她的泪才会流干。在我看来，李商隐和王次回，其实对纳兰的影响很深。我在想，纳兰是不是要以李商隐为榜样，直到他死才停止想念自己的表妹，直到他死为她的泪才能流干。这明显是为了爱情，不顾一切，执着而情深一往地努力，矢志不渝地等待下去。可惜，这种决心，最后换来的只是他半生的憔悴和伤心。

从这句看，两个人相见了，但是在短暂的温存之后，马上又是长久的别离。相见的时候，肯定是无比快乐的，但别离却是让人刻骨铭心的疼痛，刻在纳兰的心里，疼了他的灵魂。就像《颜氏家训》中说：“别易会难，古人所重。”意思是，想离别是非常容易的，但想再次见到，估计会比登天还难，所以，这才是古人重视别离时相送的原因吧。

我记得《仙剑三》中有一首歌叫《此生不换》，是这样唱的：“时光穿不断，流转在从前。刻骨的变迁,不是遥远。再有一万年,深情也不变。爱像烈火般蔓延。记忆是条长线,盘旋在天边。沉浮中以为,情深缘浅。你再度出现,我看见誓言,承诺在水天之间。回头看,不曾走远,依依目光,此生不换。要分散不习惯,怎么算都太难,分开之后更勇敢…… 喝不完忘情泉,不让你如烟;前尘再怀念,望剑如面。挥舞的瞬间,别再闭上眼,错过惊世的依恋。回头看,不曾走远,眷恋一人,流连忘返。多少汗够温暖,你哭喊我呼唤,听清耳边的呢喃,别害怕风轻云淡……"

是啊,依依目光,此生不换。但是,就算纳兰有这样的决心,也改不了命运,也改不了他们爱情最终的结局。虽然,要分散不习惯,怎么算都太难,但他还是坚持等到自己"春蚕到死丝方尽,蜡炬成灰泪始干"。我们能怪什么呢,刻骨的变迁,原来它从不是遥远,原来是他自己眷恋一人,流连忘返。我也是眷恋一人,流连忘返,所以,纳兰的心情,至少我是懂的。

"灯灺",就是灯烛。"爇",燃烧的意思。这句"灯灺挑残,炉烟爇尽,无语空凝咽",有专家认为这句是她走后,纳兰独自伤悲。可我觉得,这明显就是两人刚刚相见时那一瞬间的心态和情态。"灯灺挑残,炉烟爇尽",这句的意思,可能是灯火都灭了,香炉里的香也快燃尽了。"无语空凝咽"这句,个人觉得,是化用了柳永《雨霖铃》中的"执手相看泪眼,竟无语凝噎"之意。"凝咽",是形容悲痛到了极点,说不出话,只剩悲泣幽咽之声。

从"一天凉露"这句来看,露水一般都是深夜才降下的,那么,"灯灺挑残,炉烟爇尽"这句,也就能说得过去了。"凉露"是什么呢? 可能是实指露水,但这个词让我想到"露水夫妻"或"露水情缘"这两个词。"一天凉露",是不是一夜露水之情? "凉露",在我看来是属阴,代指女性。李商隐就喜欢在诗中用一些隐喻,让人去猜测。

"芳魂此夜偷接",很多专家对这句都没有具体的解释,我想,他们肯定懂,但碍着面子,只能绕过去,不能解释得那么透彻。这里的“接”是什么呢? 如果大家去读读李商隐的一些写给宋华阳的情诗,就能多少明白一点了。李商隐喜欢用一些隐喻的词,去描写他和宋华阳见面时的一些性爱场面。

这里的“此夜偷接”,一个“偷”字就暴露出了这个词的一些情况。这里的“偷”,在我看来是“偷情”的意思。只要不是在白天光明正大发生的,是放在夜晚的见面或约会,在我看来都算是偷情。竟然是偷情,那么这里的“接”字,必定跟性爱有关。这里的“接”字,我认为是性爱的交接动作。我这样说,肯定会招来很多纳兰迷们的骂声,更有甚者,会来讨伐我。

如果你认为纳兰没有自己的情欲和需要,我也没有办法。我也喜欢纳兰。我是一个男人。喜欢纳兰没错,但不能把纳兰过于神化了,你要首先明白,他不是圣人,就算他跟孔子一样被人尊为圣人,但孔子也说,“食色,性也”。纳兰是人,是人,就有自己的优缺点,有自己的喜怒哀乐,自然也有自己的情欲和需要,如果认为纳兰没有这些,那我还是劝你别喜欢纳兰了。如果你真的喜欢纳兰,就必须接受他的一切性格甚至是缺点。因为有的时候,缺点才是优点,才是人性中唯一的真实。

在我看来,爱到一定的地步,会发现除了把自己的肉体给对方,已经没有什么可给了。他这么爱他的表妹,两个人在夜里见了面,如果不发生点肉体接触的事情,在我看来才算不正常。因为爱,所以相互需要,相互给予,这才是人性中最为温暖、柔软和芬芳的地方。可惜,这种温暖、柔软和芬芳,被现代的年轻人用错了地方。因为,他们或她们,忘了爱才是其中最为温暖而久远的芬芳,如果没有了爱,这样的交接动作在我看来就没有意义。所以现在有很多人背负着爱之名,做着很多和真爱无关的事情。

原谅我这样想,可能我过于倾向于灵魂和灵魂、甚至是心灵和心灵之间的融合。

“怕见人去楼空，柳枝无恙，犹埽窗间月。无分暗香深处住，悔把兰襟亲结。尚暖檀痕，犹寒翠影，触绪添悲切。愁多成病，此愁知向谁说”，下段，写分开之后的一些情绪。

上段写相聚后的一些事情，那么下段自然就到了分开的时候了。“怕见人去楼空”这句，写的就是两个人的分开。“怕见”，在我看来，有害怕寂寞和孤独，以及面对思念的煎熬，但这里的“怕见”，更多的是不忍看见的意思。“人去楼空”，这四个字，在宋词当中，简直就是离情的代名词。

对这种“人去楼空”感受最深的男子，其实是晏几道。晏几道，字叔原，号小山。他被后人称为“古之伤心人”。他爱过“莲、鸿、苹、云”四个女子，但却未能得到她们当中的任何一个。他在《临江仙》中这样写道：“梦后楼台高锁，酒醒帘幕低垂。去年春恨却来时。落花人独立，微雨燕双飞。　记得小苹初见，两重心字罗衣。琵琶弦上说相思。当时明月在，曾照彩云归。”

这首《临江仙》是写给小苹的。酒醒后，楼台高锁着，帘幕低低地垂着，晏几道悲痛、思念和伤感，因为伊人不见了踪影。他又在《蝶恋花》中这样写道：“醉别西楼醒不记，春梦秋云，聚散真容易。斜月半窗还少睡，画屏闲展吴山翠。衣上酒痕诗里字，点点行行，总是凄凉意。红烛自怜无好计，夜寒空替人垂泪。”

晏几道这个贵公子早年过着富有而衣食无忧的生活，其父晏殊死后家道中落，然后就开始经历穷困的生活，一生只当了一个小官，在尘世之中疼痛着，在沉浮中体会着情深缘浅的哀痛。他和纳兰的身世颇有几分相像，唯一不同的，纳兰的家是在纳兰死后才败落的。不过，两个男子都是一样的情深，一样的痴情。这种痴，历来少见。所以，我读纳兰词的时候，总是会穿插着读《小山词》。

“柳枝”，这里按词意来看，当写的是实在的景物。但“柳”又是“留”的谐音。这里的“柳枝无恙”，如果把它解释为纳兰对她的思念未曾有丝毫的减弱，以及对她的留恋和从前一样,在我看来也是可以的。“柳枝”,同时也指美女。这里跟唐朝的著名诗人韩翃有关。

《本事诗》一书的作者,认为诗歌“情感第一”,他在这条目后记载了这样一个故事:韩翃少负才名,天宝末,举进士。孤贞静默,所与游皆当时名士。然而,他虽然很有才华,却家徒四壁。他的邻居有一个姓李的富人,家里有一个歌妓姓柳。而李每次回来,必邀请韩和他同饮。韩看他是一个光明磊落的大丈夫,所以,每次都不拒绝他的邀请。慢慢地大家越来越熟悉。

而这个姓柳的女子,只要有空便观看韩翃的居所,看后心情都很凄楚。她每次听说韩家来了客人,必是当下的名士,所以,她告诉自己的主人说:韩翃家里太穷了,但和他来往的都是当下的名人志士,他不会这样贫贱下去,你要和他搞好关系,我愿意嫁给他。他的主人深表同意。

后来,这个姓李的富人再次邀请韩翃来共同饮酒。酒喝到高兴之际,李说:你是当今才子,我家的歌妓柳氏也是当今的佳人,才子配佳人,是大快人心的乐事,我想把柳氏给你,你同意吗?然后,就把柳氏叫了过来,和韩坐在一起,让她劝酒。韩翃却说了一些原因,一味地推却。而李又说:大丈夫相遇杯酒间,一言道合,尚相许以死,何况她一个这么爱才的佳人呢?你就不要推却了。

李又说:你一直穷困,无法靠着自己出人头地,而柳氏愿意把她的积蓄拿出来,以助你寒窗苦读。柳氏是一个很好的女子,一定能帮助你出人头地。后来,韩翃在柳氏的关心和照顾下,用心埋头苦读,终于在天宝十三年考中了进士,考中进士之后,接下来就是等待朝廷选派官职。这中间有一段相当长的时间,韩翃回家探亲,柳氏独自留在长安。

韩翃回家后不久,安史之乱就爆发了,战火连天,人心惶惶,而这个时候的韩翃无法回到长安,后来,柳氏担心自己的容貌会给自己带来祸患,所以就出家了。韩翃于是就找人前往长安,并用一丝囊装了一些黄金去寻找她,留她做生活之用。在这个丝囊中还装有一首诗：章台柳，章台柳，昔日青青今在否？纵使长条似旧垂，亦应攀折他人手！

柳氏收到黄金和诗后，泪流满面，回复一首诗道："杨柳枝，芳菲节，苦恨年年赠离别。一叶随风忽报秋，纵使君来岂堪折。"

后来韩翃随侯希逸回到长安，当他再次回到自己的家里时，那熟悉的家院已一片荒凉，已是人去楼空，他顿时失望至极，后来终于知道自己的妻子被沙吒利夺去。韩翃无比悲痛，却又无法割舍与其妻的关系。后来，临淄太校置酒于长安的某个酒楼，邀请韩翃，韩翃虽然去了，但怅然不乐。

座人问："韩员外风流谈笑，未尝不适，为什么今天这么怅然不乐？"韩翃把这些经过和盘托出，座中有人名叫许俊，性情刚直，好打抱不平。许俊听说天下竟有这般无理的事，又加上喝了一些酒，在酒劲的鼓动下站起来说道："韩员外可以写一些字交给我，我立马去沙吒利府中把你的妻子抢出来。"座中的人皆激赞许俊的勇气，韩翃不得已只能写了封短信交于许俊，许俊自己带上信，全副披挂，跨上一匹骏马，然后牵着一匹骏马，径直向沙吒利府第疾驰而去。

许俊冲开层层阻拦，直入内院，大声说道："我是来取韩夫人柳氏的！"柳氏听到后，马上走出来，许俊将韩翃的书信递给她看，然后把她拉上马，绝尘而去。这边的宴席还没结束，许俊和柳氏就已经骑马而回。许俊对柳氏说："幸不辱命。"很多人为此事惊叹。

沙吒利上告皇帝，代宗深叹于这样曲折的故事，于是御笔批道："沙吒利宜赐绢二千匹，柳氏却归韩翃。"两个人的心，才算彻底放下来。于是，韩翃与柳氏又过上了执子之手的爱情生活。这里的故事，结局甚是美丽，可是，纳兰这里的"杨柳"就没有这样的幸运了。他没有遇到像许俊这样的侠士，就算是他遇到这样的侠士，又能如何呢？沙吒利毕竟不同于皇帝，天大地大皇帝最大，普天之下，莫非王土，纳兰又能有何办法。

“怕见人去楼空，柳枝无恙，犹埽窗间月”句中的“埽”，是用秫秸、石块、树枝捆扎成圆柱形用以堵口或护岸的东西，这里当是遮掩或阻挡的意思。那么这句的意思可能是：我不忍看见她离开之后，人去楼空，柳枝依然，遮掩了窗外的月色照进来。这句颇有姜白石“旧时月色，算几番照我，梅边吹笛”的意境。

“无分暗香深处住，悔把兰襟亲结”句中的“暗香”，有专家解释为幽香，这样的解释虽然没啥问题，但我觉得应该指的是美女，但同时这也是一个词牌的名字。如果我记得没错，这个词牌的创作者还是姜白石。姜白石用《暗香》咏梅花的清美。

李清照在《醉花阴》中这样写道：“薄雾浓云愁永昼，瑞脑消金兽。佳节又重阳，玉枕纱厨，半夜凉初透。　东篱把酒黄昏后，有暗香盈袖。莫道不消魂，帘卷西风，人比黄花瘦。”李清照这里的“暗香”，显然和专家的解释相同，也就是李清照在黄昏之后，独自在东篱喝酒，这个时候，有菊花的幽香似乎已经染透了她的衣袖。

“兰襟”，衣襟的美称，比喻知己之交，但也可以比喻情人之间心心相印的那种情意。这句“无分暗香深处住，悔把兰襟亲结”的意思可能是：我没有缘分执子之手，和你一起到老，真的后悔当初不应该给你那么多的深情，真的后悔在自己的心里亲自为你织下了一个同心之结。这个时候的纳兰，心似双丝网，中有千千结，一结一心，一心一意，感动世人。

“尚暖檀痕，犹寒翠影，触绪添悲切”句中的“檀痕”，其实和“红泪”一样，都是代指美女的眼泪。这句的意思可能是：她临走时的泪水，还是温暖的，但窗外柳枝的影子，还带着几些的寒意，这些景物，让我更添内心的悲切。这里写的不过是物是人非的感叹和无力，以及时光流逝之后的悲痛。

“愁多成病，此愁知向谁说”句，写的是一种无法倾诉的悲愁。庞培说：我毕生的努力都在这股轻风里。是啊，纳兰毕生的努力，都付于轻风一阵，落于泪水当中，落在纸上，又被时光之风吹乱。绯红的记忆脸颊上，早已爬满了青石的苔衣，那些漫无边际飞翔的思念，也许只是他内心不倦的呼唤。

记忆再次爬上纳兰那一触即痛的胸口。一个个夜晚，我亲手悄然点燃一柱沉香，坐在风中，手捻着一个个音符，为你燃烧。记忆里的那些细节，已经错过惊世的依恋。我在一阵风中，捕捉你的归痕。我在一片凋零的花瓣之上，呼唤你的名字。许多未曾见过的情感，在心中等待着一只手悄然把它们收回。

被怀念的翅膀扇疼的心，无法找回曾经的温暖。那些思念化为一根根细小的针，一针一针地在他的心上，绣出一幅美好的图画，绣的鸳鸯成双，而纳兰却在这些之外，一个人站在秋风渐凉、孤独渐深的深夜，感觉到他自己体内有什么正在翻江倒海般涌动。而此时，月光如水，照在她不再回来的路上。

我的好友胭脂这样写道："小城的夜里，我梦境凌乱。梦你我无言执手相看，有好心人许我们来生来世。宇宙洪荒，下一季轮回是否还能够记得彼此？相互确认之前，又是要经过多少抵死曲折？……红尘广袤，眼底沱江水一碧如洗，早过尽了千帆。无所谓苍生，无所谓流年。或是相约相忘，更好些。关于桐花，关于星星，关于玫瑰，比起人世艰辛来，也许，都不那么重要。……一切有为法，太多生命情结，终究难以预设和铺陈。'相唤起，又天明。有迎有送却无情。'也许我本不该与小城和你遇见的。桂花不知，小城亦无觉。而一生错落。"

纳兰和他所爱的表妹的一生，似乎已经注定交错。她来的方向，抑或正是纳兰此生要去的目的地。

·第十三篇·

青衫湿一痕

新寒中酒敲窗雨，残香细袅秋情绪。才道莫伤神，青衫湿一痕。

无聊成独卧，弹指韶光过。记得别伊时，桃花柳万丝。

——菩萨蛮

不知为什么，有很多专家认为这首词是悼亡词。也有专家认为是写给其友严绳荪的词。我从来都不认为这首词是悼亡词或阑友词。这首词在我看来，就是伤离痛别之词，甚至是怀念之词，其中洋溢着一种刻骨铭心的思念，以及一种遥遥的距离之隔。

其实，我个人觉得，这首词，当是纳兰早期的作品。纵然很多专家认为纳兰有表妹入宫一说纯粹是子虚乌有之事，但我固执地认为他是真的有一个漂亮的表妹被选入宫了，一座宫墙把两个相爱的人、两颗强烈想念的心给彻底隔断了。

有很多喜欢纳兰词的朋友问我，你为什么固执地相信纳兰有一个表妹被选入宫的说法，我淡然一笑地回答：因为，我不能对纳兰在他的词里流露出的那种初恋的痕迹，以及他对表妹那强烈而灿烂犹如一朵春花的思念，和后来那种“人生若只如初见，何事秋风悲画扇。等闲变却故人心，却道故人心易变”这样的抱怨视若无睹，我看见了，我是这么真切而清晰地看见了。

在著名的学者黄天骥看来，这首词是思念之词。他这样说：“这词也是写思念之苦。秋雨敲窗，拥衾醉卧，想到春天分手时的情景，更是柔肠寸断。‘才道莫伤神，青衫湿一痕’。诗人才对自己说：不要黯然神伤，应该放开怀抱，岂料在不知不觉间又泪湿青衫。这两句，把伤心人的心理状态绘写得很细腻。”

这首词，在我看来，就是写给其表妹的，跟卢氏没有半点关系。这是我内心所认定的方向。纵然没有什么史料加以证明，但我还是固执地相信这首词是写给其表妹的。细心或认真的纳兰迷们一定记得，在纳兰词里总是会出现“十年”、“十一年”或“三月”，有很多专家认为这不是一个确定的时间段，而在我看来，这就是纳兰想告诉我们的时间。

纳兰的表妹当是在三月左右被选入宫的，而三月正是初春的时候，纳兰由于表妹被选入宫而大病一场，得了寒疾，最后死于寒疾。纳兰在表妹被选入宫那年春天，如果不是灵魂被深深地伤害，一场感冒怎么能让年轻力壮的纳兰一病不起，并最终得了寒疾？我不相信。我相信，是纳兰表妹被选入宫了，这种生离死别之痛让纳兰无法承受，随后大病不起。

爱情到底是什么呢？宁萱，一个基督徒，给了我们答案：“爱情不是一个事件，不是一种契约，爱情是一种直接扑向幸福方向的执著，是与世界疏离过程中的一次精神回望。”是啊，如果我们想全心全意全力爱一个人甚至爱一个事物，我们的心就必须向这个世界关闭，我们只有同这个世界疏离，我们才能专心致志。

“新寒中酒敲窗雨，残香细袅秋情绪。才道莫伤神，青衫湿一痕”，上段是写景。国学大师王国维在《人间词话》中这样说：“有有我之境，有无我之境……有我之境，物皆著我之色彩。无我之境，不知何者为我，何者为物。”而纳兰这里，我觉得，是有我之境，是所有的景物皆“著我之色彩”。

在这里，纳兰把窗外的景物给用力用心地描绘出来，无非就是借景衬情。现在窗外的景物，不过是纳兰心中之境界之情感的一种影射。所以，王国维在《人间词话》中说“昔人论诗词，有景语、情语之别，不知一切景语，皆情语也”，是相当有见地和道理的。所有描写外在景物的景语，无非都是内心情语的一种反衬或一种影射。

“新寒”，我个人觉得，是轻寒的意思。“中酒”，应该有三种解释：一是酒半酣时；二是喝醉了酒；三是因为饮酒而生病。在这里，我觉得第二种解释更加合理一些。“残香”，即将燃尽之香料，或即将散尽之香味。

首句，起得就相当凄凉，甚至是刻骨的冷。秋天来了，但纳兰此刻的心，早已没有半点温暖。因为，她不在，所以，所有的秋天对他来说，其实是一种刻骨的寒冷。没有她，这个世界都不再是温暖的，她才是他内心最暖的春天，最深的温暖。所有的春花，都敌不过她的美好。此时，纳兰在自己的心里痴心地想着，深深地念着，真切地疼着。

我却一直为他心疼，因为此时，他即使再怎样痴痴地想着，深深地念着，真切地疼着，也只是他一个人的天荒地老，和她无关。此时，纳兰心中的风花雪月，春花灿烂，都跟她相关。所以，每一次秋天来临，他的心都要痛上千千万万次，就像我听那首《爱一个人好难》一样，我的心都会痛上千千万万次，因为，这首歌让我想起了一个人，让我强烈地思念一个人。因为这些让我陷入疼痛的深渊当中，无力自拔，也无法呼救。纳兰又何尝不是如此？

纳兰多希望能和她把酒吟诗，今生执子之手，直到头顶落满时光之雪，然后，他数着她落上时光之雪的头发，看到她那满怀深情的眼睛满含热泪，此时，他的心就幸福地老在她的皱纹里。他多希望她能为自己添衣，为自己研墨，为自己夜里读书时添上一炷香，在他冬天读书的时候，能把他那冻僵的双手，悄然拿到自己的胸口为自己取暖，为他在这个人间幸福地绽放。可是，越是这样缠绵的深情，越是看起来无比简单的愿望，老天越不成全。

少女容易伤春，文人总是伤秋。文人本来就容易伤秋，何况秋天的来临，无疑让敏感的纳兰预先感受到了彻骨的凉意。而这种凉意，我想更多还是来自心灵上的。因为，没有爱情的内心，比这个秋天更凉。对于纳兰这样一个把爱情看得比自己的生命还要重要的男子来说，失去了自己心爱的人，似乎就是失去了他自己的生命。时光把他扔在了孤独、寂寞、思念和怀念中，让他一个人承受这些日夜的侵袭和敲打，这样的感受，我现在完全可以懂得。

一阵阵微凉的秋风挟着微凉的雨水，让一颗原本微凉的心，更加绝望。雨水在窗外不停地敲打着，而此时，这“窗”在我看来，就是纳兰的心。我一直在自己的文字中写道：能有一扇窗在夜晚为自己开着，窗下有一盏灯为自己亮着，而灯前站着一个等待自己的人，此生，是何等的幸福。纳兰现在离这样的幸福越来越远。

雨水在窗外不停地敲打着，似乎在提醒着纳兰是一个已经失去心爱之人的人。而雨水敲打着纳兰的心，让纳兰的孤独、寂寞和怀念更加强烈，让他在一种巨大的虚无中陷得更加彻底。一个叫做没有尾巴的鱼的诗人这样写过：雨水敲窗，那颗心在雨水之下，像一只只没有翅膀的鸟，被一滴滴雨水洞穿，在你已经遗忘的时刻。而当你在幸福中的时候，我已悄然坠落。这个诗人所写的，跟纳兰这首词中的情绪相差无几，都不过是一种失去了自己心爱之人后的坠落和沉陷。

从“残香”这个词来看，这里应该有一个时间段。看来，纳兰在这样一个寒冷的夜晚，失眠了很久。一盘香到了即将燃尽的时刻，估计要接近黎明了。没有尾巴的鱼早年有一本诗集叫《坐等黎明》，他所表达的可能也就是等待着黎明，把阳光递过来，放在他的心上，让他的心可以稍微暖起来。这个没有尾巴的鱼，因为失去心爱之人，和纳兰一样疼痛，一样心碎，一样无力而绝望。两个人在情感上不约而同地走到了一起。

“秋情绪”，应该就是那种“似此星辰非昨夜，为谁寒露立中宵”之意。秋夜很凉，这个如此之凉的夜里，我站在夜里苦苦地思念着一个人，她永远都不会知道。也许，我想悄然对秋风说：我所时刻思念的那个人，已经动身离开我的世界，悄无声息。

在这种即将散尽的余香里，这种无法亲近所爱之人的孤独和绝望，以及无法放下的思念，渐渐蔓延、弥漫。随着残香袅袅升起的，除了思念和怀念，除了他的孤独和寂寞，除了内心的疼痛，还有什么呢？此时的纳兰，我想对“无缘到面前，与君分杯水”这话，是深有体会的。我想，他能完全明了这话背后的绝望和无力。

一颗饱受煎熬的心已经变冷，等待着被时间收获。如果这是泪水，我就是那只天上的眼睛。另一个寒冷的空间，他缓慢地苏醒，喊着一个人的名字。

刚才还劝自己，不要为了她伤神，可是，转眼之前，泪水已经湿透了青衫。这样的行为，此时，我完全懂得。就像我刚对自己的心说，不要想她，要彻底忘了她，不要为了她伤心，可是，转眼又想起，又悄然落泪。爱到无法再给的时候，怎么能不疼？爱到自己无路可退的时候，怎么能回头？

可惜，纳兰没能活到我这个地步，如果他能活到和我一样大的年龄——三十五岁，我想纳兰会有和我一样的想法吧。此时，我的想法是，为一个自己所爱的人伤心、难过，不如为了她变得更加快乐。因为，我能快乐是对她的幸福最好的祝福，也是对她的离开最深最大的报复。对于一个执意要离开我们的人而言，就算我们为她放弃生命，对于一个已经变心的人来说，也已毫无意义。

已经冷了的心，就让它冷去；已经冷了的手，就放开。这个道理，我想至少是在纳兰写这首词的时候，应该还是不懂得的。所以，他仍然是如此的伤悲，如此的执著，如此的绝望。在纳兰的词里，纳兰一直用“青衫”这个词来比喻自己。其实，“青衫”这个词，有一种身份低贱或贫穷的意味，后来，这个词一直用来喻指读书人。像早年白居易写过：座下泣者谁最多，江州司马青衫湿。

纳兰还有一首词的词牌名叫《青衫湿遍》，就是纳兰这句“青衫湿一痕”的另外一种写法，其实都是喻指自己只是一个书生，承受了泪水的侵袭。就像一个诗人写过：眼睛哭吧，你是一片汪洋。就像许如芸在《美梦成真》中唱的那样：“我抱着你，我吻着你，我笑着流泪。我不懂回忆能如此真切，你又在我的眼眶决堤淹水，爱不是离别可以磨灭。我除了你，我除了疯，我没有后悔，我一哭全世界为我落泪。在冷得没有你的孤绝，我闭上双眼，用泪去感觉，你的包围。”

从《青衫湿遍》这个词牌，我们可以完全把纳兰定为古之伤心人。对于纳兰来说，流泪是一种释放，也是一种捆缚；是一种亲近，也是一种远离。男儿有泪不轻弹，只因未到伤心处。有很多女孩子不喜欢流泪的男子，而我相反，我认为一个能流泪的男子，至少证明，他的心是柔软的，是认真而真切地为所爱的女子疼着。

“无聊成独卧，弹指韶光过。记得别伊时，桃花柳万丝”，下段，紧接着上面描写，开始了抒情。

“无聊成独卧”，这句，其实有一种“心字已成灰”的意思。这句，在我看来，比李商隐那种“春心莫共花争发，一寸相思一寸灰”更加万念俱灰。

因为思念，所以内心百无聊赖。“独卧”，这里我觉得，纳兰强调的绝不仅仅是肉体上的，应该还是心没有触着另外一颗心的状态。这里的“独卧”，总是让我想到一句词：花无人戴，酒无人劝，醉也无人管。其实在这个时候，纳兰的心灵只有一个方向或去向。所以，一颗心已经被她带走。一颗心，此时缝在所爱之人的身上，再也没有回来。这样的深情，如今的男子，又有几个人明白？

纳兰固守自己内心的城池，为自己所爱之人颠簸了那孤独的半生，终只能让前尘旧事，终归虚空。这让纳兰的心里，有多少不甘？在他苦苦等待表妹的这十年中，每一时每一刻，又有谁知道，对于纳兰来说都是一种刻骨的折磨？这种透入骨髓、浸入灵魂的疼痛，是内心千丝万缕的牵系，细细在风中纠结着，挥之不去。

他仍然没有放弃对她的渴望。弹指韶光过。转眼之间，曾经美好的缠绵，已经泛白，一点点在时光之风中剥落，苍白不堪，让人心疼，不堪入目。纳兰执意以诗为马，驰向一往情深。不过这种驰往，有着太多固执的成分。纳兰的这种固执，一次又一次地感动了我。因为，我也这样固执地在自己的心里爱着一个人。

"弹指"，有两种解释，一为佛家用语。佛家认为，十二念为一瞬，二十瞬为一弹指。二为印度风俗，击弹手指，表示欢喜、许诺、警告等意。纳兰是一个学佛的人，对于佛教的一些用语很熟悉。在这里，根据词义来看，第一种解释更为合理一些。不过，这个"弹指"却让我想到了纳兰亦师亦友的生命之交顾贞观。顾贞观著有《弹指词》。顾贞观在纳兰死后离开了京城，隐居起来。他在自己的一首词上留有一序："佛手柑，后十数词皆与容若同赋，其余唱和甚多，存者寥寥，言之堕泪。"可见，纳兰的逝世给顾贞观的打击是巨大而沉痛的。纳兰死后，顾贞观写了一篇情真意切的悼文，很让人感动，之后，他默默地为纳兰刻印词集。人活一生，有一个像顾贞观这样的好友，死而无憾。

"记得别伊时，桃花柳万丝"这句，还是让我们看到了纳兰的痛处，这种痛处有着一种深深绝望的无力。在桃花盛开、柳丝飘飞的季节，和自己心爱之人离别了。这个时节，岂不正是春天的时候吗？这个“伊”，在我看来，就是纳兰的表妹。

“桃花”，在唐诗宋词中，一直代表着美女，所以才有“桃花运”一说。“柳”，一直在唐诗宋词中，是“留”的意思。江南春风千丝柳，枝枝是泪。就像我的朋友胭脂写道：“飞短流长的空气里，你细致的眉眼朱唇，像一扇镂刻山纹水理的轩窗，临风四面，无遮无拦。你细细地指给我江南赠与的诗，诗写：‘三春十日九东风，吹得孤山花尽空。’

年岁在造次，江畔何年初见月了？冷风来袭，我看到你心里的一粒沙，被你幻作爱情。它太容易被驱散，于是，当你在演绎爱情的时候，它沉淀成了刻骨铭心的痛楚，拖着长长的尾巴，缺席着，这一场人间的因缘。

如我，生生记得，即使在他的怀里，我却是你的妖。魅于你行，惑于你心。……终于，江南于锦簇繁花笙歌流云的夜里，我眼见你明眸暗淡作灰，秋水泪流成河，我看着你这一幕倾心相遇，终要无缘而终。”

是的，纳兰这个时候，也只能“终要无缘而终”，只是，纳兰还不明白而已，或者是他已经明白了还不愿承认，还不愿放手。

其实，纳兰想说的是，在你离开之后，桃花没有了颜色，柳丝没有了飘拂。你离开我了，我却没有离开你。

此时，你是那天边的一轮月亮，看似近在咫尺，其实是无限的遥远。我无法走到月亮上面，所以，只有默默地守候，守候这敲窗的雨水，渐凉的秋风，能捎来你的片言的消息。亲爱的，就摇响你内心的爱铃吧，别让我在这样寒冷的秋天，在这样寂寞的孤独里面，在这样的思念和绝望中间待得太久。

有人说，命运为我们关了一扇窗，就会为我们开启另外一扇窗，可是，纳兰那颗紧锁的心，是怎么也开不了的。

纳兰说，你是一盏微灯，我就是那只飞蛾，我要扑向你，那一瞬，似乎就是永恒。而我要说，亲爱的姑娘，你是我的黎明，我是你的黑暗。我在黑暗里面，默默地念着你。让时光无法涉过你留在我心湖上的名字。只是美满的爱情，纳兰啊，我们都无法复制。我们已抛锚在自己的泪水中。

你是春天离开的，为此，我一直站成秋天，站在有你的回忆里，不愿醒来。我知道，马上就是冬天。我相信，那漫天飞舞的雪花，仍旧是我对你的思念，对你的问候。只是，我现在的思念，你可曾明白？我现在的心情，你可曾理解？我多想，倾尽自己的所有，能够到达你。

我知道，这不仅仅是纳兰的痴话，也是自己的痴话，可能更是未来某个或某些男子的痴话。

如果有来生，你守在落花飘飘，拂了一身还满的春阶之上，我一定会披荆斩棘，和小山一样又踏杨花过谢桥，请你放心，我一定在你流泪之前赶到。

·第十四篇·

手剪银灯自泼茶

梦冷蘅芜，却望姗姗，是耶非耶？怅兰膏渍粉，尚留犀合；金泥蹙绣，空掩蝉纱。影弱难持，缘深暂隔，只当离愁滞海涯。归来也，趁星前月底，魂在梨花。

鸾胶纵续琵琶，问可及、当年萼绿华。但无端摧折，恶经风浪；不如零落，判委尘沙。最忆相看，娇讹道字，手剪银灯自泼茶。今已矣，便帐中重见，那似伊家。

——沁园春·代悼亡

纳兰的悼亡词，在我看来，除了情真意切之外，再也没有什么可夸之处，尤其是纳兰的长调。平心而论，真情是纳兰的剑，而纳兰的小令是他无敌的剑法。但说真心话，纳兰不擅长调。长调对于词语的运用技巧相当讲究。纳兰的小令才是他得心应手的致命武器，具有攻破人内心紧闭的山寨的能力。

此时的纳兰可以用“魂萦梦绕”这四个字来形容他对卢氏的情感，日有所思，怎么可能不夜有所梦呢？如果不是这个人让自己的内心疼到刻骨铭心，又怎么可能会梦到她呢？一对被时光分开的爱人，在时光的阻隔中，这种“梦冷蘅芜，却望姗姗，是耶非耶”之影，怎么可能会出现呢？其实这种出现，才是人生最为无力而惨痛的事情。

此时的纳兰，像一只折了翅膀的蝴蝶，停留在春天之外。把纳兰的心一瓣一瓣地打开，肆意流淌的忧伤和疼痛，只有一个方向。那在心里燃烧的名字，把它自己楔在纳兰的心里，深得无法企及。紧紧地握住回忆，也留不下被时光带走的人。今夜，是谁守护着她，在她的生命之外？

是谁在她梦的窗前，泪眼盈盈？铭心刻骨，却又无法相守的爱情，在时光之外。面朝远方，纳兰叩问每一缕风吹过的姿势，想选用一种最佳的姿势拂过她。而此时，留在他心里的，是那一缕温暖，还是她在过去带给他的细致入微的体贴和照顾？

“梦冷蘅芜，却望姗姗，是耶非耶”，起句抒情，加上想象。“蘅芜”，一种香料的名字。据王嘉《拾遗记》记载：“……帝(汉武帝)息于延凉室，卧梦李夫人授蘅芜之香。帝惊起，而香犹著衣枕，历月不歇。”这里明显有夸张的嫌疑。

“姗姗”，应该是女子走路的样子。史书中有一段记载：“……乃夜张灯烛，设帷帐，陈酒肉，而令上居他帐，遥望见好女子如李夫人之貌，还幄坐而步。又不得就视，上愈益相思悲感，为作诗曰：‘是耶，非邪？立而望之，偏何姗姗其来迟！’”

“是耶非耶”这句，让我想到了金庸这个我一直喜欢的武侠小说大师在《书剑恩仇录》中的一段话：“突然一阵微风过去，香气更浓。众人感叹了一会，又搬土把坟堆好，只见一只玉色大蝴蝶在坟上翩跹飞舞，久久不去。陈家洛对那老回人道：'我写几个字，请你雇高手石匠刻一块碑，立在这里。'那回人答应了。心砚取出十两银子给他，作为立碑之资，从包袱中拿出文房四宝，把一张大纸铺在坟头。陈家洛提笔蘸墨，先写了'香冢'两个大字，略一沉吟，又写了一首铭文：'浩浩愁，茫茫劫，短歌终，明月缺。郁郁佳城，中有碧血。碧亦有时尽，血亦有时灭，一缕香魂无断绝！是耶非耶？化为蝴蝶。'群雄伫立良久，直至东方大白，才连骑向西而去。"

金庸这个老先生确实有才，这里的铭文写得真不错。"一缕香魂无断绝！是耶非耶？化为蝴蝶"，其实和纳兰这里的"梦冷蘅芜，却望姗姗，是耶非耶"所表达的情感大体相同。是耶非耶，此时都不再重要，重要的是，她们是不是都化成了一只蝴蝶，独自飞过了一个人的天荒地老和海枯石烂呢？

"梦冷蘅芜，却望姗姗，是耶非耶"这句，我们可以看出，纳兰出现了一种幻觉。这种幻觉，很多人认为离奇。其实，这是因为他们不懂，对一个人思念过深的时候，我们的头脑中或者我们的睡梦之中经常会出现她们的身影，这也是情理之中的事情。

这句"梦冷蘅芜"，其实有纳兰《梦江南》中的那句"心字已成灰"的意思，也有李商隐的"一寸相思一寸灰"的意思。香冷梦醒，一颗心恐怕因为再次和她离别，会觉得更加冰冷吧。这个尘世，都是卢氏留下的遗物，纳兰能感受到的只有冰冷。

这句的意思可以这样理解：香冷梦醒后，在一盏微弱的孤灯之下，她姗姗地向自己走过来，这到底是真实还是幻觉？纳兰自己都分不清楚了。其实，这"是耶非耶"在我看来，应该是追问。这样的追问，更显纳兰的深情和痴情。

"兰膏"，古时一种芳香的液体，用来润发，也是一种用兰香炼成的油料，可以做成蜡烛用以照明。屈原在《招魂》中就用过这个词，"兰膏明烛，华灯错些"。"渍粉"，残存的香粉。"犀合"，用犀牛角制成的装首饰或化妆品的盒子。

"金泥",金屑,用以装饰或用金屑粉制成的工艺品类。"蹙绣",是用金线绣花而皱缩百纹线,让其紧贴于装饰品之上。"蝉纱",像蝉的羽翼一样薄而透明的纱。这里,我感觉应该指的帐子。

"帐兰膏渍粉,尚留犀合;金泥蹙绣,空掩蝉纱"这句,整个写的就是纳兰面对卢氏留下的遗物而怅然难过。写到这里的时候,我想到了晏小山。晏小山也是这样面对自己曾经爱过的女子留下的物品而怅然难过。他这样写过:"醉拍春衫惜旧香,天将离恨恼疏狂。"小山比纳兰更甚,他是用手接触那个女子留下的衣服,以此来接近她。

这里的"金泥蹙绣",我怀疑是卢氏自己亲手绣的一些东西。这句我想可以这样理解:她留下的润发的香油,或她生前用过的香粉,还留在首饰或化妆盒中,她亲手绣的一些东西还在,那薄如蝉羽翼的纱帐还掩在哪里,无人挂起,这些都让我无比怅然,让我难过不堪。这里的"空掩蝉纱"和李煜的"一任珠帘闲不卷,终日谁来"有异曲同工之妙。

此时,她用过的东西,就代表了她的存在,让纳兰触目伤情。内心的凄凉,不是因为她的离开,而是因为她走了,她用过的东西还在,它们一如从前等待着它们的主人前来使用。此时,这些东西的身上,还留有她的体温吧。亲爱的,转过身来,看一看,那个盯着这些遗物流泪的人,是我,还是纳兰?

纳兰多想许一个愿望,在他的心里种上她的名字,在春天降临的时候,所有的事物都带着温暖,而她莲步翩翩地向他走来,带着美丽而灿烂的笑容,在阳光下,穿过春天的走廊,为他敞开阳光的怀抱,朝他招手。她亭亭似梅,在他的目光中弥散着久违的芬芳。她这样蓦然来临,到底耗尽了纳兰多少期待?

"影弱难持,缘深暂隔,只当离愁滞海涯"这句,是安慰自己的话语。她的身影如同一枝娇花般孱弱,缘深暂隔,就当被离愁所牵,暂时相隔在天涯海角吧。

"归来也,趁星前月底,魂在梨花"这句中的"归来也",有人认为是化用了陶渊明《归去来兮辞》:“归去来兮,请息交以绝游。世与我而相违,复驾言兮焉求?悦亲戚之情话,乐琴书以消忧。”这句,在宋朝时被李清照也用过,李清照在青州生活的一段时间,把她家里的书房起名叫“归来堂”,在我看来,就是希望赵明诚可以回来和她一起执守从前花前月下的誓言。她又把自己的号起作“易安居士”,这个号也是化用了陶渊明的《归去来兮辞》“倚南窗以寄傲,审容膝之易安”。

李清照在《小重山》中这样写道:“……花影压重门,疏帘铺淡月,好黄昏。二年三度负东君,归来也,着意过今春。”李清照这首词中的“归来也”,其实是一种愉快和轻松的情绪。而纳兰这里的“归来也”,在我看来,是一种呼唤,更是在为卢氏招魂。我认为纳兰这里的“归来也”跟李清照化用的不是同一首诗。

纳兰这里的“归来也”,我觉得是化用了屈原的《招魂》。纳兰的“归来也”,其实就是“魂兮魂兮归来兮”。纳兰这句“归来也,趁星前月底,魂在梨花”可以这样理解:趁着有星光和月光,快些归来吧,你会在梨花之上停留吗?“梨花”,在纳兰的词里,是伤心之花,是悼亡之花。

纳兰仿佛在说:梨花啊,隔了这么远的距离,我还没有把你忘记。这个夜里,梨花,我在呼唤着你的名字,你知道,你的名字是谁的吗?你又能知道,我到底想对你说些什么呢?

“鸾胶纵续琵琶,问可及、当年萼绿华。但无端摧折,恶经风浪;不如零落,判委尘沙。最忆相看,娇讹道字,手剪银灯自泼茶。今已矣,便帐中重见,那似伊家”,下段,仍旧是回忆、抒情和描写。

“鸾胶”,有专家引用了《海内十洲记》一书的记载:“西海中有凤麟州,多仙家,煮凤喙麟角全煎作膏,能续弓弩已断之弦,名续弦胶,亦称鸾胶。”后来,多用“鸾胶”的另外一个词“续弦”喻指续娶后妻。我们千万不能把这句“鸾胶纵续琵琶”理解成断了的琵琶弦可以用鸾胶续上。其实,每当读古人的诗词,我对古人的记忆力和阅读量都相当敬佩。

这句“鸾胶纵续琵琶”，说的是谁呢？我认为，是纳兰续娶的妻子官氏。纳兰这里的“鸾胶纵续琵琶，问可及、当年萼绿华”句中的“萼绿华”，是一个仙女的名字。我记得李商隐也在一首诗中提到过这位仙女的名字。他在《重过圣女祠》一诗中这样写道：“白石岩扉碧藓滋，上清沦谪得归迟。一春梦雨常飘瓦，尽日灵风不满旗。萼绿华来无定所，杜兰香去未移时。玉郎会此通仙籍，忆向天阶问紫芝。”

李商隐这首诗，历来争论颇多，但我认为这首诗是爱情诗，而且是李商隐对他和宋华阳早年那段初恋做出的回顾。李商隐这首诗的“萼绿华”，不是别人，正是那个让他“春蚕到死丝方尽，蜡炬成灰泪始干”的女道士宋华阳。纳兰这里的“萼绿华”，也一定是卢氏了。

这句可以理解成：就算我再娶了妻子，但都无法和你相比。其实，从这句，我们就可以看出纳兰一些性格上的优点和缺点。纳兰的这首词，如果被续娶的妻子官氏看到，不气得鼻子冒烟才怪呢。对于旧人的留恋不舍，甚至是付诸深情，就是对新人的残忍，甚至是残酷无情。

一个对某个人过于深情的男人，必定会对很多人残酷无情，这个道理，不知道还有几人可以懂得。我在《伤爱：此情无计可消除》和《深爱：教我如何不想她》两本书的前言中这样写道：“这么多年来，一直是在忧伤和阴暗中度过的，也一直是在诗词中度过的。有一段日子，步入了一种忧伤和阴暗的深渊中，真的是无力自拔，又无法呼救，更无法倾诉，也不想倾诉给那些不懂的人听。就像许如芸有一首歌名叫‘只唱给你听’。其实，我是一个骨子里倔强的人，我不喜欢的人或事，我不会违背自己的心去接近。所以，可能对很多人近乎绝情。”

就像我喜欢一个姑娘一样，我对其他的女子可能就是近乎绝情，为什么会这样呢？因为有些男人的心里，永远只能装下一个人。纳兰就是这样的男人。

“但无端摧折，恶经风浪；不如零落，判委尘沙”句，写的是一种无力和悲叹。“无端”，是无缘无故、没有来由的意思。“摧折”，是摧残和折磨，在这里其实是一种伤害。“判”，有专家认为是“拚”，是甘心情愿的意思。这句的意思可能是，如果这样无缘无故地被伤害，还不如零落成泥沙。这是长痛不如短痛的决绝。

“最忆相看，娇讹道字，手剪银灯自泼茶”这句，是回忆卢氏的美好。在纳兰的心里，她是无法忘记的，她念错了字那娇美的声音，和剪去灯芯，以及赌气泼茶的娇羞之态都让纳兰魂牵梦绕。这句“手剪银灯自泼茶”，我很怀疑，就是化用了李清照《金石录序》中的一段。那段是李清照描述她和赵明诚在青州生活的十年光景，这十年光景是李清照内心深处唯一的温暖。那时他们无比恩爱，情意有加。

“手剪银灯”到底是一种怎样的动作呢？我们从李清照的身上就可以知道这是一种怎样的动作了，她这样写道：“夜阑犹剪灯花弄。”

“今已矣，便帐中重见，那似伊家”这句，写的是无法再见的悲叹。“伊家”，是伊人的意思，“家”是语义助词，没有意义。这句可以理解成：如今这些都已经成为过去，无法拥有，就算可以在帐中重见，我知道那却不是你。

此时，纳兰想说的是：亲爱的，就算秋叶飘零，你已经在我的心里扎下了根，长成了大丛大丛的怀念。即使有一千个为你伤心的理由，而我也只能在你的生命之外。告诉我，午夜梦回之后，通过风中的那条路，能否缩短距离，可以抵达你？

一生如风，风是留不住的，但会吹疼我们。再次的思念，其实只是自己的不舍，看似深情，其实是一个错误。在灯火阑珊处，即使纳兰再蓦然回首，卢氏也不会站在那里等着他。

亲爱的，夜晚已深，你如果回来，请在黎明之前到达。

难忘，便是无情也断肠。

·第十五篇· 相思相望不相亲

一生一代一双人，争教两处销魂。相思相望不相亲，天为谁春。

浆向蓝桥易乞，药成碧海难奔。若容相访饮牛津，相对忘贫。

——画堂春

这首词，其实是爱情词，但词中的女主人公是谁，一直众说纷纭。有人说是沈宛，有人说是卢氏，有人说是纳兰那个被选入宫里的表妹。我个人倾向于最后一种说法。

这首词，痛彻心扉。那是一种无法相爱的沉痛，是无法越过一些阻隔，执子之手，与之偕老的哀。古人说，哀莫大于心死，可见，纳兰在写这首词时的心灵和情感的状态是多么的难过和煎熬。

纳兰，这个清朝第一公子，他的背影在历史的长河中，渐渐模糊。但他的伤情，在他的词中，一直在静静地呻吟着，在等着向喜欢他的人倾诉。如果你用心倾听，你一定能倾听到这个公子那无比哀痛、悲伤、叹息、不满和绝望的情绪。

今生无缘到面前，与你分杯水。这是一个人的天荒地老。一样的季节，一样的风景，不一样的，却是人。人各在天边，能两两牵念吗？纳兰用了十多年的时间，去在自己的心里，在孤独和安静的时候，静静地想着一个人，念着一段往事，就像一座城堡，渐渐被时光之风剥落。

所有的心碎，如同雨水一样下落。他放纵自己沉沦。沉沦在思念和怀念中，沉沦在泪水和绝望中。这一切的现实，都让他觉得，那些美好的往事，那些曾经拥有的温暖，是那么得短暂，那么容易散去。往事中，有太多的记忆，都是他在自己心里，默默背诵的风景，于他而言，早已倒背如流。

在记忆的天空，那些曾经的往事一幕一幕地展开：那张如花的脸庞之上的笑容或泪水，那纤细的手指拂过他脸上的温暖，那双盈盈深情的眼睛，那个温暖而娇软的身体。此时，他真的知道，他在等待的是再也不会回来的人，而他却欲罢不能。这样一次次返回，在往事中停留，似乎已经成了习惯。

不是他不够坚持，不是他不够执著，不是他不够勇敢，只是，对方软弱了。他用了十多年的时间，在自己的心里为他和表妹的爱情建立了一座城堡，到了纳兰写出“人生若只如初见，何事秋风悲画扇。等闲变却故人心，却道故人心易变”时，这座城堡似乎已经倒塌。此时的纳兰，就像著名的现代诗人海子一样，似乎已经走到了人世的尽头，除了遥远，一无所有。

纳兰似乎已经知道，余下的光阴里，她再也和自己无关。所以，他在用自己的词，紧紧地抱着回忆，流着泪说，我不愿放手。活在这个尘世间，他已经爱到无法再给，疼到无法再疼，累到无法再累。刻骨铭心的伤痛，是那么执著、那么深情，再也无法亲近她，再也和她无关，写到这里，总是让我的心止不住地疼。

“一生一代一双人，争教两处销魂。相思相望不相亲，天为谁春”，上段，是控诉,也是绝望和无奈。

我们原来是“执子之手,与之偕老”的一双人,为什么这个时候,却在两地痛苦? 如果这首词是写给被选入宫中的表妹,那么,这句明显就是对皇权至高无上的控诉和无法越过皇权和表妹过平凡生活的无奈。

“一生一代一双人”化用了唐初诗人骆宾王的《代女道士王灵非赠道士李荣》诗:“相怜相念倍相亲,一生一代一双人。”纳兰引用了这句,一字未动。诗词化用,或诗词借用,历来为文人所常为,不是纳兰一人这样做。纳兰引这句的时候,估计是因“相怜相念倍相亲”这句而疼痛不已。

纳兰借此句其实是表达他心中郁结已久的伤痛:在这个荒凉的人世上,这一生的时间,愿和你做一对恩爱的夫妻,却怎奈,偏要分离,偏要两处神伤,两处失魂,与你相互思念,相互惦念,却不能够相亲相爱。即使这一生可以风光无限,如果没有你在我身边,还有什么意义?

此时的纳兰,他的爱情,不过是他心头那久挥不去的疼,那眉间久积不散的伤。在他的心里纠缠着,不舍,不愿放弃,牵动着他的内心,让他绝望。很多人读纳兰,但又有几个人真正懂得纳兰呢? 所以,他的好友顾贞观说“家家争唱饮水词,纳兰心事几人知”? 纳兰是一个真性情的男子 ,他对朋友肝胆相照,对爱情情深一往,在泪水、孤独、寂寞、伤痛和疾病中,过完了自己的一生。他的一生,其实就是爱的一生。爱朋友,爱表妹,爱妻子,却并不爱他自己。

“销魂”,又叫“魂消”,或“消魂”。这个词,其实就是一个极端。如果用来形容快乐,那就是非常快乐,如果用来形容伤痛,那就是刻骨铭心的伤痛,在自己的心里,像一根刺,一直长在那里,无法拔除。在深情即将用完之处,有一种未央的心痛,有无数的泪眼,在天空之上为她闪烁。

那么多无法事先预料的结局或安排,那么多琐碎的细节业已消失在他的怀念里,那些一次次飞翔,一次次坠落的,到底是什么? 经过了一个个孤独的夜晚，纳兰是否终于明白？所有的悲欢，像一朵朵花儿，在用力地盛开，在奔向灰烬的途中。所以，他一次次被怀念和伤痛淹没。

“相思相望不相亲”这句，还是化用骆宾王的“相怜相念倍相亲”，不过是在原句的基础上改动了数字而已。骆宾王所写的是两情相悦的温存，而纳兰所表达的却是可以思念，可以相望，但无法近距离地走过去，牵起她的手，给她一个温暖的怀抱，或一次缠绵的亲吻。

纳兰此时知道，天下虽然有路千万条，但没有一条可以通向她。任世间种种繁华，因为她不在，所以都和他无关。只是他无法做到等时光沉淀后，放了往事，放了爱情，放开自己紧紧伸在风中想抓住她的手，其实，放过这些，就是放过他自己。他是一个聪明的人，对于这些，他不可能不懂得，只是他无法放下。

此生，只能遥遥相望，却永远都不能触及。所以，每一个夜晚，他都肆无忌惮地放纵自己在思念中苦苦煎熬。当他开始想念一个人的时候，他已经不再是他，他是一缕心痛的风，渴望抚过她的脸；他是一个词，为她已经失去了韵脚，在一页页泛黄的纸上，渐渐地蔓延，流过时光的河流。

天为谁春？天啊，你到底为了谁而春光灿烂，春花明艳？对于一个总是在夜里静静地思念，静静地伤痛，静静地等待的人来说，那些曾经熟悉的人事，如今有一种繁华落尽的忧伤，无痕可寻的哀痛，让他想要的最后的结局，无法实现。说起来，不管纳兰怎么不舍，那也只是他自己的不甘而已。

思念的背后其实是刻骨的寂寞，无法计数。而纳兰短暂的一生，如此执著和落寞，只为初恋那一瓣心香，那一瞬间的绽放。虽然短暂，也许，这也是一种永恒。想一想，这也算是上天对他的慈悲吧。一切的记忆，安静而寂寞，温柔而伤痛，繁华而荒凉，虽然还是那样鲜艳，但却是如此的空虚，超出了任何人的想象。

爱情的本质，对于纳兰来说，为什么会这样的悲痛欲绝？又是如此的绝望？

说来说去，纳兰失去的，只是自己。

“浆向蓝桥易乞，药成碧海难奔。若容相访饮牛津，相对忘贫”，下段，全用典故，不易读懂。

“浆向蓝桥易乞”，是一个典故，出自唐代文人裴铏写的一本小说《传奇·裴航》：有一个秀才裴航在回京途中与一位姓樊的夫人同船，夫人十分美貌，她的使女叫袅烟。裴航买通了袅烟，让袅烟传给夫人一首诗：“同舟胡越犹怀思，况遇天仙隔锦屏。倘若玉京朝会去，愿随鸾鹤入青冥。”表达了对樊夫人的爱恋和追求。樊夫人托袅烟回赠给裴航一首诗：“一饮琼浆百感生，玄霜捣尽见云英。蓝桥便是神仙窟，何必崎岖上玉京！”

后来，裴航经过蓝桥驿，忽然口渴，便向一位坐在茅屋前搓麻绳的阿婆讨水，阿婆向屋里唤道：“云英，拿一罐浆来！”裴航忽然想起樊夫人的赠诗，再看眼前被唤作云英的女子，又喝了云英捧出的水，便问阿婆“我愿意娶这位女子为妻，可以吗”？阿婆回答：“我年老多病，神仙赐给我玄霜，我想得到玉杵来捣药，你想娶这位姑娘，就去找玉杵吧。”

一个月后，裴航终于拿来了玉杵，娶了美貌的云英，生了孩子，一家人住进了玉峰山的仙洞，成为神仙。

“药成碧海难奔”，也是一个典故，跟嫦娥有关。很久以前，有一个神射手叫后羿。有一天他到山中狩猎，在一棵月桂树下认识了嫦娥，二人便以月桂树为媒，结为夫妻。到了帝尧时代，天上出现了十个太阳炙烤着大地，地面出现无数的猛兽危害百姓。后羿便挽弓引箭，射落了九个太阳，将猛兽们射死在畴华山。后来，王母娘娘赐不死灵药给后羿，后羿交给嫦娥保管。有一个叫做逢蒙的人听说了此事，便趁后羿不在家时去偷窃灵药，嫦娥情急之下，吞下了不死药，飞入了月宫，从此与后羿天地相隔。

这句“药成碧海难奔”，在我看来，其实是一种质问。可能是对他表妹的质问，也是纳兰的抱怨。这句跟纳兰的那句“人生若只如初见，何来秋风悲画扇，等闲变却故人心，却道故人心易变。 骊山雨罢清宵半，泪雨霖铃终不怨。何如薄幸锦衣郎，比翼连枝当日愿”一样，都是抱怨，都是质问。抱怨并质问他表妹，为什么就不能坚持最终的誓言，和他一生相守？

“若容相访饮牛津”，也是一个典故：旧时天河与大海相通，海边有人年年八月乘槎往返天河与人间，从未失约。西汉末期八月的一天，有个人在槎上建了一座飞阁，储藏了许多粮食，乘槎而漂到一座城，城中宫院森严，宫中女子都在织布，唯有一男儿牵着许多牛，在一条河边陪伴牛儿饮水。槎上男子便问此男：“此处是什么地方？”此男子回答：“你回到蜀郡问严君平便知道了。”

严君平是西汉末期著名的道学家，天文地理，无所不通。槎上男子回到蜀郡后找到了严君平，提及此事，严君平道：“去年我看到客星侵入牛郎、织女星座，原来那天正是你到达天河的日子！”

纳兰连连用了三个典故，表达了自己的心声：对于纳兰，要找个珍宝，抱得美人归，并不是一件非常困难的事情。这也不是纳兰狂妄，因为纳兰的老爸是明珠，当时朝中的第一重臣，纳兰家里富可敌国，要什么珍宝搞不到手呢？

“碧海”，我个人觉得，应该是“碧落”的意思，是道家用语。道家称东方第一层天，碧霞满空，叫做“碧落”。唐朝著名的诗人李商隐，由于爱上了身为女道士的宋华阳，这个女子是他的初恋，所以，他在写给她的爱情诗中很喜欢用“碧落”或“碧海”这个词来暗喻她的住所。

李商隐在《嫦娥》一诗中这样写道：“云母屏风烛影深，长河渐落晓星沉。嫦娥应悔偷灵药，碧海青天夜夜心。”白居易在《长恨歌》中也用过这个词：“上穷碧落下黄泉，两处茫茫皆不见。”其实“碧海”或“碧落”这个词，在我看来，不过就是一种距离，一种仙人两隔，今生无缘的距离。

那么，这段“浆向蓝桥易乞，药成碧海难奔。若容相访饮牛津，相对忘贫”，应该可以这样意译：对于我而言，找一件珍宝抱得美人归，并不是一件难事，可是，纵然有不死之仙药，也无法登上她所居之处，和她相会并相守。如果我能去到她的住处，我愿意放弃一切荣华富贵，和她一起过着相亲相爱、相扶相依的平凡的生活。

原本一生一世一双人，却无法在人世间完成相守的愿望，可见纳兰的疼痛到底有多么深，也可见纳兰的抱怨有多么无力。“浆向蓝桥易乞，药成碧海难奔”，在我看来，其实隐喻着宫禁阻隔，她表妹如嫦娥上天，再也没有回返的可能，所以，他俩再也没有重聚之时。

纳兰的表妹被选入宫，从此便注定了这座金碧辉煌的宫城埋葬了他们的爱情。而“相思相望不相亲”既是纳兰心底的表白，也是这段恋情的状态。纳兰想要的是幸福，而她能给的只是怀念。他终究只是一个凡人，想到达她的彼岸，却始终无舟可渡，他只能选择相忘于江湖。

吴奇隆版的《梁祝》中有一首歌这样唱道：“无缘到面前，与君分杯水。清中有浓意，流出心底醉。不论冤或缘，莫说蝴蝶梦。还你此生此世，今生前世，双双飞过万世千生去。”是的，纳兰今生无法到她的表妹的生命世界中，和她分享生活这杯不清不淡的水。

忧伤和怀念，是他心头马不停蹄的奔涌。就像李商隐说的那样，此情可待成追忆，只是当时已惘然。无法转身，所以，他只能留在原地。让经年的风霜，在他的眉尖染刻上郁结的愁绪。千回百转过后，所有的结局，都显得很是决绝。当时明月在，曾照彩云归。彩云归到哪里去了？

当思念成灰的时刻，他已经渐渐疲倦。如果爱忘了，你还记得吗？张惠妹站在那里，用心唱着那首《我最亲爱的》，似乎是替纳兰唱出了他的心声：“很想知道你近况，我听人说，还不如你对我讲。经过那段遗憾，请你放心，我变得更加坚强。世界不管怎样荒凉，爱过你就不怕孤单。我最亲爱的，你过得怎么样，没我的日子，你别来无恙。依然亲爱的，我没让你失望，让我亲一亲，像过去一样。我想你一定喜欢，现在的我，学会你最爱的开朗。想起你的模样，有什么错，还不能够被原谅。世界不管怎样荒凉，爱过你就不怕孤单。我最亲爱的，你过得怎么样，没我的日子，你别来无恙。依然亲爱的，我没让你失望，让我亲一亲，像朋友一样。虽然离开了你的时间，一起还漫长，我们总能补偿。因为中间空白的时光，如果还能分享，也是一种浪漫。关系虽然不再一样，关心却怎么能说断就断。我最亲爱的，你过得怎么样，没我的日子，你别来无恙。依然亲爱的，我没让你失望，让我亲一亲，像亲人一样。我最亲爱的，你过得怎么样，没我的日子，你别来无恙。依然亲爱的，我没让你失望，让我亲一亲，像过去一样。"

和这首歌中所唱唯一不同的是，纳兰并没有学会该怎样开朗。他反而因为表妹的离开而郁结于心。所以，在春天的时候，他得了寒疾，最终死于寒疾。人们都说纳兰死于寒疾，我觉得，还不如说纳兰死于自己的怀念，死于无爱的绝望，更死于这个尘世的冰冷和无情。因为，痛到极致，山水植物都会哭泣。所以，那个语不惊人死不休的"鬼才"李贺，这样写道：天若有情天亦老。如果苍天有情，他也会老去的。

那年春天，纳兰被一种伤痛刻入了骨髓。那年春天，纳兰十九岁，正在复习功课，准备考试。如今，有很多话可以说出口，但未必她能听到。这个时候的纳兰，与其说在回忆，还不如说在自杀。李商隐说得好，只道相思了无益，未妨惆怅是清狂。爱情，难道真的是要距离才能体现它的美？可是，如果真的能够体现这份美，是不是也太凄凉而冰冷了些？

纳兰对他表妹的深情与宁愿牺牲一切也愿与她相恋的勇敢和勇气，真的让人深深佩服。但我不能忽略，在这首词中那令人叹息的疼痛，那烙印在灵魂中的伤痕。原本一对佳侣，一生一代一双人，却总是难以继续这段爱，所以，纳兰总是在这种悲痛而绝望的结局里感受着曾经那些认真,那些情真意切的相爱。

虽然纳兰明知道此生注定和她无缘相守,但纳兰在自己的心里,依旧认定了她,依旧愿意与她共生死,依旧愿意在时间匆忙走过之后,不记得过去,不记得未来,不记得一切,只记得永恒的誓言。

夜风微凉,亲爱的,此时的你,是否还好? 而我在苦苦地想你。因为想你,所以,我独自走在心灵之桥上,悄然远望。有风吹过,我多想让这风带着我的思念,吹过你的长发,落在你的脸上,从此再也不要离开。而心灵之桥下,有一条条小船独自漂过。

急急奔走的岁月里,有我为你马不停蹄的忧伤,有我无能为力的绝望。那些光阴的河流里,我的思念,不过是一条没有尾巴的鱼,无力摆渡属于你的亲密。在光阴的河流里,亲爱的,请原谅我为你是那么忧伤。桥在心里,你在心里,你的温存却在远方,我再也无法搬来。

手心冰凉,因为,没有你的手牵着。心里,尽是无边无际的阴暗和寂寞,也是挥之不去的伤痛。你像风一样掠过我的生命,转眼之间,便消失不见。而我,仍然还记得。只是最后,那飞不过沧海的蝴蝶,终究只是我们彼此独自的天荒地老,只是我一个人在暗夜里的祭奠。

心冷似冰。那些呼吸均匀的绝望,也许,只是要我记得,我来过这个世界,爱过你。从回忆到现实,美好得让人觉得凄美。尽管我不想说再见,但终究还是会结束,时光不会为了我而停留哪怕一秒。流水一样,从心里倾泻而出的寂寞和伤痛,缭绕着你的脸。

岁月老了,深情阑珊。王菲隔着时空用心在唱:“忽然间,很需要保护,假如世界一瞬间结束。假如你退出,我只是说假如。不是不明白,太想看清楚,反而让你的面目变得模糊,越在乎的人,越小心安抚,反而连一个吻都留不住。我也不想这么样反反复复,反正最后每个人都孤独。你的甜蜜变成我的痛苦,离开你有没有帮助？我也不想这么样起起伏伏，反正每段关系都是孤独，眼看感情变成一个包袱，都怪我太渴望得到你的保护。”

对于纳兰，这爱情，是多么得折磨人啊！怎么不教人两处消魂？此时，情深两不知也许才是现实。而纳兰要做的恐怕就是，无论什么，当他不能够拥有，他可以做的，只是让自己不要忘记，而深深地把它们刻在自己的心里，直至自己失去呼吸。

思念，难道真的是疼痛过后的一次飞翔？为什么我总是觉得，它是一次彻底的坠落和熄灭呢？

爱情和生活一样没有完美，但我们可以在自己的心里渴望或幻想天荒地老。也可以倾心去爱一次，告诉自己，可以无怨无悔。我想，纳兰可能就是这样做的。

就像著名的现代诗人柏桦说的那样：唯有旧日子带给我们幸福。

·第十六篇·

人生若只如初见

人生若只如初见，何事秋风悲画扇？等闲变却故人心，却道故人心易变。

骊山语罢清宵半，泪雨霖铃终不怨。何如薄幸锦衣郎，比翼连枝当日愿。

——木兰花令

读这首词，已经很多年了，且我总是喜欢反复地读。每次读这首词的时候，我的眼泪就会情不自禁地掉下来。我整颗心都会凉透了。词里流出的强烈的哀怨和绝望，让我的心也跟着一阵阵抽搐。爱一个人，却得不到对方的回应，怎么能让人不疼痛莫名、无比绝望，而又异常难受呢？

这首词是一首幽怨词。这首拟古诀绝词究竟是为谁而作，一直没有定论。有人说是写给当初的朋友姜宸英的绝交词。

《木兰花令》原为唐教坊曲，后来用为词牌，有不同体格，俱为双调。词题说这是一首拟古之作，《决绝词》本是古诗中的一种，是以女子的口吻控诉男子的薄情，从而表态与之决绝。如古辞《白头吟》："闻君有两意，故来相决绝。"有专家煞有介事地解读说，纳兰与姜宸英交恶，他借用汉唐典故抒发抱怨，并且词情哀怨凄婉，屈曲缠绵，让后世叹惋至深。

姜宸英，浙江慈溪人，诗词书画无所不能。因为屡考不中，不知不觉，成了老牌补习生。考试需要字迹工整，三年一届，考的次数多了，姜宸英不知不觉练就了一手漂亮的小楷，竟然成了清代帖学的代表人物。由于老是考不上，五十多岁的姜宸英想走曲线就业的路子，跟比自己小二十七岁的纳兰混上了。他想借纳兰靠上明珠这棵大树，谋个像模像样的差事。

虽然科考是做官的必然途径，但清初政策有所放宽，时不时搞一次降低规格的"招干"考试。明珠身为一品高官，位高权重，推荐个把人没有太大的难度。纳兰是明珠的长子，又是正房所生，在家里有约定俗成的地位，说几句话，老爹还是会考虑的。跟纳兰混好了，是稳赚不亏的买卖。事实上，老姜与纳兰交好，也的确受益匪浅。他经常得到纳兰的接济，还做了明珠家里的"挂牌"家庭教师，拿工资却不怎么干活。那年，姜宸英的母亲去世，老姜回南方老家奔丧的路费、盘缠都是纳兰给的。

可惜，老姜这个人一直不走运，渐渐养成了一股小家子气，自傲与自卑一样强大，身上书呆子的酸味冲天。有一次，纳兰边与姜宸英喝酒边苦口婆心地规劝说："我老爸待先生不薄，但没有大的帮助动作，为什么呢？是因为当中夹着安图这个仆人。这个仆人不是一般的仆人，我老爸很器重他。以后啊，你不要由着自己的性子给人家脸色看，尽量跟他处好关系。这样的话，你想做官的事就好办了。先生年龄不小了，还是放下一点姿态吧！做人还是低调一点好！"

纳兰设身处地为姜宸英着想，这番掏心窝的话说得在情在理。谁知老姜听了，砸了酒杯，腾身而起，指着纳兰的鼻子骂了一通，之后，傲然搬出了纳兰府邸，与纳兰绝交。纳兰的《木兰花令·拟古决绝词》就是在这种情况下写就的。“闺怨”是一种假托，无非是借失恋女子的口吻，谴责那负心的人。对号入座，姜宸英就是这个负心人。

老姜确实辜负了纳兰对他的一腔真诚。他老人家一生追名逐利，为求个一官半职，学到老，考到老，持之以恒，在七十岁的古稀之年，终于考中进士，进翰林院做了编修，成为国家后备干部。两年后，他因科场案牵连，于狱中饮药自尽。

尽管该词题目有“柬友”二字，但我始终觉得这首词未必就是写给姜宸英的。纳兰宅心仁厚，心性高亮。他生于大清显贵家庭，却因饱读诗书，极度汉化，把圣贤书中高悬的种种难臻的标准，作为为人行事的准绳；汉语诗词里的浪漫精神洗练了他的人格，他不会做这样小肚鸡肠的事。

一颗玉石，洁白似雪，并且温润如新，这就是谦谦君子纳兰。

我认为，这首词是纳兰与表妹的爱情绝唱。

在我看来，纳兰是一个无比念旧的人，在这点上，他和晏几道、李煜和姜白石不约而同地走到了一起。有很多人说纳兰很爱其妻，但我却不这样看。纳兰的心，其实一直都在他的表妹身上。其实，读纳兰的时候，我总是觉得，纳兰有点对不起卢氏。因为，卢氏和他结婚后的那些不多的时光，纳兰没能真正地让她做他心灵的主人。

“人生若只如初见，何事秋风悲画扇？等闲变却故人心，却道故人心易变”，这段明显是责怪他表妹变心。

纳兰的这首《木兰花令》，总是会让我想到晏几道的那首《阮郎归》：“旧香残粉似当初，人情恨不如。一春犹有数行书，秋来书更疏。　衾凤羽，枕鸳孤，愁肠待酒舒。梦魂纵有也成虚，那堪和梦无。”晏几道的这首词，也是一首幽怨词，怨人之薄情。相对于小山来说，那些他爱过的歌女，怕是薄情的吧。这个词牌名，其实源自刘晨和阮肇遇到仙女，然后和她们住了一些日子，下山的时候才知道，已经过了很久很久。其实，小山是借用这个词牌名表达那种物是人非、时光不再的疼痛和幽怨。小山表达的这些情绪，恐怕在纳兰这里也是汹涌澎湃的吧。

不论是小山还是纳兰，是真的失去了自己所爱的人。这种失去，变得沉重而彻底。他们一直都是随性之人，读自己喜欢的书，听自己喜欢的歌，关注自己喜欢的人，写自己想写的文字，念自己愿意爱的人。

我跟一个姑娘说过，活在这个世界之上，能遇到一个真正对我们好，用心关爱我们，不计个人得失而去对待我们的人太不容易。一个女孩子，在你年轻美丽的时候，有人围绕在你身边那并不是幸福，当你老了的时候，还有人肯站在远方默默地守护着你，爱着你，关心着你，才是她今生的意义。

“人生若只如初见，何事秋风悲画扇”，前一句是对过去的回忆，后一句则是对现实的感叹。人生如果一直像我们当初相识时那样，该多好。那时，你是那样的纯净、那样的清澈、那样的温婉，犹如一朵荷花，亭亭玉立，清纯可人。我们的情也是那样的清新、温润。可是，为什么会这样，为什么会像团扇一样，用的时候就紧抓着不放，用不着了就弃之不理，相知的人转眼间就成陌路？

这里让我想到了宁萱在解读晏小山词时的一些评价：“他虽无情，我却有情。爱情常常不是对等的，并不是对方爱你多少，你才爱对方多少。有时，令你牵肠挂肚的那个人，并不把你放在心上。可你明知道如此，仍然义无反顾地为伊消得人憔悴。

……有什么比人心的变化更快呢？诗人绞尽脑汁也想不出了。近人夏敬观评此词曰：‘云水意相对，上分述而又总之，作法变幻。’过去，人们常说，负心人的心‘翻云覆雨’；可是，小山说，即便是变动无常的云雨，也比那些僵硬的心更多情。……女人哪，你还要祈祷，祈祷你能够最幸运地遇到像小山那样的‘痴人’，他将把你看得比他本人更宝贵。一颗子弹飞过了他也要替你去挡。

这便是神圣的爱。神圣的爱是无私的，追求的不是自己的利益。情人为自己的爱人献身，只求与她达成完美的统一。”

可是这种完美的统一，想达到却比登天还难。这需要另外一颗心的响应，可惜，从这首词来看，纳兰所爱的人，并没有给他回应多少深情。

这里的“何事秋风悲画扇”用了一个典故。这个典故跟古代的才女班婕妤有关。据传，汉成帝时有一个美貌的才女叫班婕妤，她通音律，善诗章，很得成帝的宠爱，后来，成帝得到了赵飞燕，于是，就渐渐地冷落了班婕妤。而赵飞燕不是一盏省油的灯，她一直视班婕妤为眼中钉，她用计杀了许皇后，而班婕妤依靠着自己的聪明，保全了自己的生命。她写了一首诗叫《怨歌行》：“新裂齐纨素，皎洁如霜雪。裁成合欢扇，团团似明月。出入君怀袖，动摇微风发。常恐秋节至，凉飙夺炎热。弃捐箧笥中，恩情中道绝。”

用洁白的细绢剪裁的团扇，形如满月，皎洁如霜，天热时与主人形影相随。秋凉了，就被闲置于箱子里。后人便以“秋凉团扇”作为女子失宠的代指。

纳兰熟读古乐府等诗词，我想，纳兰的这前两句，定然是从班婕妤这首《怨歌行》中取意而来。如果我们用心观看，我们会看到，在纳兰的词里，一直有一个“十年之期”。这个时间到底是怎么算的呢？我们不得而知。我个人估计，应该是在他十九岁左右开始计算的。

康熙十七年(1678)，二十四岁的纳兰自号楞伽山人，立志锁着自己一颗春心，让心如止水。有人说是因为妻子卢氏去世，使纳兰心灵遭受创伤，心灰意冷所致。楞伽，梵语，意译难往山、可畏山、险绝山。相传此山是佛陀宣讲楞伽经之处，系由种种宝性所成。山中有无量花园香树，微风吹拂，枝叶摇曳，百千妙香一时流布，百千妙音一时俱发。

诚然，纳兰的悼亡词凄清至极，尤见真切，有冷似鬼魅之声。但我不认为他对卢氏爱得刻骨铭心。在他与卢氏共同生活的三年里，他更多的时间是花在校刻《通志堂经解》、撰辑《渌水亭杂识》、复习功课、与顾贞观等人谈诗论词上面，并没有全心全意去与卢氏卿卿我我。在他一百多首情爱词里，除了悼亡词外，几乎没有他与卢氏生前的恩爱写实。他对卢氏的悼亡更多的是性情上重情信义使然，或者是对死亡的恐惧、对世事无常的叹惋。而真正让他自号楞伽山人的缘由，是他与表妹的爱情。这一年，纳兰刚刚进乾清宫当侍卫不久，与后宫的表妹有了联络，纳兰以此为名，向表妹表示自己将心如槁木，春风不度，恪守曾经的诺言，一心一意等待她。

在前妻卢氏去世后，作为明珠家的长子，责无旁贷地负有传宗接代的重要任务，他一直拖了三年，才在父母的压力下，续娶了官氏。但婚后两人的感情一直不好，对此，纳兰在词里多有流露。

“等闲变却故人心，却道故人心易变”，这句是强烈的控诉和不满。“故人”，应该指的是所爱所思之人。我记得有一首古诗这样写道：“故人恩情重，不忍复双飞。”这里的“故人”也是指所思所爱之人。这首诗应该源于一双燕子。这双燕子经常在一个人家筑巢，每年都成双，只是后来，只剩一只燕子孤零零地飞回来筑巢，诗人观之感叹，写下了这首诗用以纪念。

这两段可以这样意译：如今轻易地变了心，却反而说情人间就是容易变心。自古以来，恨所爱之人薄情，已经不是什么新鲜体裁。就像那首《梦江南》所写的：“天上月，遥望一团银。夜久更阑风渐紧，为奴吹散月边云。照见负心人。”晏几道说过“浅情人不知”，是啊，对于一个人的深情，那些薄情的人怎么会懂呢？

这当中有一个问题需要说明。按照纳兰词的写作脉络和有关记载，这首词应该作于康熙二十三年(1684),也就是纳兰等待入宫的表妹十一年之久的那年,纳兰三十岁。这句,应该是出自纳兰表妹之口。估计,纳兰责怪她违背了从前在花前月下许下的誓言,还没有到天荒地老,只经过了十年,她就变心了。

纳兰的表妹到底为何变心,我们如今不得而知。我们唯一能知道的,是她彻底远离了纳兰。我们从这首词中,可以看到那个渐行渐远的背影,在纳兰充满泪水的凝望里,像一盏微弱的灯,渐渐暗了下来,然后,就是黑暗的帷幕渐渐垂落下来,像一只巨大的翅膀,遮住纳兰的凝望,也遮住我们的凝望。

"骊山语罢清宵半,泪雨霖铃终不怨。何如薄幸锦衣郎,比翼连枝当日愿",这段,其实是悲叹和无力。

"骊山语罢清宵半,泪雨霖铃终不怨",这里用了唐玄宗和杨贵妃的典故。"骊山"是秦岭北侧的一个支脉,东西绵延20余公里,最高海拔1 256米,远望山势如同一匹骏马,故名骊山。骊山温泉喷涌,风景秀丽多姿,是历代帝王游乐的胜地。

安史之乱中,安禄山的叛军攻破了潼关,直逼京城长安,唐玄宗带着杨贵妃仓皇逃离京城,在前往四川的路上,部队驻扎在马嵬驿时,士兵哗乱,逼唐玄宗赐死了杨贵妃。后来,晚唐诗人白居易写了《长恨歌》,描述唐玄宗与杨贵妃的爱情故事,说七月七日夜,唐明皇和杨贵妃在骊山华清宫长生殿里阴阳相见。杨贵妃犹如梨花带雨,无怨无悔地说:在天愿作比翼鸟,在地愿作连理枝。

真的没有怨吗?杨贵妃在马嵬驿临死前,泪眼婆娑地对唐玄宗说:"妾诚负国恩,死无恨矣。"此时,在纳兰的心里,真的是"泪雨霖铃终不怨"?我看不是。他是有怨的,他为她等待了十年,只等得他表妹那渐行渐远的背影,如果说他心里真的没有疼痛,没有抱怨,那真的是白日做梦。

"何如薄幸锦衣郎,比翼连枝当日愿",薄情的人啊,山盟海誓依然声声在耳。当年的允诺、十余年的等待如一江春水默默流去，比翼双飞的愿望啊，到头来是一场空！

为什么会这样？三百多年的岁月尘封了一切。有两种可能导致这样的悲剧：一是表妹习惯了宫里的生活，并且被皇帝宠幸，无法再出宫；二是她想自己不再像梨花一样一尘不染、洁白无瑕，不愿意再用一具不洁的身体去玷污纳兰十年的等待，于是毅然转身……

不管如何，这都是纳兰心灵深处的朽烂，这都是他一生的落寞和凄凉。这也是她那个表妹灵魂深处的悲痛和绝望。

这首词是纳兰为自己的初恋流下的最后一滴清泪。

·第十七篇·

谁念西风独自凉

谁念西风独自凉？萧萧黄叶闭疏窗。沉思往事立残阳。

被酒莫惊春睡重，赌书消得泼茶香。当时只道是寻常。

——浣溪沙

这首词，到底是悼亡词，还是伤情词，大家各有看法。其实，伤情词，又何尝不是一种悼亡呢？有些东西不在了，而即使再在的话，也无法回到原点，这样看，过去的东西其实已经死了。

这首词，从全词的词意来看，应该是悼亡词。盛冬铃这样评价此词："西风、黄叶、疏窗、残阳。秋凉人独，作者触景生情，又回想起当初与亡妻幸福相处时的情景，抚今追昔，不禁勾起淡淡的哀愁，真是别有一番滋味在心。"

读这首词的时候，我总是想到我的朋友写过的一段话："我是如此的努力。命运却给予了我一场始料未及的与你的相遇，残酷的沦陷……终于在深夜里反复沉吟，不能安然睡去。所以我是这样的寂寞。毒蛇一样缠人又冰冷的寂寞。梦魇一样沉寂，坠入深渊。你是否看得见？黑夜里的空气是这样芬芳和寒冷，思念像潮水一样，绝望地来回。有些事情是这样的清楚和清晰，那些相聚的短暂的瞬间犹如诺言和信仰，让我无法呼吸。生命总是在短暂的瞬间里滑落悲欢，所谓一个人的理想就是永远都无法到达的地方。”

纳兰的悼亡词情真意切，让人感动。但他心里的深情，也会如同指间的流沙一样，遗漏殆尽吧。那些深秋里四处飞舞的叶子，如同那经年聚集的泪水，在一刻之间释放自己，哭时光渐渐远去，哭快乐渐渐远去。

秋天来了，敏感的纳兰，怎么可能不先捕捉到那种荒凉的气息呢？秋天渐凉，而纳兰的心里，怕是已经凉透了吧。秋天，本来就是一个让人感伤的季节，又加上自己内心汹涌的怀念和孤独，怎么可能让纳兰不心生悲痛呢？

妻子终于离开自己了。那些虽然从前认为是平常的眼泪和微笑、快乐和相聚，此时，是多么的刻骨铭心啊。这一切过去的如此之快，让他无法捕捉。他有的时候都会在心里生出错觉，感觉那些过去似乎从来都未曾来过。

此时，秋天，以及孤独，似乎是纳兰心灵深处那一枚渐渐溃烂的果实，无法拯救，无声无息，却又欲罢不能。

“谁念西风独自凉？萧萧黄叶闭疏窗。沉思往事立残阳”，上段借景抒情。王国维在《人间词话》中这样说：“境非独谓景物也，感情亦人心中之境界。故能写真景物，真感情者，谓之有境界，否则谓之无境界。”

照王国维的说法，那么，纳兰的这段应该写的就是“真感情”，所以感人。这里的一切景物，不过都是为了衬托纳兰自己的内心之哀而做出的选择、加工。

“谁念西风独自凉”这句，我们可以这样意译：你离开我后，有谁还能在秋夜为我披上一件衣服，悄声地叮嘱我，保重身体？这样一意译，卢氏的细心和体贴就清晰地浮现了出来。这句“谁念西风独自凉”，让我想到了在纳兰之后的大诗人黄景仁的《绮怀》：“几回花下坐吹箫，银汉红墙入望遥。似此星辰非昨夜，为谁风露立中宵。缠绵思尽抽残茧，宛转心伤剥后蕉。三五年时三五月，可怜杯酒不曾消。”

不论是纳兰的“谁念西风独自凉”，还是黄景仁的“似此星辰非昨夜，为谁风露立中宵”，呈现在我们眼前的，无非都是一颗怀念过去、留恋于过去的美好中不愿拔出来的心。在这两句的背后，都有一个站在月亮之下沉思的身影。就像黄景仁的另外一首诗中表达的一样：“千家笑语漏迟迟，忧患潜从物外知。悄立市桥人不识，一星如月看多时。”

纳兰和黄景仁，此时，似乎是走到了一起，他们有着某种共同的结合点。两个人都是失去了自己所爱的人，黄景仁失去了自己的表妹，而纳兰不仅失去了自己的表妹，更失去了自己的妻子，在这点上，纳兰似乎比黄景仁更加悲痛，更加孤独和寂寞。

她们离开了，面对“千家笑语”时，有谁还能记得那个“悄立市桥人不识，一星如月看多时”，或“似此星辰非昨夜，为谁风露立中宵”，或“谁念西风独自凉？萧萧黄叶闭疏窗。沉思往事立残阳”的男子？曾经以为的地老天荒，到后来，不过是人走茶凉，此心徒然悲伤。

此时，站在秋风中的纳兰，恐怕，那颗心已经疼到难以言说的地步了吧。泪水从他的眼里流出来的时候，那颗心已经熄灭了。有一个伤口，虽然经过了时光，但并没有暗淡下去，反而越来越亮。就像我的朋友胭脂写的那样：“将自己关在房子里，关上所有的窗所有的门，不想被清冷的风来偷窥，我怕我的伤口被检阅。”

而此时的纳兰，他的心是想关也关不了的。那些秋风早已披着往事进去了，再也无法出来。漫无边际的怀念，无穷无尽的空虚，弥漫开来，一直弥漫，让那张原本记得很清晰的脸上，那如花的笑容渐渐暗淡。此时，有一种撕心裂肺的痛感，纳兰是一定懂得的，因为就在他自己的心里。

此时，萧萧黄叶不就是纳兰自己吗？卢氏离开了他，他不就是那片飘舞在空中尚未落在地上的叶子吗？时间已经不多了。在开花花谢中关上了窗子，为什么要关上窗子呢？恐怕是眼不见为净吧。因为，不关上窗子的话，看见的景物，都是他内心的疼痛，让他的心凉到极点。

“萧萧黄叶闭疏窗”中的“疏窗”，指的是刻有花纹的窗子。这句，总是会让我想到李煜。李煜曾经在一首词里这样写道：“一任珠帘闲不卷，终日谁来？”是啊，为什么要关上窗子呢？恐怕也是跟“终日谁来”有一点关系吧。纳兰此时的感情，就像胭脂写的那样：“错落情缘，繁华已尽。请你等我，等我一起入梦吧，我要来梦里找你。……等我，等我一起入梦吧。还你前尘来路的眼泪，欠你几生几世的痴迷。”

“沉思往事立残阳”这句，最让我觉得孤独和寂寞。纳兰的身影似乎已经被夕阳染红，拖长。他的背影，像这个尘世的一个巨大的伤口，楔在时光的深处，越来越亮。这里的“立残阳”，我个人觉得，颇有晏殊“无可奈何花落去，似曾相识燕归来，小园香径独徘徊”一样的孤独和失落。

“残阳”，光将逝去的意象，此时，纳兰自己不就像这残阳吗？他的深情之光，渐渐被消耗殆尽，而黑暗马上就要来临。

“被酒莫惊春睡重，赌书消得泼茶香。当时只道是寻常”，下段是回忆往事，然后是感叹。

“被酒”，应该指的是“中酒”之意。有三种解释：一是饮酒半酣时；二是喝醉了；三是因为喝酒而生病了。

前面这两句，写的是两个人从前恩爱的生活。两个人过着诗意的生活，没事喝点酒。“赌书消得泼茶香”这句，取自李清照的《金石录后序》：“余性偶强记，每饭罢，坐归来堂，烹茶，指堆积书史，言某事在某书某卷第几叶第几行，以中否角胜负，为饮茶先后。中举杯大笑，至茶倾覆杯中，反不得饮而起，甘心老是乡矣。故虽处忧患困穷而志不屈。”

其实，每每把以上这段话在我脑子中过一遍，我就怀疑这首词，是不是跟纳兰的表妹有关。纳兰在《沁园春》一词的序中这样写道：“丁巳重阳前三日，梦亡妇淡归素服，执手哽咽，语多不复能记。但临别有云：‘衔恨愿为天上月，年年犹得向郎圆。’妇素未工诗，不知何以得此也，觉后感赋。”

从纳兰这段小序我们可以看出，卢氏应该是不工诗的，工诗的只有沈宛，还有纳兰的那个表妹吧。不过，这些只是我个人的猜想，就算卢氏不工诗，但作为一个大家闺秀，肯定也是通诗书的，她陪纳兰一起读书，倒也不是没有可能。所以，在读这首词的时候，我常常对这首词中的女主人公是谁而感到莫名纠结。

李清照和赵明诚那时的生活，是多么幸福啊，可惜，在这个世界之上，幸福是短暂的，如风一样逝去。过了不久，赵明诚就变了心，娶了个妾，所以，李清照无比悲痛地在那首《蝶恋花·昌乐馆寄姊妹》中这样写道：“泪湿罗衣脂粉满，四叠《阳关》，唱到千千遍。人道山长山又断，萧萧微雨闻孤馆。　惜别伤离方寸乱，忘了临行，酒盏深和浅。好把音书凭过雁，东莱不似蓬莱远。”

李清照无疑是爱着赵明诚的。这种爱，从来都没有改变，甚至是从没有移动过的。李清照对他的爱，是一种义无反顾的、无私无悔的付出。这种付出，让我们可以看见李清照内心的敞亮和赵明诚内心的丑陋，两者形成强烈的对比。在过去，作为一个男人，娶个小妾，本来是件很正常的事情，其实，我们无须过多地批判和抱怨赵明诚什么。毕竟，他不是李清照这样通透的人，他沾染了太多的俗气。

虽然从此处看到了李清照的悲痛，但我们同样也看到了阳光，更看到了李清照内心的强大和丰盈。其实，李清照这种内心的强大和丰盈，一直是让我感动并佩服的地方。她这一生，不管如何，活出了自己的意义和价值。我想，如果是我们的话，我们这些男子，未必能像她这样顽强而敞亮地活。

人心易变，此心易移。纳兰和卢氏从前的生活，还不如李清照和赵明诚那样相爱呢，至少赵明诚一开始时，是真的一心一意地爱着李清照，而纳兰的心却在他的表妹那里，他根本就没有把自己的心完全为卢氏打开，他根本也没有用尽所有的深情去爱她，他的心一直隐藏在思念他表妹的阴影里，等待着她的归期，想和她旧梦重圆。

这个世界，想旧梦重圆，无疑是痴人说梦，我不知道，当时纳兰是不是理解或明白这点，如果他已经明白这点，还要这样执意，真的让我感动。人活一辈子，能“痴”上一回，确实不易。而且，“痴”跟傻不同，就像古龙说的那样：只有痴于情的人，才能得到别人的真情；只有痴于剑的人，才能练成世上最好的剑法。

“当时只道是寻常”这句，有专家认为是深情之语，而在我看来，却是悔悟之语。其实，说良心话，在纳兰的心里，他对其妻卢氏是有悔的，因为，纳兰在和卢氏婚后的一段时间，根本就没有给过卢氏完全的爱和温暖。当时觉得寻常的东西，如今，回过头来看看，是多么幸福，多么温暖。

这句，其实是一声叹息，一声无力的叹息。如今，就算纳兰想把自己的心打开，把自己的深情倾注于卢氏身上，都已不可能。死亡，隔断了他们彼此之间的接近。此时，在纳兰的心里，估计一直是充满悔意的，他一直在抱怨自己，为什么就不懂得“落花风雨更伤春，不如怜取眼前人”这句话背后真正的含义。

是啊，与其在那落花风雨中伤春，还不如怜取眼前人。就像我的朋友、江南才女胭脂写的：“是千里的江南，是落红成阵，是白发朝来渐有霜。是一季塘荷渐老，空度了韶华风光。是你那年去后，我漫思茫茫。

谁人低吟：‘平生月色在潇湘。’造就我衣带渐宽终不悔，何妨惆怅是轻狂？

若是没奇缘，却为何那日你为千年芙蓉一次涉江，我一低头，魂飞魄散入的是你的魔。

若说有奇缘，又为何枉我一树繁花立于你必经的路上，你的去路，偏只是我来时的方向。”

是啊，如今，只能落个梦中执手相看，尽是泪眼。那颗深情的心，已被雨打风吹伤，渐渐冷去。思伊无望，深度受伤，容颜渐老，空惹啼痕，枉自断肠。从前的花事，都付沧桑。如今，纳兰能做的，也只有铭记。庄子说得好：相濡以沫，相掬以湿，不如相忘于江湖。可是，纳兰他做不到，所以，他疼他痛。

如果我们读纳兰，那个一直在痛的心，才是真实的纳兰。

·第十八篇·

嫩寒无赖罗衣薄

谢却荼蘼，一片月明如水。篆香消，犹未睡，早鸦啼。

嫩寒无赖罗衣薄，休傍阑干角。最愁人，灯欲落，雁还飞。

——酒泉子

其实，我个人觉得，纳兰的词深受韦庄、温庭筠、冯延巳和李煜等的影响，特别是受到了李煜的影响，其词凄婉，让人不忍卒读。只是，平心而论，纳兰在词的创新上，并没有什么大的贡献。不过，作为一个汉语不是母语的异族词人来说，能把词写到这个份上，已经相当不容易了。

所以，王国维评价纳兰“以自然之眼观物，以自然之舌言情”，还是十分得体而恰当的。清代，只有两个人把词这个并非母语的文学形式写得很好，一个是纳兰容若，另外一个是才女顾春。所以，那个时候流行这样一句话：男中成容若，女中顾太春。

其实，纳兰的词，为什么能让我们这样喜欢并打动我们的心呢？我想，盛冬铃的一段话说得还是相当有道理的："其实容若此作，不过是'以自然之眼观物，以自然之舌言情'，本不求深，其动人之处，也正在这里。"

这首词，我个人认为是怀人之词，所怀之人是谁，这是一个仁者见仁、智者见智的事情。如果在这个时候，我们非要抓着在这首词中纳兰所怀之人到底是谁这个话题不放的话，在我看来，相当没有意义。但从词本身来看，这首词，像他的早期作品。

"谢却荼蘼，一片月明如水。篆香消，犹未睡，早鸦啼"，这段描写景物。其实，在词中，一切描写景物的语言，都是为衬托内心的情感而服务的，换句话说，就像王国维说的那样："一切景语皆情语也。"

"荼蘼"，落叶小灌木，攀援茎，本身有刺，夏季的时候会开出白花，味道相当清香。提到这个词，总是让人想到一种热烈盛开过后的空洞。有一句话写得好：开到荼蘼花事了。开到最灿烂的时候，其实，也意味着花事已经结束了。

在一片明月如水的光芒里，有一个人的背影，就像时光长河中的一条小船，独自在其中向着那心中所念之人用力地航行。而这里的"谢却荼蘼"，在我看来，跟《梦江南》中的那句"心字已成灰"一样，其实有一语双关的嫌疑。在现实中，可能也有白色的荼蘼花，已经暗含凋谢之意，但在我看来，这里的"谢却荼蘼"，更是内心的思念被燃尽之喻。

当明月在顶，纳兰的内心，其实在漫无边际地漂流。当思念在他的内心遗落温存的芬芳之时，这颗心已经注定不再是他自己的。那些近了又远，远了又近的人，已经辜负了他多少良辰美景？清风吹着他那憔悴的脸，可以吹开他那颗深情的心，但心中一直思念的人，却没有音信。

一不小心，她的脸再次跌落在他的心里，溅得他很疼。"一片月明如水"，其实,不只是月光如水一样流淌在这个尘世之上,也是纳兰内心积蓄了很久的思念,像水一样流淌在这个世界之上,寻找着自己心爱之人的足迹,渴望到达她的生命世界。

"月亮",一直都是思念、怀念或遥远的代指,不管是在唐诗中,还是在宋词中。记得张九龄在《望月怀远》一诗中这样写道:"海上生明月,天涯共此时。情人怨遥夜,竟夕起相思。灭烛怜光满,披衣觉露滋。不堪盈手赠,还寝梦佳期。"张九龄直接把月亮跟情人、跟遥远、跟思念等和心灵以及情感这两样东西画上了等号。

这个时候的纳兰,估计,也只能是"独自披衣坐,更深月露寒。隔帘肠欲断,争敢下阶看"? 真的是,明月千里去,此中还别离。

"篆香",其实就是盘形香,唐宋时将香料做成篆文形状,点其一端,依香上的篆形印记,烧尽计时,故又称百刻香。它将一昼夜划分为一百个刻度,用作计时器,还有驱蚊等作用,在民间流传很广。宋洪刍在《香谱》中这样记载:"近世尚香者作香,篆其文,准十二辰,分一百刻,凡燃一昼夜而已。"

我记得,被称为"古之伤心人"的婉约派大词人秦观,在《减字木兰花》中也用过这个词,这首词是这样写的:"天涯旧恨,独自凄凉人不问。欲见回肠,断尽金炉小篆香。　黛蛾长敛,任是春风吹不展。困倚危楼,过尽飞鸿字字愁。"

在古时,贵族家的女子,很是注重物质生活的享受,总是会用一些香料来净化屋内的空气,或用香料来熏衣被等。所以,这种香料,我个人觉得,应该也是一种身份的象征,像一般贫穷人家,饭都吃不上了,哪里还用得上这种香料?

这句"欲见回肠,断尽金炉小篆香",总是让我想到纳兰容若的那首《梦江南》:"昏鸦尽,小立恨因谁? 急雪乍翻香阁絮,轻风吹到胆瓶梅,心字已成灰。"

最后一句"心字已成灰"一语双关。明代博学家杨慎《词品・心字香》记录:"所谓心字香者,以香末索篆成心字也。"古人喜欢将熏香做成心字形,熏香如同心意，燃过之后最终成为灰烬。心香成灰，虚实两致，不仅是实景，而且还有深刻的寓意，表面上姑且可以看作篆香燃尽，事实上是凭栏人心如死灰。

这首词当中存在一个场景置换。前面两句是纳兰自己站立在黄昏中，望着乌鸦飞远，心里充满伤感。后面是写心爱人的香闺，柳絮、花瓶、落梅、已经燃完的心字香。这一切就像一幅静物画，这些与一个妙龄女子息息相关的物象依次呈现，唯独没有女子的身影。燃完的心字香暗示着人去楼空，也喻示由此而心灰意冷的爱情结局。

“断尽金炉小篆香”这句中的“断尽”二字，可谓把这个女子的伤心清晰地勾画了出来。在这里“断尽”的不完全只有小篆香吧，应该还有那颗思念的心。而在纳兰这里“篆香消”，就是那句《梦江南》中的“心字已成灰”之意吧。

从“篆香消”这句来看，纳兰失眠了，且失眠的时间很长。在这句当中，应该有一个时间段，我们可以理出来。一盘香燃尽了，应该至少也会到凌晨吧，而在这个时候，纳兰还没有睡着，他为什么还没睡着呢？因为，内心在思念着一个人。而这种思念，我想，只有思念过的人才能明白。我本人是知道这种感受的，这是一种让自己的心都透不过气来的沉重，是一种把自己的心揪得很疼的牵挂。

直到凌晨了，纳兰还没有睡着，这其实是一种透支自己的行为。我也经常这样做。其实，爱一个人，就是大病一场。而纳兰病得很重，已经无药可救。我想，纳兰之所以打动我们，可能就是源于这点。

“早鸦啼”，交代了时间。早晨的乌鸦在窗外不停地啼叫，让一夜未睡的纳兰更加伤感。乌鸦的叫声，一直都是凄凉的代名词。此时，内心本来就无比凄凉的纳兰，在这种凄凉的声音中，岂不更加思念和悲痛？

“嫩寒无赖罗衣薄，休傍阑干角。最愁人，灯欲落，雁还飞”这段，开始走上了抒情的道路。抒情，其实一直是文学的宿命，且是不会被忘却的宿命。

“嫩寒”，其实就是轻寒、微寒的意思。“无赖”这个词，秦观在《浣溪沙》中也用过：“漠漠轻寒上小楼，晓阴无赖似穷秋。淡烟流水画屏幽。　自在飞花轻似梦，无边丝雨细如愁。宝帘闲挂小银钩。”

“轻寒”，就是春天早晚的薄寒。不是冬天的严寒，而是春天最后那一抹轻轻的凉。无边无际的凉，无声无息地浸透了那个小楼，这些感受应该是通过一个人的内心所感受出来的。这个“小楼”，其实就是那个女子的心。虽然从没有写到那个女子，而那个女子却无比美丽地站在我们的眼前，宛然如一朵梅花，灼灼其华。

时间，估计已经是晚春了，这凉难道真的是外在的冷？不，我从不这样去思考、去感觉。我觉得，这是内情在起作用。这个女子内在的情感，被笼罩在孤独、寂寞、寥落当中，所以，外在的景物也跟着变得凉了。因为“景物无自生，惟情所化。情哀则景哀……”

有人楼上愁。为什么呢？是因为“满目山河空念远，落花风雨更伤春”。而愁的又是什么呢？也许愁得不过是“乍雨乍晴花自落，闲愁闲闷日偏长。为谁消瘦减容光”。这个“漠漠轻寒上小楼”句中的“上”字，不仅仅是肉体上的登楼，还应该是内心的愁绪渐渐增多的一种表现。

秦观这里的“无赖”，是闺中女子的用语，其实就是很是讨厌的意思。但有的时候，也可以反过来，用做两个情人之间打情骂俏的亲爱语。

但这在里，是相当讨厌的憎恶语。因为，已经到了春末，但仍然和深秋那样寒冷。我想，这里的“寒冷”，就是内心深处无爱的孤独、落寞和陷在这些当中小小的恐慌。“晓阴”应该就是一个阴天的早晨。一个阴沉沉的春天的早晨，孤独地从梦中醒来，是一件太过无聊而孤独的事情。

而在纳兰这里的“无赖”，有专家把它解释为“无奈”，我个人觉得不是太合词意。这里的“无赖”，应该跟秦观这里的“无赖”一样，应该含有憎恶的意思。

夜里有阵阵轻寒，微凉，而身上的罗衣，抵抗不了凉意的侵袭。这句“嫩寒无赖罗衣薄”，颇有南唐后主李煜的影子。我记得李煜在一首词中有过和这句相似的表达：“罗衾不耐五更寒”。其实，到底是因为天冷，还是心冷呢？恐怕比天气更冷的，是那颗无比思念，却无法到达的心吧。

“阑干”，应该是栏杆。这句“嫩寒无赖罗衣薄，休傍阑干角”，罗衣很薄，所以，感到了阵阵的凉意，那么，就不要在栏杆角旁远望或思念了。其实，我怎么都怀疑，这句背后，站着一个女子的身影，这个女子应该才是纳兰心灵深处的疼痛，这种疼痛他用短暂的一生带着。

“嫩寒无赖罗衣薄，休傍阑干角”这句，是对心爱女子推心置腹的关怀。其实，这首词，也可以看成是闺怨词，但作为诗词，诗人自己总是会在自己的文字中进进出出，让人不容易分辨。这里的身影，有的时候，在我看来，就是纳兰所爱之人和纳兰自己的重叠。其实，爱一个人的时候，自己也就成了另外一个人。

“最愁人，灯欲落，雁还飞。”天亮了，所以，灯就要吹灭了，但这个时候，那一阵阵的大雁，那一声声哀鸣，像一把利箭一样洞穿纳兰的心，也洞穿了纳兰所爱之人的心吧。

最愁人处，只是没有得到对方爱的回应。杜拉斯说：爱就是要爱某一个人。活也只能活那么一次。你爱过某人，你便带上了某种印记……

·第十九篇· 情在不能醒

心灰尽、有发未全僧。风雨消磨生死别，似曾相识只孤檠，情在不能醒。

摇落后，清吹那堪听。淅沥暗飘金井叶，乍闻风定又钟声，薄福荐倾城。

——忆江南

这明显是一首悼亡词。其实，纳兰的招牌武器是小令。这首小令，情真意切，仿佛在暗夜里那一声叹息，在叹息之后，那一滴泪水坠地的声音，是那么空虚而破碎。

这首词，当是纳兰晚上宿于双林禅寺时写下的。站在这样寒冷的夜里，有一个叫做纳兰的男子，无比心痛。那些四处飘扬的落花，细细碎碎，像一个人脸上的泪斑，有着一种难言的空洞，更有一种脆弱，让人不忍触碰。这种脆弱，就是纳兰的心灵，让我看到决绝的人生态度。

失去了自己的妻子，就如同失去了自己。此时的纳兰，很多的人间得失，似乎都已经被他尝遍。而陷入往事中的他，让我恍惚可以看到，爱情之花当初开放之时的灿烂背后，却有着一种决绝的告别，这是一种姿势，像一只手伸在空中，更像一句弥漫在空气中的呼喊。其实，它们都是一只已经中弹的鸟，坠落是唯一的归属。

那些散漫在内心的回忆，在纳兰的心底，却抱着一滴滴清泪，像一盏灯，固执地亮在怀念的路上。剩下的时光，纳兰知道，再也不会有人如此怜惜他。在这个渐渐凉下去的秋夜，我读着纳兰的这首词，轻轻地念出声之时，我的泪水已经悄然落下。

此时，耳边不知道为什么竟然响起了周杰伦的那首《菊花台》："你的泪光，柔弱中带伤。惨白的月弯弯，勾住过往。夜，太漫长，凝结成了霜。是谁在阁楼上，冰冷绝望。雨，轻轻弹，朱红色的窗。我一生在纸上，被风吹乱。梦，在远方，化成一缕香。随风飘散，你的模样。菊花残，满地伤，你的笑容已泛黄。花落人断肠，我心事静静躺。北风乱，夜未央，你的影子剪不断。徒留我孤单在湖面，成双……"

这个时候的纳兰，也在冰冷绝望，他的一生，也在纸上被风吹乱，那在风中随风飘散的也是卢氏的模样。她的笑容，同样也已泛黄。而他也在花落人断肠，卢氏的影子也剪不断，他也独自一个人站在尘世的湖面上，独自成双。

人间有味，却是清欢。当时间沉淀下来之后，内心的伤痛自然也跟着蔓延。纳兰其实是一个随性的男子，他所做的，所写的，不过都是他自己最想做的事。所以，我通常把纳兰的词看成是他一个人的"自言自语"。西方有人说：自言自语，才是最好的文学。

“心灰尽、有发未全僧。风雨消磨生死别，似曾相识只孤檠，情在不能醒”，这段，其实是抒情。

“心灰尽”，总是让我想到那首《梦江南》中的“心字已成灰”，不过这“心灰尽”写得更伤更疼更痛更绝望而已。在这个时候，纳兰早已万念俱灰了。

心如死灰，再也没有什么能让其激起涟漪了。这个时候，纳兰和唐朝的大诗人李商隐一样，已经到了“春心莫共花争发，一寸相思一寸灰”的地步了。这个时候，李商隐和纳兰一样，心里有多少思念，就有多少被燃烧过后的灰烬。

卢氏走了，留下他一个人活在这个冰冷的世界上，心如死灰的纳兰，纵然头上还留着头发，但此时的他已经和一个僧人没有什么两样了。不过，他还没能“想得开，忘得了，放得下”。纳兰一直都不是一个“想得开，忘得了，放得下”的男子，所以，他一生活得都不快乐。

记忆，有的时候，真的是痛苦的根源。但想忘记一个自己爱过，或自己曾经相伴的人，又谈何容易？纳兰的疼痛仿佛还在眼前，仍然是那么鲜艳，但他已经走过了很久，在时光的长河中，悄然隐没。这个红尘对于纳兰来说，太过冰冷，没能给他一点温暖。

“风雨”，在我看来，其实就是将其妻卢氏带走的命运。被命运消磨的纳兰，就像一盏微弱的灯光，在暗夜里为其妻卢氏固执地照着，渴望能照亮她回来的路。其实，卢氏应该觉得幸福，不管纳兰在她生前爱不爱她，但在暗夜里，有一扇窗为她开着，有一盏灯为她亮着，有一颗心为她念着。就像我曾经在《仓央嘉措诗说：一只为情飞翔的白鹤》一书中这样写道：“正当我写下上面这段话，那个夜晚忽又闪现。我伏在案前，一页页翻读着世传的仓央嘉措情歌，灯火虽明，暗夜无边，你说：‘你要记得，我是爱你的……’

人生此行的神秘莫测，纵然不可捉摸，但这一声低语，却是叫人何等幸福！”

此时，卢氏和纳兰，不是生离，而是死别。人世间，最让人肝肠寸断的，也许就是纳兰此时的悲痛吧。

“孤檠”,指的是孤灯。这两个字,用得是何等的伤心啊。把一腔孤独和寂寞,把一腔深情,尽付于词语当中,让我们这些后来之人,慢慢捡拾。这句“似曾相识只孤檠”,明显是纳兰的一种错觉。“似曾相识”,我觉得有晏殊“似曾相识燕归来”之意。不过,在这里的“燕”当是纳兰之妻卢氏。我觉得,这句当是说在一盏微暗而孤独的灯光之下,卢氏站在纳兰的面前。

纳兰的这种痛,我想贵州的现代诗人熊焱是懂得的,他在一首名叫《怀念》的诗中这样写过:“夜雨落在窗外/像你说话的声音,小小/你在两年前匆匆离开,就仿佛是在昨天/你才出门去买菜。小小/这两年来,我一个人寂寞地过/寂寞地守着我内心的苦、破碎的生活/累了,念一些人,想一些事/或者躺在床上,像一艘破船/我把自己搁浅了。小小/在这里,你的魂不在/你留在枕上的呓语和呼吸还在//从火葬场到家门口的路,只要半小时了/小小,别挤公交,打的吧/你遗留的化妆品、衣服、数码相机……/我都完好地放在柜子里。小小/它们和我一样,一直在等你回来/小小,现在是十点钟了,夜雨仍然在下/我有事要出去了,小小/我把灯开着。那温暖的光亮/就像你,在两年前守着我在深夜里疲惫的奔波。”

也许有人会认为,这是纳兰的夸张写法。文学,允许适度虚构和夸张,但它始终离不开生活和情感这些真实的原型。我却不认为这是纳兰的夸张写法。为什么纳兰会出现这种错觉呢? 那是因为,太思念一个人了,产生错觉,也不是不可能的事情。纳兰因为太思念卢氏了,产生了卢氏站在灯前的错觉,从情感上讲,也是可以的。

“情在不能醒”这五字,其实才是纳兰心底深处的那一抹红。这个深情的男子,用情过深,所以才会“情在不能醒”。读这句的时候,我就想到了晏几道。跟纳兰一样,晏几道也是一个用情过深的男子,他写过“浅情人不知”这句话,他的这句“浅情人不知”和纳兰的这句“情在不能醒”，简直有着天衣无缝的交汇。

有专家认为，这句“情在不能醒”是纳兰无法从痛苦中拔出来。可是，我怎么都不这样看。我认为这句“情在不能醒”，是纳兰产生了卢氏站在灯下，站在他面前的错觉，他是不想从这种错觉中醒来。因为，太过于思念她了，所以，产生了这种错觉，他是不愿意醒来的，因为醒来后，就要面对已经彻底失去卢氏的现实。有的时候，逃避现实的打击，会让心灵得到短暂的休息。

“摇落后，清吹那堪听。淅沥暗飘金井叶，乍闻风定又钟声，薄福荐倾城”，这段，继续借外在的景物抒情。

“清吹”，《纳兰性德词新释辑评》一书解释为秋风，而赵秀亭解释为北方的民俗，即在夜间于亡灵坟前奏乐，以示祭奠。我个人，还是倾向于赵秀亭教授的说法，解释为北方的民俗，在其妻卢氏坟前吹乐的说法。

树上的叶子，已经被秋风摇落了，这里的叶子，其实是一种隐喻，暗喻着卢氏的生命也被命运之风雨摇落了。卢氏被命运摇落了，这个时候的纳兰，那些清吹他怎么能听进去呢？这一声声的音符，就是一把把刀子，在纳兰的心里扎着，直到它的心灵流血不止。

“那堪”，不堪的意思。我记得，方文山在《菊花台》中写过这样一段：“花已向晚，飘落了灿烂。凋谢的世道上，命运不堪。愁，莫渡江，秋心拆两半，怕你上不了岸，一辈子摇晃。”纳兰不堪听那祭奠其妻卢氏的奏乐，那是因为她已经成了他的心痛，一碰就无比地疼。

“金井”，装饰很美的井，这也是一种身份的象征。穷苦人家，哪里有钱去把井给装饰得那么美丽呢？这句“淅沥暗飘金井叶”，总是会让我想到李煜的那句“砌下落梅如雪乱，拂了一身还满”。这里的“叶”，我个人很怀疑是梧桐的叶子。

树上的叶子，像雨水一样淅沥地下着，飘舞着一种“触目愁肠断”的伤感。这个时候的纳兰，应该从一片叶子中看到了自己的未来，或整个生命的走向吧。一片叶子，又何尝不是他自己呢？只能在命运之风中活着，不知道命运之风，会什么时候用手将他自己摘落。

风吹过，内心疼痛莫名。就像冯延巳写的那样，“风乍起，吹皱一池春水”。纳兰内心情感的春水，已经被这渐凉的秋风吹皱了，一道道皱纹，深刻在他的心里。留不住的人，留不住的时光里，忘不了的怀念，成就了人世间的温暖？那些刻骨铭心的诺言，一幕幕地在他的脑海中上演。

“乍闻风定又钟声”这句，总是让我想到李清照的“风定落花深”。风刚刚停止，但钟声又响了起来，这个时候的纳兰，情不自禁地叹息，或许，此时的他是真的累了，累的都拿不出一点力气。也许纳兰成不了世间幸福的人，但他用自己独特的方式告诉世人，他是无法替代的。

“薄福”，浅薄的福分。“倾城”，指的是美女，这里应该代指其妻卢氏。“荐”，进献上什么，用来做法事。古人说：情深不寿，慧极必伤，这话是很有道理的。纳兰因为他“情在不能醒”，所以，消耗了他自己的生命，导致他这么年轻就死去。书生其实和红颜一样薄命。

纳兰在抱怨自己的福分太薄，没能让卢氏和自己白头偕老。即使这样，他也要把自己余下的光阴，进献出来用以怀念她。就像我的朋友胭脂这样写道：“只是，在情意和欲望辗转流离的路途上，我已经耗去了太多的等待和精力。只有为我亲自听到、亲自看到的温情，才终于成为我最具有厚实温度的纪念。

毕竟，冷漠尘世里温暖不多。而我，左手冰凉，右手紧握，偏偏就这样渴望着问候和牵绊，有如呼吸。”

是啊，纳兰又何尝不这样渴望呢？

写到这里的时候，我已经在充满了凉意的秋风里渐渐老去，在一盏灯火照耀之下,读着纳兰的情感。读着那悄悄转过身去的背影,读那脸上悄然落下的泪。而我亲爱的读者朋友们,请原谅我,在这样的一个冷漠的世界之上,和纳兰一样渴望寻找到温暖,渴望有人懂得并分享我的寂寞和疼痛。

写着,写着,已经满脸是泪。也许,人间看惯,我已经和纳兰一样,冷了心肠。

·第二十篇· 未梦已先疑

挑灯坐，坐久忆年时。薄雾笼花娇欲泣，夜深微月下杨枝。催道太眠迟。

憔悴去，此恨有谁知。天上人间俱怅望，经声佛火两凄迷。未梦已先疑。

——望江南·宿双林禅院有感

这首词应该是纳兰在双林禅院怀念卢氏时而作。站在这首词背后的那颗心，其实是无比怀念、又无比绝望的。纳兰这个时候，被往事纠缠着不放，让他倾心于回忆，泪流满面。

此时，他沿着卢氏曾经留下的线索，在他自己的内心，一次次追寻着。他此时不论是多么深情，多么不舍，多么努力，都不过是他一个人空洞而孤独的努力，终不会如愿。他和卢氏之间，终隔着一层无法逾越的距离。此时，纳兰就是我们脸上那颗摇摇欲坠的清泪。

随风而去的人，无声无息地离开。过去的回忆，是多么清晰，但细细想来，却已隔世。写到这里的时候，郑中基在我耳边不停地唱着："明明爱很清晰，却要接受分离，我只剩思念的权利。难过还来不及，爱早已融入呼吸，不存在的，存在心底。虽然很努力，练习着忘记，我的心还没有答应可以放弃了你，真的对不起，答应了你不再爱你，我却还没答应我自己。"

是啊，此时，纳兰只剩思念的权利，爱早已融入呼吸，不存在的，存在于他的心底，无法抹灭。纳兰也在尝试着忘记，可是，忘记对他来说，是一场艰难的旅途，不容易到达目的地。他也说好要忘记，偏偏又想起。在暗淡的结局之外，那些过去看似平常的日子，如今却是如此得鲜亮。

"挑灯坐，坐久忆年时。薄雾笼花娇欲泣，夜深微月下杨枝。催道太眠迟"，上段，是借景抒情。

曾经沧海，却再也难为一杯可以共饮的水，想一想，这是多么让纳兰觉得无力。她已经化作一缕若有若无、又无法感知的幽魂，无法找寻。此时，是纳兰用心太深，一颗心，在这个荒凉而冰冷的尘世之上，卢氏不在，仿佛就没有可以放下歇息的地方了。

过尽千山万水之后，难道我们才能知道，对于我们最重要的是什么吗？我想，纳兰此时是懂得了。但这种懂得，却让他再也无法拥有。如今，所有的温存，虽然还在他的心里纠缠不清，但对于卢氏来说，已经是无法亲近的远。

"挑灯坐"，这是寂寞而无助的动作。为什么他要挑灯坐呢？是因为他又失眠了吧。此时，纳兰又触景生情了。纳兰独自一个人坐在灯下，苦苦地怀念，怀念怀念的产生。"年时"，去年的这个时候。纳兰把灯挑亮了些，坐在灯下，苦苦地想着去年这个时候的一些情景。

“薄雾笼花娇欲泣，夜深微月下杨枝”这句，有人认为是化用了程垓《满江红》中的“薄雾笼花天欲暮，小风吹角声初咽”，这样的说法可从。不过，将“天欲暮”改作“娇欲泣”，在我看来，更加生动一些，把那被烟雾笼罩的沾着露水的花朵，那种仿佛梨花带雨的神态传神而生动地刻画了出来。

去年的这个时候，被薄薄雾气笼罩的花朵，仿佛都将要为她哭泣。有很多人认为，这个时候，纳兰是在怜花。其实，我觉得这个时候，纳兰怜的不是花，而是死去的人，也就是卢氏。

“杨枝”，杨柳的枝条。当我读到这句“夜深微月下杨枝”的时候，不知道为什么总是会想到朱淑真。想当年，我们的朱才女因为爱上一个男子，在《生查子》中这样写道：“去年元夜时，花市灯如昼。月上柳梢头，人约黄昏后……”

在朱淑真这首词里，在“花市灯如昼”背后，一定站着一个男子。所以，朱淑真的“月上柳梢头”，是约会，是相见，而在纳兰这里，“夜深微月下杨枝”，却已是刻骨铭心之痛的永别。

那么这句“薄雾笼花娇欲泣，夜深微月下杨枝”，似乎可以这样意译：我坐在灯下，怀念去年的这个时候，那些花朵在薄薄的雾中，我见犹怜。夜很深了，月亮已经从杨柳梢头悄然坠落，而你在我耳边催我快点休息，不要太晚。

是啊，此时的这些情景，仿佛还历历在目，只是人却已经走远。或许，纳兰此时已经知道，从卢氏走后，再也没人像她这样怜他爱他。这样体心而温暖的话语，如今只是纳兰独自完成而又无法天荒地老地追寻，所以，让他心疼。

夜晚微寒。内心寂寞。无边无际的回忆，已经让一颗心支离破碎。穷纳兰余生，似乎他再也没能放下。雾气薄如轻纱，有一个书生，此时，正和李清照写的那样：此情无计可消除，才下眉头，却上心头。有一些情感，是不堪回忆的轻轻一触。

想一下，就多一下的心如刀绞。一缕一缕的回忆，就是一次次的折磨。此时，纳兰似乎觉得自己欠了卢氏一生的宠爱，欠了她一生的温存。此时，这种愧疚的心思，让纳兰沉入到一个自责的深渊当中，无法自拔。

“憔悴去，此恨有谁知。天上人间俱怅望，经声佛火两凄迷。未梦已先疑”，下段，写得更加让人感动。

请允许我先把这段意译一下：如今，你带着憔悴独自离去，而我心中的幽恨又有谁能知晓？如今，你我两人天人永隔，也许会两两惆怅地凝望着。我坚信，在这经声佛火中我们都会凄迷，这样的情景，到底是梦，还是现实？我还没有睡去，所以这不是真的。

“憔悴去”这句，在我看来，有对卢氏的愧疚。如今，卢氏独自离去，纳兰就是她留在这个世间唯一的遗物。而尘世的冰冷，对于纳兰来说，已经到了异常无情而刻薄的地步。有些东西，真的只能“如鱼饮水，冷暖自知”。那最初的记忆，穷纳兰一生，也不过只是记得而已。

飞短流长的怀念，忧伤了忧伤。曾经，他和卢氏之间，就像我的朋友胭脂写的那样：“于是，我用心你的肌肤温热，我留意你的指尖微凉，我体会你的花间驻足，关注你每一季的风花雪月……”卢氏是这么好的一个女子，到了这个时候，纳兰怎么可能不刻骨铭心地想她？

“天上人间俱怅望，经声佛火两凄迷”，我认为，这是纳兰自己在脑中幻想的情景。纳兰如果早知道晏殊的“落花风雨更伤春，不如怜取眼前人”这话中的道理，也不至于像此时这样后悔、这样怀念、这样自责了。

思绪像一些落花，四处散落，没有方向。窗外有月，月照忧伤而无奈的人间，照纳兰脸上的晶莹之泪。思绪缠在心间，一寸一丝，丝丝成扣。如果真能做到“相掬以湿，相濡以沫，不如相忘于江湖”的话，对于纳兰来说，真的有万般好处，可是纳兰却在孤独中无法回头。

他一个人在回忆中独自盛开，又独自凋零。相思成灰。内心的怀念，始终抵不过时光的沉重，那一滴悄然坠下的泪水，此时，也是一场生死的告别吧。

“未梦已先疑”，这句总是让我想到晏几道。晏几道在《鹧鸪天》中这样写道：“彩袖殷勤捧玉钟，当年拚却醉颜红。舞低杨柳楼心月，歌尽桃花扇底风。从别后，忆相逢，几回魂梦与君同。今宵剩把银釭照，犹恐相逢是梦中。”

这两个伤心的男人都一样伤心，不过，在这里，纳兰似乎比晏几道更惨。他甚至还没有做梦，就已经知道了事情的真相。

·第二十一篇· 无处不伤心

萧萧几叶风兼雨，离人偏识长更苦。欹枕数秋天，蟾蜍下早弦。
夜寒惊被薄，泪与灯花落。无处不伤心，轻尘在玉琴。

——菩萨蛮

哎，这首词，还是有专家认为是悼亡词。我真搞不懂，综观《饮水集》，悼亡词占的比重并不是很大。其他爱情词，大多都是写给其表妹的，剩下的一点应该是写给江南著名才女沈宛的。

这个时候的纳兰，除了伤心和思念之外，除了内心觉得疼痛之外，除了叹息之外，还能做什么呢？纵然表妹好端端地活在皇宫之中，但纳兰的心已经是苍茫和荒凉到了极点。纳兰此时就像风中那一片摇摇欲坠的叶子，更像一枚刚从脸庞滑过的清泪，带着一颗破碎的心灵，悄然坠落，这些文字是其坠落的唯一的声音。

此时，他觉得和自己所爱的人有着隔山隔水的距离，无法逾越。这个时候，内心的空洞，纳兰是用回忆来填充的。他记得，她曾经在自己的怀里，感受到他内心的跳动，感受到的感受，让他觉得暖。此时，这些记忆，早已成了一把刀子，在他的心里不停地扎着，他渴望扎得更深。

这个时候的纳兰，其实就是南唐的后主李煜。有人说，学李煜最得精髓者就是纳兰。其实在我看来，清朝还有另外一个伤心人项莲生，也是学李煜最得精髓者。我想，纳兰不是李煜，李煜也不是纳兰，不过两个男人都忠实于自己的感情，都真切地抒发自己的感情，都无力捍卫自己的爱情，这点才是纳兰和李煜最相像的地方。

情深不寿，慧极必伤。这个道理，直到现在我才终于明白。一个过于情深的人，一定会因为情而伤及灵魂和生命。纳兰的死，怎么可能跟他的情深没有半点关系?

“萧萧几叶风兼雨，离人偏识长更苦。欹枕数秋天，蟾蜍下早弦”，上段，仍然走的是先景后情的套路。

“萧萧”，有萧瑟和荒凉之意。“长更”，其实就是漫长的夜晚之意。“欹”这个字，通“倚”，是斜靠或斜倚在什么东西之上的意思。

“蟾蜍”，指的是月亮。李商隐这个大诗人，早年曾经爱过一个叫做宋华阳的女道士，因为两个人的爱情被发现了，李商隐和宋华阳同时被逐出了道观，所以两人被迫分开了，李商隐写了很多关于宋华阳的诗，其中也用过“蟾蜍”这个词。

李商隐在一首名叫《昨日》的诗中这样写道:“昨日紫姑神去也，今朝青鸟使来赊。未容言语还分散，少得团圆足怨嗟。二八月轮蟾影破，十三弦柱雁行斜。平明钟后更何事? 笑倚墙边梅树花。”李商隐这里的“蟾”，指的就是蟾蜍，即指代月亮。

夜静。有风。有雨。有一个伤心的人，在思念当中醒着。落叶如刀，从纳兰的眼里，一点一点地扎进他的心里。此时的纳兰，有一种疼痛已经钻入了他的骨髓，任他怎么努力都无法去除，千回百转地在他的心里割着他刺着他。这是无法抵达一个人的绝望。那些落叶，仿佛是纳兰和她的爱情，也是他记忆里的全部细节。

有一个诗人仿佛是另外一个纳兰，他这样写道："天涯海角，隔山隔水，这两个词语如今最能形容/我们之间的距离。""内心凌乱不堪的回忆，暗暗地涌动着/我一直在用心触摸/那个你给予的伤口如花盛开。""总是无缘无故地想起从前的你的/笑容，像一盏早已/熄灭的灯，在我的体内。""我在暗处，种植果实在你的埋在别人的/怀里。空掉的纪念/一直居住着你的过去的容颜。"

"萧萧几叶风兼雨"这句中，我看到了李煜的身影。李煜在那首《乌夜啼》中这样写道："昨夜风兼雨，帘帏飒飒秋声。烛残漏滴频欹枕，起坐不能平。世事漫随流水，算来一梦浮生。醉乡路稳宜频到，此外不堪行。"纳兰和李煜一样，都起坐不能平。一个是思念江南，一个是思念自己的表妹。

这句，其实纳兰有属于他们的时间太少的抱怨。这里的萧萧几片落叶，不过就是生命或爱情的一种隐喻。生命和爱情不过就是一朵花，不论开得多么美好，多么灿烂，总有凋落的时候。而此时，这种凋落，却让纳兰无法接受，刻骨铭心地痛。

也是，本来两个人是想"执子之手，与之偕老"的，但他们还没来得及酝酿多少温暖，就被一阵无情的风匆匆地吹散，散在咫尺天涯之间。一个被爱掏空的人，一种虚无是另外一种虚无的回声，一滴泪水是另外一滴泪水的回音。回忆依次离开了，空空的心上，坐着那些衰老的时间。

她的眸子在落叶和风雨之间，仍然是如此遥远。她曾经灿烂的笑容深刻的就像某种暗示，走进了纳兰的心，正在被怀念和思念破碎的心。一滴滴泪水，渐渐地在时光之河中汇集，唱疼了那些被怀念冻僵的日子。记忆弥漫在荒芜的现实里，在内心深处，在时光之河的深处。

“离人偏识长更苦”，写的是多么的伤心啊。“离人”，离别之人。我记得周邦彦把一个愁字在词中拆开了，他是这样拆的：离人心上秋。长夜漫漫，无比孤独，特别是对于一个思念的人来说，是更加难熬。

其实，这两句，我想这样写：窗外落叶飘飘，风雨飘摇，窗内只有一盏昏黄的灯，思念和失眠陪着我。那点点的敲窗之雨，敲打着一个人内心最深的痛处，这是已经发黄的碎梦。之后，便有泪水在脸上出口成章，竭尽全力地唱响。谁能从窗外的一片飘飞的叶子，打开纳兰的内心，看到疼痛流过的痕迹?

一声叹息无法说出内心的伤痛。肝肠寸断的人，其实就是一首被时光之风吹动的挽歌，早晚要被时光咀净嚼光。他沉陷在回忆里，想她姗姗走近，她就是那缕春风最初的轻拂，而他的内心早已被风打开，在一瞬间的时候，弥漫着慢慢落下的灰烬。

独自斜靠在枕上，静静地数秋天，数秋夜中自己思念的情感。有清澈的泪水落下，在灯光里闪烁如银。落叶和风雨萧萧，在尘世之上，帮纳兰念诵着一首无法完成的诗篇。

“蟾蜍下早弦”这句，在我看来，明显有抱怨之意。月亮都被我数到下弦了，你为什么还没有回来? 下弦通常出现在夜深至黎明之时。这里，当然指的是夜很深了。估计，他失眠了，直到天快亮的时刻。

“夜寒惊被薄，泪与灯花落。无处不伤心，轻尘在玉琴”，下段，明显有一种镜头的转换。然后，开始了抒情。有人认为，抒情必将消失，其实这是一种无知的认识。我记得著名的诗人敬文东说过，抒情是宿命。这种宿命，只要人的性情还在,怎么可能消失?

"夜寒惊被薄"这句,明显化用了李煜的词。李煜身为南唐后主,却没能守住自己的国家,被俘往北方,肯定是无比怀念江南的。其实,纳兰和李煜还有一点很像,我认为他们都是死于自己的怀念。李煜被俘往北方之后,哪能习惯北方的寒冷?所以,他在《浪淘沙》中这样写道:"帘外雨潺潺,春意阑珊。罗衾不耐五更寒。梦里不知身是客,一晌贪欢。　独自莫凭栏,无限江山。别时容易见时难。流水落花春去也,天上人间。"

纳兰和李煜一样觉得冷,他们的冷,我想更多是来自于自己心灵上的。这两句"夜寒惊被薄,泪与灯花落",其实是最伤情的描写。我们可以看到一个好瘦好瘦的书生,在微弱灯光下的脸无比憔悴,斜靠在枕头上,望着窗外,沉思着什么,不住叹息。

纳兰的这首词,通篇没有用到过于深奥的典故,纯粹是借着对景物的描写,直抒己情。其实,我一直喜欢纳兰的小令。

总是处在分离中,也总是会在梦中相依。人世间,最远的距离不是天涯海角,是一颗心和另外一颗心的距离。有谁知道,纳兰此时为什么眼角含着泪?又有谁知道,此时的纳兰,是一寸相思一寸灰?就像我的朋友胭脂写的那样:"可惜我成不了你每寸每时的相依,却一心妄想着凝固成你沧海桑田的永远。"

纳兰此时所睡的房间,他表妹应该来过的,所以,屋里的一切和窗外的一切景物,都提醒着他,他所爱的人已经离开了他,所以,纳兰才"无处不伤心"。这句把一个伤心人的情感表达得相当深刻而感人。

"玉琴",从字面理解是用玉装饰的琴,这里应该是华贵的琴。因为她不在了,没有人弹它,所以,其上落满了一层灰。所以,这句"轻尘在玉琴"是物是人非的感叹,是人早已不在的悲痛。

胭脂又写道:"静夜生凉,小窗又灯阑。我不敢轻易睡去。唯恐每一次你来时，我会错过你。低低一声，君恨我恨。午夜中，有两个人的花期，飘落满地。

你真有恨么？是否为浮世忘情好不容易，一场相遇，何苦唤回三生旧痕迹？是否恨了十里平湖对月形单，有朝相见竟相惜，相怜相看难相守么？

或是恨了锦瑟无端五十弦，此番暗夜妖娆，竟然已错过了你我最好的花季？许是还恨了君住长江头，我住长江尾，日日思君不见君，空对了一江水，徒惹一场拂面惊雨？”

是的，深夜里，有两个人的花期，已经飘落满地。

·第二十二篇·

晶帘一片伤心白

晶帘一片伤心白，云鬟香雾成遥隔。无语问添衣，桐阴月已西。

西风鸣络纬，不许愁人睡。只是去年秋，如何泪欲流。

——菩萨蛮

这首词，有人说是悼亡词。盛冬铃这样说："这首《菩萨蛮》作于清康熙十六年秋，距卢氏之死约三个月。'无语问添衣，桐阴月已西'，因一个细节又惹起无尽哀思，夜深人独，凄然泪流，容若写下当时的感受，有恨海难填之痛。"

虽然盛老用"有恨海难填之痛"来说纳兰写这首词时的感受，有点夸张，但也不是非常过分，纳兰在这个时候，我相信肯定是非常疼痛的。此时，用什么样的词语，能把纳兰内心的感受给完全而清楚地形容出来？至少，我没找到。

有泪水划过脸庞，有疼痛在心里蔓延。已经是秋天了吧。秋风阵阵，只是那个憔悴的书生，仍然衣裳单薄，无人关怀。对她无尽的思念，在秋风当中，我相信，它们需要一种温暖，一种拯救。当怀念的马蹄踏过心灵的时候，在那些鲜艳的记忆之外，空留下一颗心在暗处悲伤。

千山万水之外，只剩下她留下的气息，带着他的心游离。到了这个时候，他才觉得她的重要，他才知道，他还是没有忘记她，他还是放不下她。只是，她已经化成一缕若有若无的风，让他无法触摸。这个时候，他的心已经碎了，碎在自己的怀念和后悔当中。

有一句话可以形容此时纳兰的感受，她在他之外，他已经成了她的局外人。

纳兰一次次地陷入回忆，就像蓝蓝写的那样："那里你在灯下写：/满天的星光……/你脸红。你说谎话……"

"晶帘一片伤心白，云鬟香雾成遥隔。无语问添衣，桐阴月已西"，上段，看似描写景物，其实是写内心的悲痛和怀念。

"晶帘"，有专家解释为水晶帘，指的是质地精细、色泽澄澈的帘子，这样的解释可从。纳兰之父纳兰明珠，是当时朝中第一重臣，他家里可以用"富可敌国"四字来形容，这样的帘子，在他家里挂起来，那是自然不过的事情。

这里挂晶帘的房子，我个人觉得，当是卢氏和纳兰居住之所。卢氏死后，纳兰虽然不是天天住在这里，但他一定经常来这里看看，寻找卢氏的一些痕迹和踪影。

打开门，首先映入眼帘的是那个美丽的帘子，而帘子泛着一种白色的光芒。其实，不是这种光芒有多伤心，只是纳兰自己在伤心。因为是他自己在伤心，所以他移情于帘子上。

"伤心白"，有专家认为这里是极言之辞，认为是极白。这样的说法，很好。这里的"伤心白"，不仅写的是帘子极白，更写的是看这帘子的人的内心极其伤心。纳兰不过用帘子来衬托他自己的内心罢了。

“云鬟”，高耸的环形发髻或乌黑的头发。“香雾”，应该指的是香气。“云鬟”和“香雾”，应该都代指美女，这里应该指的是纳兰自己的妻子卢氏。那么前面这两句也许可以这样意译：那帘子泛着伤心的光泽，是因为你和我已天人遥隔。

“遥隔”，有遥远的距离隔着。这里可见纳兰之痛。这句“云鬟香雾成遥隔”，实在有白居易《长恨歌》中“上穷碧落下黄泉，两处茫茫皆不见”的悲哀。此时，纳兰知道，他们之间有遥远的不可逾越的距离隔着，让他们无法亲近。这种距离，即使纳兰再聪明，他家里再富有，他父亲明珠官再大，也无法逾越。

“无语问添衣”这句，写的实在是看似很冷，但却让我心暖。从这句我们可以看出卢氏是一个细心而体贴入微的女子，她照顾纳兰是多么细心体贴。秋冷了，再也没有人站在他的背后，悄然为他披上一件衣服，告诉他：天冷了，要注意身体。虽然这句只有八个字，但却是人世间那看似平凡却十分难以得到的幸福。这样的举动，在当时的纳兰看来，是多么平常啊。所以，卢氏死后，他才后悔道“当时只道是寻常”。

“桐阴”，梧桐的树影。月亮斜挂在西边，把一棵梧桐树拖出斜影。“梧桐”在词当中，一直是伤心树。因为跟秋天有密切关系，所以，“梧桐”一词一般都有寂寞、孤独、思念、怀念，甚至是悼亡的气息。

“西风鸣络纬，不许愁人睡。只是去年秋，如何泪欲流”，下段，仍然是借景抒情。

夜里，秋风生凉，凉透他心。这个时候，很适合怀念。怀念一个人，怀念一段过往。她离开，已经多久了？那些记忆中的细节，这个时候，纳兰站在渐渐凉却的秋风中，一点一点地捡拾起来。这是一种漫长的抵达吧，可是抵达后，纳兰又如何退却？

有一扇窗开着，有一盏灯亮着，照亮他的伤心。回忆和怀念，在他的心里此起彼伏，潮涨潮落。用一缕回忆的暖，就能走过秋天、度过冬天？秋风吹来，暗夜里，有一些动物的吟唱，让人莫名地觉得孤独和伤感。手心冰凉的纳兰，沉淀成了这个秋天最为让人刻骨铭心的痛楚。

秋风扫落叶，在纳兰心里，丢下一些什么，让他泪流成河。一个人，纳兰，你到底要多久，才肯放下？你的一颗心，要伤到什么程度，才可以忘记？你的灵魂，到底明不明白，要漂泊到哪里，才能停下？此时，你只剩下思念的权利吧，那些对她的爱已经融入你的呼吸当中，融入你的血液当中。

“络纬”，又叫络丝娘、纺织娘或莎鸡，其实就是蟋蟀。蟋蟀，其实是秋夜当中一道吟唱的伤口。就像崔国发在《牡丹亭》一诗中这样写道：“在越来越严峻的风中，凋零成一片片如雪的残阳。灰烬落下，红颜憔悴。一朵隐喻的白菊，把秋天的内心打开。但它无法说出，时光的忧伤。在寂静的旷野上，蟋蟀的咀嚼，一根脆弱的苇草尖叫，寸肠千断。被风吹动的挽歌，于一瞬间弥漫……”

秋风中一声声蟋蟀的叫声，在纳兰的心里一点一点地割着他，疼痛不已。纳兰因此陷入对往事无边无际的回忆中，彻底失眠了。愁，离人心上秋。蟋蟀，有的时候，在文字当中，就充当了代表寂寞、怀念和思念的道具。

这样的秋色，跟去年的差不多，只是，今年，为何纳兰要黯然泪下呢？很多的答案，还是读者自己去寻找吧。

就像我喜爱的女诗人蓝蓝写的那样：“我写字的手，搁在地板上的脚/离阳台一步远。/我是说：现在。已是秋天。//我给你写信。我说：现在。/这现在我从没有得到。/亲爱的，从没有。”

是的，此时，已是秋天，现在，现在，亲爱的，从没有得到。

·第二十三篇·

幽窗冷雨一灯孤

点滴芭蕉心欲碎，声声催忆当初。欲眠还展旧时书。鸳鸯小字，犹记手生疏。

倦眼乍低缃帙乱，重看一半模糊。幽窗冷雨一灯孤。料应情尽，还道有情无？

——临江仙

纳兰词，之所以感动我们，在我看来，其实就是他的真情。所以，著名的现代诗人韩作荣这样说："对于诗而言，我们不缺乏技巧，缺乏的是真诚。真诚是建筑诗歌大厦的基石，可我们看到的常常是些'空中楼阁'，只能转瞬即逝。我相信'技巧是对真诚的考验'。"

一首诗词，如果缺乏诗人或词人的真感情，在我看来，至少是缺少了血液，读起来如同嚼蜡一样无味。直到现在，像李清照、李煜这样的词人，他们的诗词之所以仍然得到很多人的喜欢，我想，不能忽略“真情”这两个字在他们诗词中的价值。

纳兰这首词，还有一些人认为是写给卢氏的，这样的观点，我觉得无语。今天，我跟我的朋友诺儿讨论纳兰容若的时候，让我很惊喜的是，她跟我的想法很相似，她也认为在纳兰心里一定有一个最深爱而又无法得到的人，不是卢氏，也不是沈宛。

在我看来，在纳兰心里一直深爱着但又无法得到的人，就是他那个被选入宫的表妹。他的表妹是他的初恋。

在历史的风沙里，纳兰容若的初恋一直扑朔迷离。蒋瑞藻在《小说考证》中引《海沤闲话》说：“纳兰眷一女，绝色也，有婚姻之约。旋此女入宫，顿成陌路。容若愁思郁结，誓必一见，了此夙因。会遭国丧，喇嘛每日应入宫唪经，容若贿通喇嘛，披袈裟，居然入宫，果得彼姝一见。而宫禁森严，竟如汉武帝重见李夫人故事，始终无由通一，怅然而去。”

但这个记载因为不属于正史，没有经过官方认可，始终被不少学者所排斥。但我的骨子里对纳兰有一个表妹被选入宫一说，深信不疑。对于纳兰容若的初恋及初恋情人，史料蹊跷地出现了空白，这本身就有很多问题。而各种版本在民间闪烁其词，在我看来也不是无中生有。有传言：纳兰容若有一个十分漂亮的表妹，叫雪梅，曾经寄养在他家。两人青梅竹马、两小无猜，后来，雪梅按例参选宫女，被选上，两人顿成陌路。那年，十九岁的纳兰悲痛成疾，卧床数月。病愈之后，他郁郁寡欢、深居简出。时任刑部尚书的徐乾学曾回顾当时，说纳兰容若：“闭门扫轨，萧然若寒素。客或诣者，则避匿。”

这段夭折的初恋就是纳兰容若终身不愈的暗伤。

在纳兰容若留下的词里，可以发现大量对于初恋的追忆和悲叹。这一切都指涉这样的真实：一场神魂颠倒的初恋被某种不可抗拒的力量中断。由此，纳兰容若陷入无尽的悲伤里，始终不能自拔。

我认为，这首词里的女主人公，肯定不是卢氏，也不是沈宛，而是纳兰那个被选入宫的表妹。纳兰表妹到底叫不叫雪梅，已不必深究，抓着这个问题不放，已经毫无意义。

我喜欢的女诗人蓝蓝这样写过："一个你爱的人消失了就是你的/眼睛、身体被掏空，也就是/你不存在——你从未存在过。/——事情就是这样。//但同时：一只鸟从枝头坠落时它已飞走。/我无法继续下一口呼吸。/——否则。//我惊讶于某一瞬间这沉默开始/无休止地向我/诉说——//在这儿。在那儿。虚无将虚无填满——随后/世界被别的什么人/换了。"

"点滴芭蕉心欲碎，声声催忆当初。欲眠还展旧时书。鸳鸯小字，犹记手生疏"，这段，先是描写外在的景物，慢慢地纳兰独自进入了曾经的记忆。

芭蕉，常常与孤独、忧愁特别是离情别绪相联系。我记得吴文英在《唐多令》中这样写过："何处合成愁？离人心上秋。纵芭蕉，不雨也飕飕。"关汉卿也这样写过："风飘飘，雨潇潇，便做陈抟也睡不着。懊恼伤怀抱，扑簌簌泪点抛。秋蝉儿噪罢寒蛩儿叫，淅零零细雨打芭蕉。"

这里的"点滴芭蕉"指的应该是雨水敲打在芭蕉叶上。有人说：雨打芭蕉本来就够凄怆的，梦魂逐着芭蕉叶上的雨声追寻，更令人觉得凄恻。是啊，窗外，那一滴滴雨水敲打芭蕉叶子的声音，是一个伤心人，是一个正在思念的人，一声声的叹息，甚至是无法言说的疼痛。

雨打芭蕉的声音，其实是寂静而落寞的，因为凝神倾听的人，必定是一个陷在孤独、寂寞和怀念当中的人，独坐在寒窗之下，伴着青灯思念，除了一个方向，无处可去。这雨水其实不是打在芭蕉之上，而是打在倾听之人的心上。那颗心就是一片蕉叶，在暗夜里承受着雨水的侵袭。海子说：雨是悲欢离合，雨是一生过错。

这个时候，那窗外雨打芭蕉的声音，是纳兰心里最深的寂寞，最大的无力，最疼的疼痛。一点一滴的雨水，敲打芭蕉的声音，让陷在回忆中的纳兰，痛不欲生。这一声声的声音，让纳兰的心，整个都碎了。过去，雨打芭蕉的时刻，有一个亲爱的女子陪伴着他，在灯下读书，在灯下习字，而此时，纳兰正陷入回忆中，无比痛楚地怀念。

香冷。心冷。此时，纳兰的表妹，欠纳兰半生的坚守，半生的痴迷，半生的思念。在更深露冷时，纳兰这颗心，恐怕已经冷透了吧。在纳兰心里，那个明眸皓齿的女子，眼神流转如溪水，如梅一样站在纳兰的心里。写到这里，我的心就止不住地疼，因为有一个女子，也是这样站在我的心里，让我无法忘记。

此时，我总觉得有一句话适合纳兰：夜未央，爱已凉。所有的热闹和繁华，此时早已冷去，此时，纳兰根本不懂得，只有自己才是自己最值得疼爱的人。就算我活到如今的这个地步，也不懂得。

她的美，让纳兰的心柔软如水。纳兰的心，在我看来，其实一直睡在回忆里。纳兰总是在回忆她的一笑一颦，更在不停地回忆她的好。其实，纳兰不过一天一天地在透支自己的认真，试图要汲取她的芬芳。纳兰一个个无眠的夜里，痛彻心扉的思念，其实在我看来，就是一首最美好的词。

我记得我的朋友胭脂这样写过："……四季又四季，我是这般彻夜无眠，迟疑在颠三倒四的梦境里，柔滑温婉的容颜遮掩着我骄傲禁闭的心，未央时分迟迟伫立，无人知晓。"此时，纳兰又何尝不是如此这般呢？那些无法了却的思念，仿佛若有若无的丝线，总能把纳兰的心牵疼。

纳兰，这个一直在回忆中痛不欲生，又无法自拔的纳兰，其实，才是最真实的纳兰。"声声催忆当初"，这句，其实才是纳兰这么年轻就撒手而去的最重要的原因。一个常常活在回忆中的人，一定会无法面对现实的残酷，转而自己放弃自己。别人不知道会不会这样做，反正纳兰就是这样做了。

“欲眠还展旧时书”，这句，一直让我玩味不已。这里的“旧时书”，在我看来，其实是纳兰表妹曾经写的字，或她读过的书上留下的字。纳兰在将要睡的时候，把她曾经读过的书拿出来，看见了她曾经留在上面的文字，心中感慨万千。

“鸳鸯小字”，在我看来，应该就是他表妹写的，是写给纳兰的情诗，这首诗里估计也不过就是一些思念的话语，或者是剖白自己心迹的情语。“犹记手生疏”句，是纳兰想起了她当时写这些话语的时候，还不是太熟练，但她却用这些不熟练的字去写了她自己的内心，甚至是写了她对他的情感。

我的朋友胭脂写道：“……聚散和欢爱，太平常，已经琐碎到了令人厌倦的地步，还有谁把谁真的当真？……紧紧回眸千百度，不如忘却那些富丽堂皇的借口。”

可是，到底该怎么忘记呢？

“倦眼乍低缃帙乱，重看一半模糊。幽窗冷雨一灯孤。料应情尽，还道有情无”，这段，在我看来，仍然是抒情。

“倦眼乍低缃帙乱”，这句，让我们看见了纳兰的深情。“缃帙”，指的是书套，有专家解释为浅黄色的书套。表妹看过的书，他一直保留着，从这里我们就可以看出，纳兰一直没有忘记她。读到这里的时候，我总是会情不自禁地想起我所喜欢的另外一个伤心人晏几道，他在词中写道：“醉拍春衫惜旧香。天将离恨恼疏狂。年年陌上生秋草，日日楼中到夕阳。　云渺渺，水茫茫。征人归路许多长。相思本是无凭语，莫向花笺费泪行！”

晏小山这首词里，其实我最喜欢的就是首句“醉拍春衫惜旧香”。这首词，在我看来一定是写于那个穿春衫的女子离开他之后。因为她离开了他，所以，他才会在她离开很久之后，在自己有些许醉意的时候，把她曾经穿过的春衫拿出来，轻轻地拍打。晏小山这种轻轻拍打的动作，不过是想再次亲近这个女子。因为，这件春衫上面，一定还留有她的气息，她的芳香。

纳兰这里的"倦眼乍低缃帙乱"和晏小山的"醉拍春衫惜旧香"，不过都是一种深陷怀念和思念中无法自拔的举动，更是一种无法忘记、仍然深爱的怜惜。晏小山这样对待"莲、鸿、苹、云"中的一个女子，纳兰也这样对待自己一直埋藏在心里、用心深爱的表妹。

"重看一半模糊"，这句，其实是无比伤心。"模糊"，在我看来，是泪流满面。孤独的时候，纳兰在泪水中想她。有一片海洋，此时，纳兰无法泅渡。它在纳兰的生命中，无比沉重。此时，所有的记忆中都结满她的笑容，就算是时光也抹不去她的笑容。原来，纳兰是这么辛苦地想念着一个人。

我的朋友胭脂写道："未央，灯火阑珊，睡意全消。挑灯披衣，泼茶书冷。年来冷淡，门前迟行迹，一一生绿苔。终究仲夏天气。

绿颜讵几？玉貌须臾。狭路之逢，今宵忽觉无力。莫问花前事，红尘岁月，容我淡看个分离悲喜。

纷纷，梨花落尽晨昏。闭疏窗，陌上荒草外，何处三生迹？

与君如旧识，使我长相忆。唯愿愿无忧，余都默语。"

此时，在我看来，纳兰可能是"唯愿她快乐，余都默语"。只要她快乐，还有什么话要说，又有什么话好说呢？

冷冷的风，冷冷的雨，清洗着尘世。这个时候，仍然还在灯下没有睡去的纳兰，一定是无比孤独和寂寞的，他的心里一定盛满了回忆和思念，一定觉得无比寒冷。没有爱的人生，其实，是不值得我们去活的。我想，纳兰就是持这种观念的人。活在这个世界，如果没有爱，是何等得冷，这样才是我们最深的寂寞，最绝望的悲哀。

有一扇幽静的窗开着,有一盏孤灯亮着,有一个人还在念着、想着。其实,活在这个冰冷的尘世之上,我常常觉得,如果有一扇窗户开着,有一盏灯为我们亮着,有一个人在灯下为我们等着,我们是何等幸福。

不过,纳兰此时,却离这种幸福非常之遥远。而我们有的时候拥有这种幸福,却并不知道这种幸福是我们一生最大的幸福。亲爱的读者朋友们,如果你有一扇窗户为你开着,有一盏灯为你亮着,在灯下有一个人为你等着,请你记得,一定要好好珍惜那个在灯下为你等着的人,好好爱这个人。

最后一句,纳兰是想问他表妹,你还爱着我吗? 你对我还有情吗?

纳兰再也没有得到答案。

·第二十四篇·

十年踪迹十年心

银床淅沥青梧老，屧粉秋蛩扫。采香行处蹙连钱，拾得翠翘何恨不能言。

回廊一寸相思地，落月成孤倚。背灯和月就花阴，已是十年踪迹十年心。

——虞美人

我不知道为什么，这首词，有很多专家都认为是悼亡词。这个问题，让我想了很久，直到现在仍然想不明白。这首词，在我看来，是纳兰怀念他表妹的词，跟卢氏半点关系都没有。在这首词中，明显不是那种悼亡的生死相隔的悲痛，而是一种生而不能相见，却一心相牵的疼痛。

就像蓝蓝说的那样："并不是人们说的那样，爱情/需要一个安顿的地方……"此时，纳兰的爱情，已经没有了可安顿的地方，所以，他的一颗心其实是在漫无边际地寻找她。因为，她是他唯一的爱情可以安顿的地方，不过，暂时还没有得到。

纳兰表妹被选入宫了，纳兰面对至高无上的皇权，他怎么能不觉得绝望呢？纳兰，其实一直缘之所寄，一往情深。记得陈继儒在《小窗幽记》中这样写过："芳草归迟，青骢别易，多情成恋，薄命何嗟……"此时的纳兰，人堪惜情更堪惜。

"银床淅沥青梧老"，银床，应该至少有两种解释：一是井栏，二是辘轳架。如果我记忆没错的话，在词当中，"银床"应该还能解释为装饰华美而名贵的床。而这里的"银床"，肯定不能当作装饰华美而名贵的床来解释，应该是前两个意思。

那么在这首词里，"银床"到底是什么呢？解释成为井栏或辘轳架，都说得过去。但有很多人倾向于把它解释为辘轳架，而我却觉得，把它解释为井栏似乎更加符合词意一些。也许有人会说，不就一个井栏吗，用"银床"二字来形容，是不是太夸张了一些。其实，并不夸张。古时，有钱人家非常注重装饰，而且纳兰的父亲明珠又是一人之下、万万人之上的高官，家里最不缺的就是银子。所以说，纳兰家里用银子装饰一下井栏，这根本就不是什么难事或大的问题。

"淅沥"，象声词，让人想到春天那雨水敲打窗户、地面或其他物体的声音。"青梧"，青青的梧桐。其实，在我看来，梧桐在词当中，一直散发着怀念、思念、寂寞、孤独、怀旧的气息。这个词中，又有着一种无法亲近的距离。

纳兰家里有钱，住的房子相当大，而且他家的院子，肯定是"庭院深深深几许"。那么，一个如此大的院子，纳兰为什么偏偏把他的目光，甚至是他的心，停留在这口井和井栏之上呢？其实，我是很怀疑，在这口井边的梧桐树下，一定出现过一双带着青春那鲜艳色彩以及清新味道的身影。

那时，青春如花，开在彼此的脸上。在纳兰的记忆里，深深地把她的容颜楔了进去。那时，花朵开得正艳，艳不过她的笑容吧，而轻风正好带着她翻过纳兰的心坎，把她的名字，深深地刻了进去。那时，所有的一切，都是带笑的暖。

转眼之间，这一切就已消失。就像唐婉写的那样，“东风恶，欢情薄，雨送黄昏花易落”。东风太可恶，把纳兰和表妹开出的爱情之花，彻底吹残。那在风中片片飞舞的花瓣，就是纳兰的破碎的心，以及那纷飞的怀念和眼泪。我相信，纳兰已经习惯了在暗夜里，独自怀念，独自伤痛，独自静静地想念她。

纳兰不会明白，为什么两颗心这样认真地付出，这样努力地盛开，为什么到了后来，只落得个两两相望，尽是泪眼的结局。纳兰在一个个暗夜里，在他和他表妹的情深缘浅中，独自徘徊，悲伤不止。红尘太凉，这般无情，让纳兰无法在今生，用自己最深的情感，来拥有自己最珍惜、最挚爱的女子。

井栏边的梧桐叶子，像雨水一样悄然落地，发出了声响。其实，这些叶子，不过是纳兰自己的一种暗喻。当我们看明白了这点，就会觉得这些梧桐的叶子，是纳兰自己的生命，青春、深情，总有被耗尽用完的一天。而这个时候，正是那些依依不舍和念念不忘，把纳兰用尽的时刻。

“屟粉秋蛩扫”中的“屟”，应该指的是鞋的木底。但为什么和“粉”字联系在一起呢？清代满族贵族中，青年女子穿一种称为“马蹄底”的高底鞋，鞋底中部为木制，前平后圆、上细下宽，外形及落地印痕皆似马蹄。后来，有爱美的人把高底掏空，底面雕出玲珑轻巧的镂空花纹，然后，在中空的鞋跟里放满香粉。走动起来，香粉从鞋底的镂花中点点泄漏，所经之处，就会留下芬芳的气味和花纹玲珑的足迹，称之为粉屟。

纳兰的初恋情人有穿这种鞋的习惯，在他的词里，这个意象几乎成了她的象征。高底鞋的高底在鞋的中部，重心难以把握，走快容易摔跟头，只能捏捏扭扭、慢腾腾地走，看上去很有那么一股子袅袅娜娜的风韵。

清初著名诗人、纳兰的朋友陈维崧用《多丽》词牌写过一首长长的词：“今朝三月逢三，映一行、水边粉屧，立几簇、桥上红衫。”把三月三踏青时节的女性形象描写得美不胜收。穿着粉屧的女子，亭亭玉立于河畔，倒影恍惚，犹如出水芙蓉一般多姿多彩。

我在网上看到一个网友这样解释这句“屧粉秋蛩扫”：“……那女子曾经走过的地方应该留下不少鞋垫里的香粉的，但现在，秋风秋雨摧残，梧桐花也落了，蟋蟀也不叫了，她鞋垫里的香喷喷的香粉也已经一点踪迹都没有了。任凭你怎么提鼻子去闻，也一点都闻不见了。”这样的解释，真让人觉得相当没有想象力。

这句“屧粉秋蛩扫”，在我看来，其实带有纳兰回忆的色彩。我觉得，这井栏的梧桐树，曾经是两个人的约会地点。所以，纳兰才有这句“屧粉秋蛩扫”。其实，纳兰一直在自己的脑子里，在想着她向自己走来的身影，以及身体上颤动的一些细微的动作。

这句“屧粉秋蛩扫”，应该是纳兰觉得，她曾经向自己走来的路上，一定留下了她的芬芳，只是可恨的是，如今到了秋天，在蟋蟀的叫声中，这一切都被轻轻地扫去了，再也无痕无迹可寻。其实，在秋天，“蟋蟀”是一个显得比较孤独、寂寞、凄凉的词语，它本身有思念或怀念的味道充满其中。

我所喜欢的诗人庞培这样写道：“秋天被衔在蟋蟀的嘴里。

蟋蟀还会用锉刀磨古书里的字，一柄凉凉的小锉刀。锈蚀的地方流出露水。

磨得很有规律。字似乎是散发出地上的苔藓味的古诗词。

——今夜，连蟋蟀的声音里也有她对我的冷淡。”

纳兰写这句，其实很有想象力，所以，我们要用强大的想象力去解读。

“采香行处蹙连钱”，采香行处，我记得应该跟四大美人之一的西施有关。

马雪芹在《四大美人》一书中这样说：唐朝的陆广微《吴地记》一书有一个条目叫“花山”是这样记载的：“哥屏亭东有馆娃宫，吴人呼西施作娃，夫差置，今灵岩山遗址是也。”其下注释云：“今灵岩山遗址，尚可见馆娃宫遗迹，砚池、洗花池、玩月池、吴王井、梳妆台、琴台、采香径等。”

他又这样说：“《香山》条云：吴王遣美人采香于此山，以为名，故有采香径。吴王种香于此，遣美人采之，故名。下有采香径，通灵岩山，今名箭径山。”

这个“采香行处”或“采香径”，最后成了跟爱情有关的喻指。我记得，我喜欢的词人姜白石写有“采香径里春寒，老子婆娑，自歌谁答”。纳兰这里的“采香行处”，在我看来，也不是实指，这“采香行处”，就是她曾经路过，或他们一起相爱之地。

连钱，应该也有两种解释：第一种解释是连钱马，这种马在边塞诗人岑参的诗里出现过。他是这样写的：“五花连钱旋作冰。”这种马毛皮色有深浅，有花纹，而花纹的形状像连在一起的铜钱，所以称连钱马。

第二种是连钱草。据说，其叶圆大如钱，茎细，蔓生，多长在水边涧侧。有很多人认为，如果解释成草词意就没了。而我认为，这里如果解释成草，才更合词意。这首词中，明显有回忆的味道，因为她走了很久，所以她来的路上，或者他们两人曾经约会的地方都长满了这种连钱草和青苔。这写的其实是一种物是人非、无比凄凉的感觉。

“翠翘”，女孩的首饰，指翡翠翘头。这句“拾得翠翘何恨不能言”句，一直让我在心里玩味。纳兰在她曾经和他约会的路上，或在他们曾经约会的地方捡到了她曾经的首饰，但此时，心中有千言万语，也不能说出来，只有幽恨在心里长埋着。所以，纳兰睹物思人，无比伤感。

为什么，纳兰的表妹丢了自己的首饰都不知道呢？我怀疑是两人经常在夜里幽会呢。就像当初南唐后主李煜和他的小姨子小周后幽会一样，肯定是在

“花明月暗笼轻雾，今宵好向郎边去”的时刻。古时的幽会或偷情，多半都在黄昏之后，因为黄昏之后，既看不清楚，又不至于看不到路。所以，像朱淑真的“月上柳梢头，人约黄昏后”，或辛弃疾的“蓦然回首，那人却在灯火阑珊处”，在我看来实则都是偷情诗或幽会诗。

有些专家或一些喜欢纳兰词的朋友，总是喜欢把这句“拾得翠翘何恨不能言”和下句的“回廊一寸相思地，落月成孤倚”两句，连在一起读。其实，在我看来，这两句是两个时间段发生的事情。一首诗词，不一定写的就是在同一时段发生的事情。

这里的“回廊”，从字面上看，应该就是那种幽深而曲折的走廊。在纳兰这首词里，不知道确切是哪个地方，只是我觉得，这里一定是纳兰和他表妹曾经恋爱约会的地方，或纳兰遇到他表妹的地方。每当读到这句的时候，我总是会想到纳兰在另外一首词中向我们透露的信息，他这样写道：“待将低唤，直为凝情恐人见。欲诉幽怀，转过回阑叩玉钗”。这里写的，我估计，是纳兰和表妹重新遇见时的那些情景。

这句“一寸相思地”，专家认为是化自李商隐的诗。确实，纳兰很喜欢李商隐和王次回的诗。因为他们两个人都喜欢用隐蔽的手法去描写自己的爱情。李商隐在一首《无题》诗中这样写道：“飒飒东风细雨来，芙蓉塘外有轻雷。金蟾啮锁烧香入，玉虎牵丝汲井回。贾氏窥帘韩掾少，宓妃留枕魏王才。春心莫共花争发，一寸相思一寸灰。”

纳兰应该知道这首诗是什么样的诗，是在什么样的情况下写成的。那么，李商隐的这首诗是什么样的诗，又在什么样的情况之下写成的呢？我在自己的新书《此生未完成：李商隐诗中的初恋痕迹》中曾经解读过这首诗。这首诗，在我看来，应该是写给他的初恋情人宋华阳的。

从这首诗中的“春心莫共花争发，一寸相思一寸灰”来看，我个人觉得，应该是写于《月夜重寄宋华阳姊妹》之后，即使不是在这首诗之后，也当是李商隐晚年的时候。而这首诗中的女主人公，应该还是宋华阳。这是李商隐为自己年轻时的那段初恋，做了一次短暂的回顾。

宋华阳乃是一个公主的侍女，所以，公主在玉阳山学道，她也要跟着去，而李商隐年轻的时候，也到玉阳山上学道，两个年轻人就这样遇见并深深地相爱了。但两个人的爱情并不能在太阳下光明正大地发生，只能偷偷摸摸地在暗地里进行。时间长了，纸总是包不住火的，两个人的爱情终于被发现了，他俩违反了教律，宋华阳被遣回了宫，而李商隐也被赶下了山，于是，两个人就这样错过了。

所以，早年我读这“一寸相思一寸灰”的时候，就是读不明白是什么意思。后来，读了很多古书才弄明白，原来古人把心视为“方寸之地”，不论是纳兰这里的“一寸”，还是李商隐的，应该都指的是心。李商隐的意思是，我心里有多少相思，就有多少灰烬。而纳兰没有比李商隐好到哪里去，他此时和李商隐一样痛苦。

我一直觉得，“回廊一寸相思地”，这句带有回忆的味道。在我看来，“回廊一寸相思地，落月成孤倚”可以倒装一下，倒装成“落月成孤倚，回廊一寸相思地”。这里的“落月成孤倚”，让我们看见一个站到了黎明的身影。月亮都落下去了，而那个站着怀念已逝爱情的人，心仍无比得凉。

纳兰此时到底“倚”在哪里呢？是不是“转过回阑叩玉钗”中的“回阑”或“回廊一寸相思地”中的“回廊”，这个问题我们不得而知。在“倚”字前面加了一个“孤”字，把一个伤心人的内心世界和情感世界，清晰地展现在了我们眼前。

一个人，独自沉醉在回忆中，不愿自拔。此时，时间和距离，已经不再重要。一个人，安静地游动在过去的细节当中，悲痛难忍。这个时候，并不是在浪费时光，只是在寻找自己。有的时候，挥霍自己的时间，是必要的宣泄。

纳兰实在做不到像一首歌中写的那样：如果爱忘了，就放他走吧，那些幸福啊，让他替我到达。如果爱忘了，你还记得吗？纳兰一直记着，一直记着，似乎此时记忆就是他活着的理由，让他无论是安静还是怀念都痛心疾首。

“背灯和月就花阴，已是十年踪迹十年心”这句，最让我觉得悲痛。风生心凉，此时，适合用怀念来温暖自己吧。在时光的永恒面前，纳兰这满心的深情，以及那些信誓旦旦的海誓山盟，不过像一阵轻风，已经刮了过去，只留下一个“背灯和月就花阴”的背影，在时光中独自晃动着那些泪水的清澈和晶莹。

一首歌这样唱过：如果我错了，也承担，认定你就是答案。相信自己的直觉，顽固的人不喊累，爱上你我不撤退。纳兰一直在这样做。红尘之中，情网纠结，如果可以挥剑断情丝，从此便是天涯海角，两两相忘吧，可是，纳兰如何能够做到？

十年，一个孤独而寂寞、思念而怀念的十年，用尽了纳兰多少眼泪，多少深情？她十年来遥远的踪迹，却是纳兰十年来的心期。这是一个怎样的十年呢？对于纳兰来说，这十年，又是怎样的煎熬，怎样的孤独和寂寞，怎样的疼痛，我们这些没有像纳兰这样深情的人，又如何懂得？

我的朋友胭脂这样写道：“月下幽怀，庭前碧树，西风一夜吹凉。帘卷飞花，呵手试新装。镜中每觉音容减，背人时，立尽斜阳。恐他知，唯恐他知，为我神伤。催人事如寒渐，惜君沉浮久，字底凝霜。谢却流年，便说与我无妨……”

胭脂是这样一个深情而认真的女子，所以，我一直从心里喜欢她的文字。而胭脂的这些文字，又何尝不是纳兰心灵深处那一缕轻微的呼吸，和那渐渐微弱、却永不熄灭的期待，以及他心里那一声声无力的叹息。写到这里，窗外有风吹来，让我觉得冷。于是，在 11 月的夜风里，写到这里的时候，我独自悄然落泪。

此时，我不知道纳兰是不是会和我有一样的想法，是不是会和我说一样的话，只是，此时我想说：一颗心碎在自己的思念中，亲爱的女孩，你知道吗？我悄然走在通往回忆的路上，悄然接近你，我想告诉你，我来了，但是我又沉默不语。因为，我心里希望你知道，又恐怕你知道。因为，你本已安静下来的心，我不想让它再起微澜。只是没有你的世界，荒芜一片，思念静静蔓延。

亲爱的女孩，你若安好，我愿意成为你的流年。

·第二十五篇·

飜粉衣香何处

黄叶青苔归路，飜粉衣香何处。消息竟沉沉，今夜相思几许。秋雨。秋雨。一半因风吹去。

——如梦令

这首词，在我看来，应该是纳兰早期的作品。我觉得这首词当作于纳兰十九岁左右的时候。在纳兰十九岁那年的春天，由于表妹被选入宫，他一病不起。这首词，明显带有秋天的气息，所以我怀疑这首词作于纳兰十九岁那年的秋天。纳兰虽然身体好了，但却因此落下了病根，得了寒疾，从此这寒疾陪伴了他短暂的一生，一点一点耗尽了他的生命。

纳兰身体上的病虽然好了，但心里的病，又何曾有丝毫的好转呢？他对他表妹的思念，没有丝毫变淡，反而因为距离的产生，越来越强烈。表妹被选入宫，就算他父亲明珠是一人之下、万万人之上的高官，也无可奈何。这让敏感的纳兰觉得无力、甚至是绝望。

这一年，有人认为，明珠用了一招李代桃僵之计，把自己家里一个姓姜的通房丫头，安排和纳兰圆房，试图用一个女子温热的身体去温暖纳兰那颗冰冷的心，用一个女人来转移纳兰的注意力。明珠这么做的目的，我想，是因为纳兰大病初愈，明珠不想让他那么抑郁和感伤，这样他的病情说不定会加重。

其实，身体上的病对于一个正值十九岁的纳兰来说，并不算什么，在我看来，纳兰心里深处对他表妹的思念，正在一点一点地消耗着他的生命，可以负责任地说，他对他表妹的思念，是他体内的朽烂，让他一点一点地失去生命的温暖。从春天到秋天，这大半年的时间，纳兰应该是想了很多，也体悟了很多。

这个时候，他已经承认表妹远离自己的这个事实，我个人估计，他也在做着接受这个事实的努力。他明白，他一直在心里深爱的表妹，再次回到他的身边，已是难如登天。但此时，纳兰并没有完全绝望，因为当时后宫有一个规定，宫女入宫十年后，可以由父母领出，嫁娶自由。

我觉得，这是纳兰活着的一种力量和支撑，我相信如果没有这个细若游丝的希望，说不定纳兰死的还要更早一些。

“黄叶青苔归路，屧粉衣香何处”这两句，是借景抒情。这些景物引动了纳兰的伤心。十年后，表妹可以出宫，两人还有机会履行曾经的山盟海誓。在很多人看来，十年不过就是一瞬间，但在度日如年的时候，在无比地思念着对方的时刻里，十年，却比一生显得都要漫长。

“黄叶青苔归路”，这句明显就是用哀景衬托内心的哀情。深秋的风，带着或重或轻的冷，像一把刀子，把树上的叶子，一片一片地削落。是的，纳兰最先看到了这点，所以，他心里有一种止不住的疼。片片飘零的黄叶啊，你们能把我日夜的思念带给她吗？你们在空中飘舞，知道自己最终的去向吗？

黄叶飘飘，花瓣遍地，落疼了一个男人的心。这些无法在空中飘舞的叶子，岂不正是纳兰自己的思念，甚至是怀念呢？明媚的伤痛，深深地把自己埋在纳兰的心里。这个时候，纳兰又是一个人在回忆里走走停停，想亲近那些曾经无比妖娆和鲜艳的脸庞。

布满青苔的小径何时才能听到伊人轻快归来的足音？从这句“黄叶青苔归路”来看，纳兰似乎又独自徘徊在曾经与表妹幽会的小径，试图用回忆再次亲近她的美好。但是，这样的亲近，对于纳兰来说，真的是一种疼痛，更是一种艰难。过去的一幕幕，虽然还是那么清晰，但她已经衣香飘远，无法触及。

“屧粉衣香何处”中，“屧粉”，这里不再解释。“衣香”，顾名思义，指衣上散发的芳香。这里的“屧粉”和“衣香”，其实都是代指美女，也就是他一直深爱的表妹。香水是现代女性用来增加自己魅力的方法，但古时女子们的一些享受，并不比现代人差。古时有钱人家的女子喜欢用香料烘熏衣裳：在特制的香炉上搁上沉香，然后扣上熏笼，将衣服摊展在熏笼上，慢慢熏烘。

“黄叶青苔归路，屧粉衣香何处”，这两句，在我看来，可以这样意译：我在落满黄叶、长满青苔的路上，苦苦地找寻着你曾经的气息，而你此时，身在何处？此时，有没有像我这样想你一样而想我？我们可以想象一下，溶溶月光透过修竹的枝叶，洒在青石的路上，那光斑忽明忽暗，一个丽人穿着高底鞋，穿着新熏过的轻纱丽锦缓缓走过，浑身散发着沁人心脾的奇香。这是一种怎样的美好，我想纳兰是知道的。

其实，读这两句，虽然很是朦胧，但我们可以知道，纳兰表妹其人是何等美丽。这样一个美丽的女子，怎么能让纳兰不用心爱着呢？其实，在我看来，这里的“屧粉衣香何处”应该用问号，因为这明显是纳兰隔着遥远的时空，问她表妹的话语。这句，跟李清照的“倚遍阑干，只是无情绪。人何处，连天芳草，望断归来路”，以及“落日熔金，暮云合璧，人在何处”一样，都是用问语表达自己思念的情绪。

此时，纳兰的表妹，就像李清照写的那样："念武陵人远，烟锁秦楼。"如今，淅淅沥沥的秋雨里，曾经与她一起走过的小路曲曲弯弯，但不见伊人的倩影。哪里去了，伊人的足迹？哪里去了，伊人的芬芳？

伊人音讯杳绝。"消息竞沉沉"直接化用唐朝诗人韩偓《长信宫》诗："天上梦魂何杳杳，宫中消息太沈沈"，我觉得纳兰这样的化用是有用意的。他明显省略了"宫中"，却暗示着宫中。这句"消息竞沉沉"，当我读到的时候，总是会想到李清照。李清照在《一剪梅》中这样写过："红藕香断玉簟秋，轻解罗裳，独上兰舟。云中谁寄锦书来？雁字回时，月满西楼。"

云中谁寄锦书来？这就是纳兰的"消息竞沉沉"。月亮虽然照满了西楼，但人却在这个人间，两两相离，终成遥远。可恨这十分圆月，偏偏就不照人间的圆满，偏照人间那有情人脸上明亮而深情的泪。

自从你去后，就没有半点消息，而我今夜对你有多少相思，你是否能感受到当我写到这句的时候，我自己的心里也止不住地疼。我和纳兰一样，也在问着同样的问题。亲爱的，我今夜对你的思念，化成了怎样的诗行，你是否能够读得懂？那些内心向你飞翔的思念，像一只只鸟，已经被时光射了下来。

最后的结句简单明了，语句顺畅、圆润，不少人击节叹赏，奉为经典词句。这其实是套用老牌诗人朱彝尊《转应曲》成句："秋雨。秋雨。一半回风吹去。晚凉依旧庭隅。此夜愁人睡无。无睡。无睡。红蜡也飘秋泪。"

纳兰这年生病的时候，四十四岁的朱彝尊出版了词集《江湖载酒集》，这本词集，用现在的话来说，是自费出版，没有公开上市发行，但由于他是有名的词家，词集也很受欢迎。这本书出版的数量由于不太多，想搞到一本，也是非常困难的事情。我个人觉得，纳兰一定看过朱彝尊的这本词集。

纳兰好不容易弄了一本，才读了几首，就提笔以铁杆粉丝的身份给朱彝尊写信，表达自己高山仰止的崇拜之情，并积极要求拜师学艺。这不，活学活用，把朱老师的词句直接借用了。若干年后，朱老师回忆此事，老泪纵横，感伤不已。

诗从模仿始。作为初学者，纳兰此举，不能算是剽窃。而且朱彝尊老师知道这事，人家可从来没有说过半句不是。相反，他对纳兰能够深刻领会自己这首词的含义和活学活用的敏锐而大感欣慰。为什么呢？

事情得从朱彝尊的身事说起。朱彝尊出生于一个破落的书香之家，虽然他的曾祖父朱国祚为明代状元，官至户部尚书兼武英殿大学士，但到了朱彝尊父亲这一代，家道已经中落。朱彝尊十七岁时，“倒插门”与某县教谕的小姐冯福贞结婚。一个大男人，混到这个境界，日子不会很舒坦的。比他小七岁的小姨子冯寿常，聪明伶俐，十分崇拜自己这个才华横溢的姐夫。小妻妹不懂得人情世故，十分可爱，朱彝尊对她非常照顾，亲自教她读书写字。随着小女孩的长大，冯寿常竟深深爱上了姐夫。

爱情是美好的，但有的爱情却是一种灾难。爱情是心灵的财产，但拥有一份爱情还需要心灵以外的东西，比如身家，比如名望，比如家产。朱彝尊满腹才华，但生逢明末清初乱世，读书无用，直到中年，仍然四处漂泊。他没有足够的财力娶下小姨子，长大了的小姨子只能远嫁他乡。但他们都抑制不了相思之情，时常找机会偷偷约会。

这段为世俗所不容的感情注定万劫不复。

这段恋情终于曝于光天化日之下，招致种种非难，绝望的恋情耗尽了冯寿常的心力，不久之后，她就在韶华极盛之年病故了。

这段恋情让朱彝尊刻骨铭心，终生不忘。他写了大量的诗词去描摹一剪梦影，倾注自己所有的眷恋。

尽管如此，也只能换得午夜梦回时，对着月色，去凭吊曾经月弦初直、霜花乍紧时的光阴，却再也找不到那个如画女子。她是他穷此一生都无法解除的痛。除了怀念，这个穷困潦倒的经学大师、诗词泰斗还能用什么来偿还她的泪、她的情?

朱彝尊是学术大家，晚年，曾有朋友因有伤风化为由，劝他从诗集中删去为冯寿常写的情诗，以换取道德主流的认可，但被他断然拒绝了。

他知道自己已经亏欠小姨子冯寿常许多许多，如果连身后的一个破名都不肯舍弃，那是亵渎了这份真爱。

一个至情至性的人。纳兰读懂了他，所以用了他的词句来表达自己对爱情矢志不渝的信念。一个是小姨子，一个是表妹；一个远嫁他乡，一个深居皇宫。相似的遭遇，相似的情感，他们互相理解。

秋雨里，被风吹去一半的究竟是什么？凄清、落寞，或者思念。我想外国诗人帕斯捷尔纳克可以给我们答案。他这样写道：

“我们俩，我们——一颗心和同路人

将会分成两半，各不相干。”

这句话，仿佛是为纳兰量身打造的一样，如此悲痛。

·第二十六篇·

瘦尽十年花骨

梦来双倚，醒时独拥，窗外一眉新月。寻思常自悔分明，无奈却、照人清切。

一宵灯下，连朝镜里，瘦尽十年花骨。前期总约上元时，怕难认、飘零人物。

——鹊桥仙

这究竟是首悼亡词，还是寄情词，众说纷纭。研究纳兰词的专家张秉戍教授对这首词也搞不太明白。他说："本篇像是悼亡之作，又像是写给分别十年之久的某一恋人的。"其实，词中既有哀婉的怀思，也有身世之感的隐怨。但我个人倾向于后者。

如果照张教授的说法，那么这分别十年之久的恋人，除了纳兰的表妹，还会有谁呢？所以，我还是觉得这首词不是悼亡词，而是纳兰对其表妹的思念，也是他自己对人世无常的感慨。

纳兰词以情深著称，多情、深情、痴情，弥散于字里行间，透露着人性最悠久的芬芳。王国维曾经说："客观之诗人，不可不阅世。阅世愈深，则材料愈丰富，愈变化；主观之诗人，不必多阅世。阅世愈浅，则性情愈真。"显然，纳兰属于后者。

此时，纳兰和他的表妹，山高水远。这个秋天，纳兰到底在干些什么，在痛些什么，在想些什么，在倾诉些什么？我想著名诗人郑单衣是明白的，他在《一首献给亚亚的秋歌》中这样写道："今夜，我感到，这里忧郁的心/在为你着想/或者幸福，或者悲伤/秋天过去了。去年的秋天也是这样……而最美的故事都留不住/就像水，带走头发和梳子/世界天天在变。一株月下的梨树/有时也惩罚她命中的果实//哦，一树翻动，万树是悲风/自从我们来到这个世界/便总是分离/一个深居简出，一个心事重重……该是怎样的一种忧郁的光/迫使秋天年年想象，迫使我今夜/只为你一个人陷入这无边的痴狂。"

是的，从他表妹走后，纳兰的一颗心，无时无刻不在思念着，在为她着想。自从他们两个来到这个世界，仿佛就为的是此时的两两相隔，一个在等同于囚牢的皇宫深居简出，一个却在外面心事重重而又无比思念、无比伤痛。如今，就像我在《深爱：教我如何不想她》一书的前序中写的："我承认时光没有等我，我接受命运给我的一切伤痛。"纳兰也只能跟我一样承认并接受。

在大家看来，身为八旗子弟，出身贵胄家庭的纳兰，养尊处优，没有生活的压力，也没有奋斗的激情，在这样的状况下，情感生活的波澜，自然成了他痛苦的主题和他诗词的灵感和源泉。这也是部分人认为他无病呻吟的主要原因。但这些都是误读。

我们都读纳兰词，又有谁能读懂纳兰？又有几人知道纳兰虽然头顶着贵族的荣耀，背后却散出悲痛的泪光和痛楚的星火？不管时光怎样洗涤，不管你们认识多少男子，我都相信，那最深情最真的男子，非纳兰莫属。而我，写到这句的时候，心里痛楚难当。我曾经爱过的姑娘，你有没有想过我为你的存在也是这样?

我的朋友胭脂这样写道：“打开窗子，世界广袤荒凉，我只能把喜欢的、不喜欢的，一并抱在怀里。”此时，纳兰却做不到这样把喜欢的和不喜欢的，一并抱在自己的怀里。他只能怀念。他也只能沉默。沉默，只属于一些已经死去的或正在死去的东西。此时，纳兰在渴望着爱情的火把，可以照亮寻找她的路途。

这首词是纳兰的精品之一，张弛有度，笔势顺通。特别是当中一个“瘦”字，传神切意，把一种伤感刻画得有触手可及的质地。词里没有彻骨的痛感，却有时光洗不净的忧伤和那种挥之不去的遗憾。

从词意来看，我觉得这是纳兰写给表妹的伤情之作。虽然这个表妹一直隐隐约约，最终没有在历史的刻度上留下确凿的痕迹，但这段涉及他初恋的情感历程不能忽视。

“梦来双倚，醒时独拥，窗外一眉新月”，这段，先是写醒过来，然后是描写窗外的月亮。

“梦来双倚”这句，我们可以看出，纳兰又做梦了。佩索阿是一个著名的会做梦的诗人，他在《不安之书》中这样写道：“也许我凭借做梦创造了你，另一种现实里的真实的你；也许就是在那种现实里，在另一个纯洁的不同世界里，你是属于我的，我们相爱而不牵涉有形的身体，有另一种拥抱，另一种理想的占有方式。也许我没有创造你，也许你早已经存在，而我只是在另一个完美的世界里用另一种视觉——纯粹的、内在的——看你。也许我梦见的不过是发现你，而我爱你不过是想着你。也许我鄙视肉体和厌恶爱情是我不知道有你的时候等待你的一种朦胧的欲望；也许那鄙视和厌恶也是我不知有你的时候已经爱上你的一种不安的希望。甚至还可能是我在某个不肯定的地方已经爱上了你，而我对于那爱的怀恋让我目前生活中的一切变成苦闷。”

这个佩索阿可算上做梦的高手了，在宋朝，还有另外一个做梦的高手晏几道，他说：“梦入江南烟水路，行尽江南，不与离人遇。”做梦是干什么呢？我想，不论是纳兰，还是晏几道，做梦其实只是为了寻找那个已经离开，而自己却一直都用心深爱的姑娘。做梦的人，其实是有想象力的人，是懂得爱情的人。

纳兰做梦了。在梦中，纳兰和她花下成双影，像一对成双成对的燕子那样缠绵悱恻地恩爱着。这个时候，两人就是元好问《摸鱼儿》词中的那两只“天南地北双飞客，老翅几回寒暑”的燕子。一对人影，花前月下，几多温存？一些东西，从历史的深处，悄然向我们走来，我们伸手可触。

我的朋友胭脂写道：“这些日子，持续不断地做梦。梦见无数个他，她。相逢和别离，梦里所有的快乐和悲伤一如我当初的预言。有人对我说：‘你来之前，你走以后，原来江南无颜色的人，竟至永别。也是他，曾经给我取过一个名字。只是这名字，并不能击败我一贯的作茧自缚。太珍视，也是太完美主义，生怕无疾而终。于是一直害怕，不知道如何开始。其实到底害怕什么，别人不知道，自己也不知道。只是未预料到，时间那么少，一转身就是一生……’”

纳兰又何尝不是这样呢？内心已经被复核多遍的往事，以及那些记忆中的细节，只是纳兰自己黯然心伤。我突然很想替纳兰说：也许除了你，我没有别的梦。

微弱的灯光，滚烫的泪水，形成了怎样的对比？又能说出谁内心的疼痛和悲伤？纳兰怀念那曾经和自己双倚的人，她是一颗逝去的星辰，在纳兰的心空熠熠其华地照着。

“梦来双倚”和“醒时独拥”形成了鲜明的对比，让人的心里情不自禁地觉得凉。词的开头用了两个对应的词“双”和“独”，在矛盾中凸显心结。梦里是成双成对，依偎在一起，醒来却是独自一人。纳兰在心里想着另外一颗思念的心，另外一个孤独的枕头，另外一个站在月光下悄然远望、暗暗落泪的娇好的脸庞。

此时，纳兰把思念放飞，把眼泪收回。

而窗外依然是一眉新月，照彻纳兰的孤独和寂寞，也照穿他的悲痛。“窗外一眉新月”，化自北宋词人谢逸《南歌子》：“画楼朱户玉人家，帘外一眉新月，浸梨花。”这里不过都是一种离别之痛。“新月”，其实在我看来跟“初月”一样，都弯得像女子脸上那细细的愁眉。所以，古人喜欢以眉喻月。

古代汉语的量词使用，有一种特别的情形，用一些对所描绘的事物具有比喻作用的名词作量词，构成生动具体、形象鲜明的比喻。新月是上弦月，弯曲如女人的画眉。“眉”在这里作量词，生动传神、精雅有致。

“寻思常自悔分明，无奈却、照人清切。”当初在月色分明的时候与你共度的情景，细想来常悔恨未能珍惜。怎奈如今又逢明月照得人真真切切，叫人怎么不叹息？

意象是意境构造中的一个重要范畴，它不仅仅是单纯的自然景观，而是诗人经过选择、提取并加工的自然物象，在物象的个别特征和属性之外，涵盖着写作主体的精神和情感特质。纳兰较常使用的意象有幽窗、冷雨、高梧、湿月、残灯、回廊、西风、迷梦等，“月”是他使用频率最高的一个意象。

有情人基本是难成眷属，心中的凄苦无处表达，所以，纳兰只能对月长叹。因此，月亮的阴晴圆缺都被赋予情感的色泽，圆也伤感、缺也伤感，横竖都是月亮惹的祸。其实，不过是自己内心过于伤感。

纳兰的“悔”，应该是悔青涩时不懂得珍惜和她在一起的光阴吧。

下片，纳兰继续梳理落寞的情感羽毛。独自一个人在回忆中走走停停，试图在沿途找到自己曾经凋落的爱情花瓣。

“一宵灯下，连朝镜里，瘦尽十年花骨。”夜晚的油灯下，镜子里的人啊，十年来，已清瘦得花骨伶仃。以花骨喻沧桑的容颜，憔悴凄楚的神态跃然而出，怎一个“瘦”字了得。

宋代史达祖《鹧鸪天》有：“搭柳阑干倚伫频。杏帘胡蝶绣床春。十年花骨东风泪，几点螺香素壁尘。”把女人思念成伤、忧郁成疾的神态刻画得入木三分。纳兰借了“十年花骨”，仅仅加上“瘦尽”，将形容词作为动词使用，比李清照的“人比黄花瘦”更出神入化。

又看到了这个词：十年。十年，纳兰在几首词里都提及这个时间。十年，飘零的人，有多少向她纷飞的思念已经被射死？有多少青春，已经悄然而无声地溜走？有多少执著和深情，已经被耗尽？十年，十年，这是怎样的十年，又有几人知道？也许就像苏轼在《江城子》中写的那样：“十年生死两茫茫，不思量，自难忘。千里孤坟，无处话凄凉。纵使相逢应不识，尘满面，鬓如霜……”

纵然无法看见，依旧可以感觉到她的存在。他是如何也舍不得，真的舍不得，就这样放她走。这弹指的十年，在纳兰来说已是千年万年般漫长。就像有个人的歌词写道：“度过十年，经历百年，即使跨越千年，我也无法将你忘怀……”

一个人，一座城，一个坟。

“前期总约上元时，怕难认、飘零人物”。之前，我们在上元时节相约见面，而今如果再相见，怕是认不得我这飘零之人了。

“上元”，这个词，对于如今的我们来说，相当陌生。如果用另外一个词来说，我们就应该清楚一些。这个词是“元宵”。“上元”，又叫“元夜”、“元夕”、“灯节”。这是古代相当热闹的一个节日。这天，家家户户张灯结彩。我记得著名的才女朱淑真在《生查子》中这样写道:“去年元夜时,花市灯如昼。月上柳梢头,人约黄昏后。今年元夜时,月与灯依旧。不见去年人,泪湿春衫袖。”

唐人有《正月十五夜》这样写道:“火树银花台,星桥铁锁开。暗尘随马去,明月逐人来。游妓皆秾李,行歌尽落梅。金吾不禁夜,玉漏莫相催。”著名的大词人辛弃疾在《青玉案·元夕》中这样描绘道:“东风夜放花千树,更吹落、星如雨。宝马雕车香满路。风箫声动,玉壶光转,一夜鱼龙舞。”

元夕观灯,是青年男女欢会定情的机会。自唐以来,早已沿袭成风。关于元夕夜,《旧唐书》中这样记载:“上元日夜,上皇御安福门观灯,出内人连袂踏歌,纵百僚观之,一夜方罢。”而到了南宋时,《东京梦华录》也这样记载:“别有深坊小巷……酒兴融洽,雅会幽欢,寸阴可惜,景色浩闹,不觉更阑。”当时是,家家灯火,处处管弦,一派繁荣之象。

其实,我们想读懂“前期总约上元时”,就要读纳兰另外一首词《台城路》。这首词也是描写上元时的一些情景。《台城路》一词是这样写的:“阑珊火树鱼龙舞,望中宝钗楼远。鞣鞨余红,琉璃剩碧,待嘱花归缓缓。寒轻漏浅。正乍敛烟霏,陨星如箭。旧事惊心,一双莲影藕丝断。　莫恨流年逝水,恨销残蝶粉,韶光忒贱。细语吹香,暗尘笼鬓,都逐晓风零乱。阑干敲遍。问帘底纤纤,甚时重见。不解相思,月华今夜满。”

这首词,我会在后面详细解析,在这里就简单地说一下。这两首词都描写了上元时的一些情景,在这些文字中,总有一个纤细而妖娆的身影,若隐若现。这个身影,我个人觉得,就是他的表妹。

浸泅过唐风宋雨的新词旧字,是纳兰最痛楚、最怜惜的牵挂和惦记。那些平平仄仄的词语,在心宇,在眉间,吟咏成诗,浅唱成词。流年似水,痴心如铁。

这是爱情的祭奠。

原来的月华如练,似这般都付与落叶萧萧。一路走来,庭院依旧,容颜却成憔悴。谁会明了这样的清愁，这样的无奈，这样的落寞，已悄然地带走了纳兰一个人的天荒地老。记忆的碎片，斑斑点点散落一地。若深爱，今夜的镜子啊，谁以一捧凄泪洗净尘埃，照一袭清影？

“怕难认、飘零人物”，其实，就是苏轼《江城子》中的“纵使相逢应不识，尘满面，鬓如霜”的另外一种写法。

即使可以再次见到，我想，你可能也已认不出我了。这是多么让纳兰心疼的改变啊！这十年，我背负着对你的思念，对你的怀念，以及对你的期待，以及因这些生出的绝望和悲痛，已经老去了。而你是否还一如从前，娇艳而美丽？

·第二十七篇·旧事惊心

阑珊火树鱼龙舞，望中宝钗楼远。靺鞨余红，琉璃剩碧，待嘱花归缓缓。寒轻漏浅。正乍敛烟霏，陨星如箭。旧事惊心，一双莲影藕丝断。

莫恨流年逝水，恨销残蝶粉，韶光忒贱。细语吹香，暗尘笼鬓，都逐晓风零乱。阑干敲遍。问帘底纤纤，甚时重见。不解相思，月华今夜满。

——台城路·上元

在这首词中，让纳兰苦苦思念的是谁呢？盛冬铃认为“词的主旨，是追怀自己从前的那一段未得美满结果的恋情”。这话，说得相当有见地。在纳兰这短暂的一生中，“未得美满结果的恋情”，除了他跟表妹的那段情，还会是和谁的恋情呢？

王国维在《人间词话》中说“纳兰容若以自然之眼观物,以自然之笔写情”,这样的评论是相当有见地的。他的真切以及深情,一次次地感动着我这个现代的男子。如今,像纳兰这样情深的男子还能有几个? 到后来,不过是“人情自古薄于云水”。

上元之夜,和纳兰约会的女子在此时隐约地在词中向我们展现。如今,对于纳兰来说,这个世界如此真实,真实得让纳兰悲痛难当。其实,这个冰冷的人间,纳兰一直渴望着的奇迹,真的不曾发生。暗夜里的泪光,刺疼了这个冰冷的人世。

纳兰是寂寞的。那些冷冷的风吹过之时,那些记忆中熟悉的气息,便涌上心头。这是她的气息吧,当他慢慢接近的时候,他接近的只是自己的怀念和努力。这是一种无边无际的空虚。

纳兰的爱情,就是这样,还没有开始,便已宣告结束。这让一个深情的灵魂,该往哪里去? 在我看来,纳兰不过就是一个还留在纸上的伤口,如果我们静下心来,就能听到他因为疼痛而发出的呻吟,其实,这是对一个人的呼唤。就像我在内心,也这样强烈呼唤另外一个人一样。

“阑珊火树鱼龙舞,望中宝钗楼远”这句,起头写景物。“阑珊”,这两个字,总是会让我想到春天,想到辛弃疾。我记得辛弃疾在《青玉案》中这样写过:“东风夜放花千树,更吹落,星如雨。宝马雕车香满路。凤箫声动,玉壶光转,一夜鱼龙舞。　蛾儿雪柳黄金缕,笑语盈盈暗香去。众里寻他千百度,蓦然回首,那人却在,灯火阑珊处。”

纳兰博读群书,我不相信这首词他没读懂。我甚至怀疑,这句“阑珊火树鱼龙舞”就是化用了辛弃疾这首词的词意。辛弃疾这首词,跟朱淑真的那首《生查子》一样,不过都是一些“月上柳梢头,人约黄昏后”的作品,在我看来,就是约会。

纳兰一定懂得这首词的词意，所以，他化用了。“阑珊”，将尽未尽，或快要凋残之意。“火树鱼龙舞”，在我看来是灯。有两本书都记过元夕时热闹的场景。这两本书是《武林旧事》和《东京梦华录》。这两本书，在我看来都是回忆录。

周密在《武林旧事》中这样写道：“禁中自去岁九月赏菊灯，迤逦试灯，谓之‘预赏’。一入新正，灯火日盛……灯之品极多，每以苏灯为最：圈片大者，径三四尺，皆五色琉璃所成，山水、人物、花竹、翎毛，种种奇妙，俨然著色便面也。其后福州所进，则纯用白玉，晃耀夺目，如清冰玉壶……禁中尝令作琉璃灯，其高五丈，人物皆用机关活动，结大彩楼贮之，又于殿堂梁栋窗户间为涌壁，作诸色故事，龙凤噀水，蜿蜒如生，遂为诸灯之冠。”

周密的这本书，其实是怀念宋时的一些繁荣景象，虽然到了纳兰生活时的清朝，时光已经悄然过去了很久，但我想，这元宵节赏灯的习俗，应该还在沿袭。

“望中宝钗楼远”这句，我个人觉得，是化用蒋捷的“春风飞到，宝钗楼上，一片笙箫，琉璃光射”。“宝钗楼”，本是咸阳古迹。陆游《对酒》一诗中这样写道：“但恨宝钗楼，胡沙隔咸阳。”他在这首诗中自注说：“宝钗楼，咸阳旗亭也。”他又在《采桑子》一词中用过这个词：“宝钗楼上妆梳晚，懒上秋千，闲拨沉烟，金缕衣宽睡髻偏。”这里的“宝钗楼”，指的是女子所居的楼阁。

那么纳兰这句中的“宝钗楼”到底是什么意思呢？张秉戍教授认为是“歌楼酒肆”，而冯秀亭认为是“京中楼阁”，我个人还是倾向于冯秀亭的说法。这里的“宝钗楼”后加上一个形容词“远”，在我看来，一定是想向我们暗示什么。而我觉得，这里的“宝钗楼”，指的就是他表妹所居之处。这里的“远”指的不是实际距离上的，而指的是两个人之间隔着至高无上的皇权。

“鞦韆余红，琉璃剩碧，待嘱花归缓缓”这句，在我看来，明显有着回忆的气息。我觉得,这里是纳兰回忆曾经的上元时节的一些情景。就像朱淑真在那首《生查子》中写的那样:“去年元夜时,花市灯如昼。月上柳梢头,人约黄昏后。今年元夜时,月与灯依旧。不见去年人,泪满春衫袖。”

“靺鞨”,红宝石。据冯秀亭引高士奇《天禄识余》记载:“靺鞨,国名,古肃慎地也。产宝石大如巨栗,中国人谓之靺鞨。”“琉璃”,冯秀亭解释为绿色玉石,张秉戍教授认为是现在的玻璃,个人倾向于张秉戍教授的解释。这里的“靺鞨”也好,“琉璃”也罢,在我看来,不过指的都是灯光。“余红”和“剩碧”这两个词,显然都有将要衰残的意象。

“待嘱花归缓缓”这句当中,显然有一个美丽的爱情故事。据说吴越王钱镠的原配夫人名叫戴妃,她出身贫贱,自小生长在横溪一个名叫郎碧的村子里。戴氏是乡里出了名的贤淑之女,嫁给钱镠之后,跟随钱镠南征北战,担惊受怕了半辈子,后来成了一国之母。虽是年纪轻轻就离乡背井,却还是解不开乡土情节,丢不开父母乡亲,年年春天都要回娘家住上一段时间,看望并侍奉双亲。

钱镠也是一个性情中人,最是想念这个结发之妻。戴氏回家住得久了,便要带信给她:或是思念、或是问候,其中也有催促之意。过去临安到郎碧要翻一座岭,一边是陡峭的山峰,一边是湍急的苕溪。钱镠怕戴夫人轿舆不安全,行走也不方便,就专门拨钱,派人前去铺石修路,路旁边还加设栏杆。后来这座山岭就改名为“栏杆岭”了。

那一年,戴妃又去了郎碧娘家。钱镠在杭州料理政事,一日走出宫门,却见凤凰山脚,西湖堤岸已是桃红柳绿,万紫千红,想到与戴氏夫人已是多日不见,不免又生出几分思念。回到宫中,钱镠便提笔写上一封书信,虽寥寥数语,却情真意切,细腻入微,当中有这么一句:“陌上花开,可缓缓归矣。”九个字,平实温馨,情愫尤重,让戴妃当即落下两行珠泪。此事传开去,一时成为佳话。清代学者王士祯曾说:“‘陌上花开,可缓缓归矣’,二语艳称千古。”后来这个故事还被编成山歌，名曰《陌上花》。

纳兰能写出这句“待嘱花归缓缓”，显然纳兰看过这个故事。而在灯火将要衰残之时，他在等待着谁，嘱咐他花归缓缓呢？又或者是纳兰等待着谁，并嘱咐她花归缓缓呢？

在灯火即将阑珊之际，这个时候他是不是嘱咐过他表妹要小心一点回去呢？不论是她嘱咐的，还是纳兰嘱咐的，这句话，都将是彼此内心里的一缕温暖，这种看似微小的温暖，足以抵抗这个尘世的冰冷。这都是细致入微的体贴和爱。

“寒轻漏浅。正乍敛烟霏，陨星如箭”这句，指元夕之夜，已经有了些许的凉意，而那漏壶中的水也快要滴完了，这里喻义夜已很深。

在轻轻的薄寒中，那颗沉醉在过往的心，是何等悲痛。“陨星”，应该指的就是灯火。这句“陨星如箭”，其实可以用辛弃疾的“东风夜放花千树，更吹落、星如雨”来解释，这里都指的是灯火零星地闪烁，但也快要熄灭了。

“旧事惊心，一双莲影藕丝断”，这句，写得甚是伤情。这里的“莲影”虽然是莲花形的灯，但这里“莲影”中的“莲”，其实应该是“怜”的谐音。“丝”，也是“思”的谐音，即无比思念之意。

读到这句“一双莲影藕丝断”，总是让我想起元好问的那首《摸鱼儿》，这首词是元好问听到有两个相爱的年轻人，由于得不到家庭的支持，一起投河殉情。他们死后，河中开出了并蒂的莲花。这首词是这样写的：“问莲根、有丝多少，莲心知为谁苦？双花脉脉娇相向，只是旧家儿女。天已许。甚不教、白头生死鸳鸯浦？夕阳无语。算谢客烟中，湘妃江上，未是断肠处。香奁梦，好在灵芝瑞露。人间俯仰今古。海枯石烂情缘在，幽恨不埋黄土。相思树，流年度，无端又被西风误。兰舟少住。怕载酒重来，红衣半落，狼藉卧风雨。”

元好问这里的“问莲根、有丝多少，莲心知为谁苦”，用在纳兰身上，真的是非常合适。只是此时，纳兰还不如这两个殉情的年轻人，他们至少可以"双花脉脉妖相向，只是旧家儿女"，而纳兰却是在一盏莲花形的灯下，无比地怀念往事，而因为怀念往事，又无比地悲伤。一个"惊"字，写出的是对这种距离和关系改变之快的悲叹。

在他自己的回忆中，他们还是一双莲影呢，但已经断去了亲近的机会。只是，纳兰自己内心的情思，又怎么能断去呢？曾经是"一生一代一双人"，如今却落得"争教两处销魂，相思相望不相亲"，那么，这美丽的春天又为谁而美丽呢？此时，在灯下的纳兰，他的寂寞比影子长。

此时，对于爱情，纳兰只走到中途，甚至很有可能，他的跋涉才刚刚开始。

"莫恨流年逝水，恨销残蝶粉，韶光忒贱。细语吹香，暗尘笼鬓，都逐晓风零乱。阑干敲遍。问帘底纤纤，甚时重见。不解相思，月华今夜满"，下段，写的是离情别念。

"流年"，指如水一样逝去的年华或光阴。我记得，《牡丹亭》中这样写过："则为你如花美眷，似水流年，是答儿闲寻遍，在幽闺自怜。"莫恨时光如水一样流过，悄然把你带走，怪只怪没有时间等我。所以，我为你悄然悲痛，甚至是无比地思念。

"蝶粉"，张秉戍教授认为是"蝶粉蜂黄"，亦即唐人之宫妆。他认为是形容美好之容貌消失了。这样的笺注还是有道理的。"韶光"，美好的时光。"忒贱"，是太过短暂或非常短暂的意思。"忒"，是太，或非常的意思。"韶光忒贱"，也是出自汤显祖《牡丹亭》："雨丝风片，烟波画船，锦屏人忒看的这韶光贱。"

我觉得，这"莫恨流年逝水，恨销残蝶粉，韶光忒贱"，其实是化用了汤显祖《牡丹亭·惊梦》这章。这章描述了杜丽娘陷入了一种无法自拔的寂寞和孤独当中，看青春如飞而去，叹此情无人怜惜。这个时候的纳兰，又何尝不是这样呢？他比杜丽娘更惨，他只剩下了怀念，在暗夜里把他的心点燃。

他在思念。他到底是如何思念呢？就像一个诗人说的：我在思念，我在如何思念，请去问夜晚。只有夜晚知道，那颗陷在怀念中的心，到底是如何地思念着。

“细语吹香”，这四个字，我觉得是由两个词组成，即“细语”和“吹香”，前一句描写的是“吴侬软语”的形态，后面则是描写她身体上的芳香。

“暗尘笼鬓”这句，有很多人认为是写纳兰所恋之人，而我怎么都觉得，这写的是纳兰自己。“都逐晓风零乱”句，“晓风”，拂晓的风。柳永这个风流倜傥的词人这样写过：“多情自古伤离别。更那堪、冷落清秋节。今宵酒醒何处，杨柳岸、晓风残月。”描写的是一个人孤独而凄凉的情态。纳兰这里，估计也是这种情态。

这句“细语吹香，暗尘笼鬓，都逐晓风零乱”，我想可以这样意译：从前你轻柔的说话声音，和你身上的味道，都已经成为过去，而如今，我已经悄然衰老，蓦然回首之时，一切的美好都被晓风吹走，就像我此时的心，零乱无比。

“阑干敲遍”，这里我觉得是另外一首词中“转过回阑叩玉钗”的另外一种写法。“纤纤”，应该指的是美丽的女子。从前在帘下无比美丽的你，我什么时候才能再次见到呢？你可知道，我有多么强烈地思念你？就像一个外国诗人写的那样：“我应该看着你，一直看着。但我的目光迷失在远方，它找不到远方的身影，此刻，远方比远方更远。”

“不解相思，月华今夜满”，这句明显有抱怨之意。这句可以用“十分好月，不照人圆”来解释。今夜，月亮和从前一样圆满，可是，我们在人世之上的爱情，却变得如此残缺不全。流年似水，不过都付与荒凉而已。千帆过尽的淡然，是建立在一个又一个疼痛之夜的基础上的，这是不再完美的见证。

纳兰，我想说：有些心事，我们无法说出来，它们或许可以是暗夜里的泪光，滴到纸上的时候，就已失去了温暖。山长水远的爱，这如此的悲痛，不论它多么美好，它的命运注定凋落。其实，当我说到这里的时候，我努力地闭紧自己的双眼，目的是不让眼泪从我的眼睛里流出来。原来劝别人是如此容易，劝自己放下是那么艰难。

今夜过后，纳兰和我，是不是就可以懂得人世间的冷暖，如果不能懂得，又把这种冷暖向谁说呢？有的时候，不是我们不能走出来，而是我们自己情愿被那些过去的东西所困。也许，当泪水打湿心灵之窗上的窗纸时，唯一明亮而清晰的，就是情感本身。其他的，对于我和纳兰而言，都不再有意义。

就像我喜欢的诗人庞培这样写道：

她不肯再走近我了。

即使在回忆里，她也消失了。

我说的事情在十多年前，再过十年，或许

连她消失了这种惋惜也将消失……

他又写道：没关系。我爱你这件事本身就已赦免了我的一切苦痛，也赦免了我在人世间的挣扎。

·第二十八篇·

犹记碧桃影里、誓三生

燕归花谢，早因循、又过清明。是一般风景，两样心情。犹记碧桃影里、誓三生。

乌丝阑纸娇红篆，历历春星。道休孤密约，鉴取深盟。语罢一丝香露、湿银屏。

——红窗月

这是一首离情词。在我看来，也是写给他表妹的。从这首词的词意来看，纳兰又陷入怀念中，无法自拔。这样执着的怀念，让我们这些现代的男子，情何以堪？怀念就像一杯酒，喝下热，到了肚子里后会冷如冰块，咯疼那颗思念的心。

一颗心碎了，其实，是被距离和现实揉碎的。关于这一点，我深有体会。这个时候的纳兰，我想他是非常明白李商隐那句“一寸相思一寸灰”的诗中之意的。因为我们都懂得，所以，我们都疼。情伤，是纳兰体内致命的朽烂。将来难道也会是我自己体内的朽烂吗？

纳兰的一生，其实，就像我喜欢的诗人食指（郭路生）写的那样："我的一生是辗转飘零的枯叶。"这种飘零，如今在我看来，是多么的让人怜惜。马佳回忆食指生前的一些事情的时候，让我看到了纳兰的影子，马佳这样说："……郭路生有次险些自杀，那是一种极其惨烈的失恋的经历。……他和一个维族姑娘相爱，他爱得很真，很热烈，但又清楚地看到隔在他们中间的重重障碍。这段不会有什么结果的恋情，使他在感情与理智的矛盾中痛苦不堪……他在草地上不停翻滚，哭喊着那女孩的名字。"

读到这里的时候，我已经泪流满面，我的心有种说不出的疼。这个在草地上不停翻滚、哭喊着那女孩的名字的人，其实不是郭路生，而是纳兰，甚至更多的时候，也是我自己。爱的真切，就会义无反顾地付出。这种付出，是认真的，是没有考虑后果的。

每当读纳兰的时候，我总是会情不自禁地想到庞培。这个在当今被人忽视的现代诗人，骨子里也带有回忆或怀念的火焰。他在《两把吉他的奏鸣》中这样写道："我回忆那夜晚的积雪、夜里/死去的爱情/我回忆——/一个人失去的关怀//——痛心、反悔/那相处，已不能熬到天亮的情侣//心里有说不出的悲凉痛苦！"

他又在《哀歌》中继续写道："唉！回忆总变得若有若无……/我回家，房间暗下来/但房间里只有我一个人——//啊，秋天再来的时候/你已不在我身边……"

你已不在我身边，是啊，这话，简直就是写出了纳兰和我的心声。心里的悲凉痛苦，已经无法说出。不论这个世界多么美丽，不论季节多么美好，只是，你却不在我的身边，外面的世界或季节再美好，对于我们来说，又有什么意义呢？

因为你的存在，超过这个世界以及这个世界上所有的事物。

“燕归花谢，早因循、又过清明。是一般风景，两样心情。犹记碧桃影里、誓三生”，上段除了回忆，就是描写景物，然后就是抒情。

往事渐渐弥漫。怀念的心所能触到的余温，也在渐渐冷去。不变的时光中，是不是可以见证纳兰那颗还没停息的真心？不顾后果地完全把一颗心捧给对方的爱，终于深深地在薄凉的红尘之上刻下了一些痕迹。生离，这两个字，是纳兰富贵的光环背后那沉默而无言的伤。

辗转反侧的疼，最终，只能成为一滴又一滴清泪，或者一声又一声悲叹，凝固在回忆中，任他明月好，憔悴也相随。触目繁华，在纳兰憔悴的脸上，刻下的是无法收拾的疼痛。那熟悉的容颜，让太多的回忆在心里飞升而起。如果你能看见，请安静地听纳兰的叹息：燕归花谢，早因循、又过清明。

清明，在过去是一个很热闹的节日。关于这一点，我们也可以从纳兰的另外一首《踏莎美人》中看出些许端倪：“拾翠归迟，踏青期近。香笺小叠邻姬讯。樱桃花谢已清明，何事绿鬟斜亸、宝钗横……”

这个时候的纳兰，让我想到了朱淑真，朱淑真在《浣溪沙》一词中这样写道：“春巷夭桃吐绛英，春衣初试薄罗轻，风和烟暖燕巢成。　小院湘帘闲不卷，曲房朱户闷长扃。恼人光景又清明。”

清明前后，朱淑真也和纳兰一样在怀人。她所怀念的男子，并不是她的丈夫。她在没嫁给她丈夫之前，应该已经和一个男子相爱了。朱淑真默默地背负着对他一往情深的爱，嫁给了自己不爱的人，最终导致了她后半生的孤独和寂寞，并以身殉情。对于感情而言，没有性别之分，都一样疼痛。

我们现代的人，对清明的印象，更多是去给自己逝去的亲人上坟，其实，在古时，清明是一个很热闹的节气。在这天，所有的女孩子都能走出自己的家门，去踏青，去郊游，也可以玩斗草这样的游戏。这一天，更多的时候，是遇到自己心爱的人的日子。有很多缠绵悱恻的痴缠，就是在这天发生的。

“燕归”，让我想到了我在《古诗源》中看到的一首名叫《孤燕诗》的诗：“昔年无偶去，今春独独归。故人恩义重，不忍复双飞。”这首诗后面有一段记载：“南史，贞女所居户有巢燕，常双飞来去。后忽孤飞，贞女感其偏栖，乃以缕系脚为志，此燕更来，犹带前缕，女复为诗曰。”

燕子归来的时候，花也谢了，可是你什么时候回来呢？纳兰又何尝不是这首《孤燕诗》中的那只燕子呢，只因为故人恩义重，他不忍复双飞，也不愿意双飞。这是他自己执着的一往情深，执意地等下去。此时，就像庞培说的那样绝望：世上一切均有明天，唯独爱没有未来。

清明时，正是春花灿烂之季，这么美好的时节，真的是“年年岁岁花相似，岁岁年年人不同”。这个时候，风景是一样的，但心情却是不同的。过去，因为有她在，内心没有孤独和寂寞，没有掏心的思念，更没有灼心的怀念。那个时候，身体是近的，灵魂是近的，心是近的，就连睡梦中也是带着笑声的。

可是，现在呢？有诗人这样写道：“我必定痛哭，永远痛哭，只愿她一次在我的梦中显现，只一次远远地把我想念。我的悲痛，我的泪水，它们将会化为一只鸟，翅膀折断在怀念之中。”如今的爱情，对纳兰来说，不过是一场繁华盛开之后那痛心疾首的凋零。此时，纳兰一定认为爱如捕风。

爱情留在过去，独自叹息。就像那首歌《爱如空气》一样：“时光冲淡往事，鲜艳褪去，留下泛黄的痕迹。我们之间的爱，轻得像空气，而我依然承受不起。任往事在心里，不停地堆积，只能拥抱着空气，假装那是你。幸福隔着玻璃，看似很美丽，却无法触及，也许擦肩而过的你，只留下一种痕迹，在我生命里……回忆太拥挤，我无法呼吸，只能拥抱着空气，假装那是你，不曾远离。”

“三生”，这是佛家用语，即前生、今生、来生。据说有一块三生石，如果在上面写上心爱之人的名字，就能三生三世在一起。其实，这不过是一个有情人的痴话而已。就算三生三世能在一起，相对于无限的时光而言，这也是非常短暂的存在。

“犹记碧桃影里、誓三生”，这句充满了回忆的气息。纳兰直到现在，仍然还清晰地记得，当初在花前月下，两个人温暖地靠在一起时说的那些温存的情话。关于这点，大家可以体谅。谁没有年轻过、美丽过呢？其实，我比纳兰还可怜呢，至少他年轻的时候和他表妹这样温存地爱过，我早年只知道读书，从没有这样和一个姑娘温存过，到现在才知道这是一种刻骨铭心的暖。不过现在知道的太晚了，我已经垂垂老矣。

昨天的誓言犹在耳，可是人却渐行渐远了。这个渐行渐远的背影，有着马不停蹄的伤痛，夜夜踩疼纳兰的心。

“乌丝阑纸娇红篆，历历春星。道休孤密约，鉴取深盟。语罢一丝香露、湿银屏”，这段，在我看来，依旧是回忆。

“乌丝阑纸”，指的是丝绢。这句“乌丝阑纸娇红篆，历历春星”，我个人怀疑是手绢。有很多专家认为这里的“红篆”是写上去的，而我认为是绣上去的。那丝绢上绣上的鲜红篆字，多像春天闪烁在天上的星星一样。这里的“篆字”到底是些什么？我认为是一些相思或思念的、跟爱情息息相关的文字或动物，比如鸳鸯。

我怀疑这里的有鲜红篆文的丝绢，是纳兰表妹送给纳兰的礼物。过去的女孩子，总是想方设法在自己心爱的男子心里占领一席之地。过去的女子，常有绣香囊送给自己心爱的男子的习惯，甚至还有把自己的头发剪下来绣在其中的，更有心灵手巧的女孩子，在手绢上绣一些东西，用来送给自己心爱的男子，让它代替她们陪伴在他们的身边，一时一刻都不离开。

那鲜红的红篆，总是让我想到守宫砂。据说，过去在处女的手臂上点上守宫砂，会鲜艳无比，但一旦和男子行房过后，就会褪色。这些鲜红的篆字，其实在我看来，就是那颗一直陷在怀念中无法自拔的心。而春天夜空里，那历历的春星，像不像一个人为爱滴落的泪水？我记得张小娴说过：星星，是情人的泪眼。此话甚合我意。

天空那闪烁的群星，其实，就是人世那为情为爱悄然落下的泪。明白这点，才能更加用心更加珍惜那些为我们悄然落泪的人。我亲爱的朋友们，如果在你的身边，有一个为你悄然落泪的人，请你一定要好好珍惜，就算你不爱他，也请你温柔而轻缓地离开他。就像纳兰这样温柔而轻缓地离开自己一样。

隔着时空，纳兰仿佛在说："在你离别之际，/请把往昔的相逢留下，/请把最初的羞赧留下，/把孤独和伤害留下——//请留下：雨中的拥抱，雨中轻柔的呼吸/留下月光下的爱抚，难分难舍；/清晨、黑夜——一次次醒来，一次次入睡……"

庞培这首诗，也是无法忘记一个姑娘吧。我是这样想的。

"道休孤密约，鉴取深盟"，这句的意思是：当年，她把这个手绢递给纳兰的时候，肯定会说一些话。她说了些什么呢？估计就是"执子之手，与之偕老"之类的誓言。她对纳兰说：你不要辜负了我们曾经在花前月下隐秘的约定，这个手绢和其上的文字，甚至是图画就是证据。

"语罢一丝香露、湿银屏"这句，有专家认为是过去时，是她表妹说完上述一番话之后，她自己悄然落泪。这样的解释挺好，而我个人认为，纳兰在听完这番话之后，或回忆起这些细节或情景之后，他的内心无比悲痛，所以，泪水在感动和怀念之后，也跟着流了出来。

"香露"，本来指的是清晨落在花朵之上的露水，但在这里联系词意来看，当指的是泪水。"银屏"，从字面理解，是用银子装饰的屏风，这里当是装饰华美而名贵的屏风。这个词，在《花间集》里一次次地出现过。其实，这个东西，不仅是一种装饰，更是一种身份的象征，一般穷苦人家，连饭都吃不上了，哪里能买得起这样名贵的屏风呢?

此时，纳兰的心情可以用一首歌中的歌词来解释，这首歌是这样唱的：没有你的世界，荒芜一片，思念静静蔓延。任再狂的风雪，也不能熄灭，曾经如火的缠绵。失去你的世界，荒芜一片，悔恨蔓延，那回忆如风雪，可不能够冷却，对你如火的爱恋。

这个时候，纳兰很灰心，这种灰心，庞培有相同或类似的表达，他说："在我怀抱吉他的姿势上，窗外/秋雨淅沥……街道/蒙上一层灰色的雨雾/仿佛所有的活人都已灰心。"庞培似乎又替纳兰说："她和我一样善良，也一样悲苦。"

纳兰原本认为可以三生三世的爱恋，如今，只换得了他自己一生的凄凉和怀念。

·第二十九篇·

天生薄命，有泪如潮

电急流光，天生薄命，有泪如潮。勉为欢谑，到底总无聊。欲谱频年离恨，言已尽、恨未曾消。凭谁把，一天愁绪，按出琼箫。

往事水迢迢，窗前月、几番空照魂销。旧欢新梦，雁齿小红桥。最是烧灯时候，宜春髻、酒暖葡萄。凄凉煞，五枝青玉，风雨飘飘。

——东风齐著力

时光已经定格，美好已经苍白，一切都在距离之外，像一颗星辰一样闪烁在纳兰的眼里。在纳兰怀念的时刻，那产生怀念的人，是否仍旧是他的伤？仍旧是她，放开了纳兰的悲痛，锁住了纳兰汹涌的怀念，让那颗原本伤痕累累的心，更加难过。

日子，对于纳兰来说已经没有多少意义。涉过忘川之后，遗忘又在哪里？走远的时光里，一直有纳兰苦苦追寻的身影。如果这一生注定要在一个个夜晚，为一个女子歌唱和疼痛，那逝去的人拿什么和我们相遇在梦境之外？

流泪、倾诉，是否是纳兰余下的光阴里，最疼痛的事情。所以，一个个夜晚，纳兰注定要深情地怀念，并用喃喃地近乎抽泣的细语倾诉，用他的真切和真实，远离这个尘世之外，悄然落地。如果这个时候，我们可以靠近他，会不会有像一个伤口抱着另外一个伤口取暖的渴望？

为了怀念，纳兰放弃了什么，事到如今，还有谁可以明白？时光之风吹遍每一个角落，把纳兰的绝望放大到无比沉重。在潇潇的风雨声里，是什么在其中真实地涌动？这些可能是我们自己渴望已久的真实吧。

泪水滴进怀念之后，纳兰其实更是失去了自己。插进旧时的光阴，渴望再次拥有的心，断在时光之外。语言此时已经没有多少力气，也没有多少温暖，可以给纳兰以力量熬过太多的时间。那颗深陷缅怀的心，在天边独自长叹着怀念的气味。内心的疼痛，是如此的尖锐而又沉重。

怀念，该怎样弹拨幸福的琴弦？

“电急流光，天生薄命，有泪如潮”，这句仍然是出语沉痛而真切。“电急流光”，形容过去的美好时光倏忽而过，有无法把握、无法挽留之叹。“天生薄命”，是为卢氏的早亡而感到惋惜。“有泪如潮”，写出的悲痛，落在纸上之后，就显得轻了。这里虽然有夸张的成分，但纳兰的悲痛确实是真切的。

读这句的时候，我想到了庞培有一段话：“事实上，在我痛苦的记忆里我往往会注意到她的离去。那天午后，我说完第二句话加重恋爱的暗示之后我们擦身而过——多么大胆的一个词！——我记得，当整个巷子似乎只剩下我一个人时我有一种奇怪的感觉：我的爱情已经结束。我只爱上了她——我的实际上的占有——只持续了几分钟。”

支离破碎的心，余下的光阴，该怎么度过？想想往事，想一次，就心痛如绞吧。这个时候，才明白，就算有无力的风月，却也只能换来今生的寂寞吧。半生颠沛流离于伤痛之中，只能如此吗？有些结局，终究是逃不掉，避不掉，躲不过。一颗心为她柔软如水，一直睡在怀念之中的纳兰，轰轰烈烈地哭过爱过之后，又返回到了寂寞？

时光无痕无迹。他这般怀念，在迷离的梦境里，见到她美好而温暖的容颜，不过是孤独的时候的一种浮华的抚慰吧，到后来只会换得夜未央时，被那爱已经凉却的露水湿透的命运。无人知晓，在深夜里有一个叫做纳兰的男子，陷在怀念当中，意味深长地疼痛着。

“勉为欢谑，到底总无聊”，写的是无奈之叹。“勉为欢谑”，勉强地欢乐戏谑。纳兰其实也不想这样长时间沉醉在伤痛之中，所以，他也试着勉强自己去欢乐，去找一些乐子，可是，这欢乐过后，比过去更加难过和疼痛。其实，这是物极必反的道理。心是无法勉强的。勉强快乐，必定会更加寂寞。其实，人生本身就是寂寞而孤独的，有很多人不承认，放纵自己去寻找快乐，其实这会让自己滑入更深的空虚和寂寞。

这一生，孤独和寂寞，是必要的。它可以让我们更加认识自己，并认清自己，可以让我们知道，我们在这个薄凉的红尘之上，到底需要的是什么。

“欲谱频年离恨，言已尽、恨未曾消”之句中的“谱”，应该是谱曲，在这里应该是填词的意思。想把卢氏走后那满腔的离恨填成词，可是发现已经没有了多少词语，幽恨充溢了心灵。纳兰有着怎样的哀伤呢？我想可以用庞培的一句话来解释，他说：哀伤的命运在于夭亡。

纳兰独自一人，不停地抵达荒凉。而真正的荒凉，其实是遥远。

“凭谁把，一天愁绪，按出琼箫”，写的仍然是无奈。“琼箫”，玉箫。这里当指名贵的箫。这句写的是卢氏不在，有谁能陪他一起将一天的愁绪倾泻而出呢？

到底是谁在内心轻轻地呼唤着你的名字？回头寻找，只能看见一个模糊的背影。有泪水瞬间溢满了眼睛。深深的寂寞，在切肤的疼痛中保持了原来不变的姿态。最初的美好，仍然不肯离去。

梦见一个人在初冬的深夜，穿透距离，这样抵达，却有着千山万水的凉，送来箫声，吹出一个人内心的伤痛。那吹箫之人的手，是不是曾经牵过？在这个寒冷的冬夜，内心呼唤的名字，有着怎样的柔软，直达梦境？

玉箫的每个音孔里，都留下了一颗破碎的心。深夜醒来，常常在自己的脑海中想象着她的样子，她和一些词语一起居住在心灵的至高点上，隐藏在他的热血当中。这个时候，纳兰是不是懂得好好活下去，为那个逝去的人？

如水的时光，盛满在晶莹的器皿当中，无法触摸。满地都散落着痛苦的碎片以及无法拾起的誓言，打不开心中那渴望的花。纳兰无怨无悔地坐在这样的孤独和寂寞中，坐在这样寒冷的冬夜里，想念着一个人在内心产生的波纹。今夜，怀念是不是唯一的一把可以打开记忆的钥匙？

“往事水迢迢，窗前月、几番空照魂销”，往事如水一样逝去，而窗前的那轮月亮，从未改变，一次次地照我悲伤而清瘦的灵魂。

这里的这句“窗前月、几番空照魂销”，总是让我想到姜白石的“旧时月光，算几番照我，梅边吹笛”，我个人怀疑纳兰的这句就是化用于姜白石的词。更让我想到陈继儒在《小窗幽记》中的一段话：“千叠云山千叠愁，一天明月一天恨。”对于形容纳兰此时的情态而言，这一天明月一天恨，是何等的贴切啊。

“魂消”，其实就是“消魂”的意思，是十分悲伤的神态。窗前月，为什么会几番空照魂销呢？那是因为卢氏走后，无人与他共剪西窗烛吧。

如果说，纳兰这个时候还能看见，那只能看见自己的泪水长出了寻找的翅膀，看见一对已经分开的鸟儿，各奔东西。在纳兰的心里，在午夜的灯火之下，近在咫尺,却无法相触。以一种永别的姿势为一个人站在这个世界之上,就算触不到你。

昨天如同桃花灼灼其华,但当回过头来时,那人却已经不在灯火阑珊之处等着我们。所有的温存如风逝去,像一个吐尽丝的春蚕。我竟然不知道,我是怎样在转眼之间就彻底地失去了你。纳兰一直在这样想吗? 不管他怎么想,他和卢氏,甚至是我和另外一个人,只能是她们在太阳的正面,我们在太阳的背面。

“旧欢新梦,雁齿小红桥”这句,我觉得,可以用晏小山的“又踏杨花过谢桥”一句来解释。在晏小山的“谢桥”的那一头,一定站着一个美丽而让人无比思念的姑娘。而在纳兰的小红桥之上,也一定站着卢氏。

旧欢如梦,一梦浮生千万绪,一绪一情是疼痛。旧欢如梦,觉来无处追寻。能去哪里追寻呢? 她虽然已经逝去,但纳兰总是一夜夜地梦到她,梦到她和自己在小红桥的台阶之上细语,我们两人相挽着走过。这句,其实是回忆和留恋。

此时的纳兰,用陈继儒《小窗幽记》中的一些话可以形容。他这样写道:“罄南山之竹,写意无穷;决东海之波,流情不尽;愁如云而长聚,泪若水难干。”“万里关河,鸿雁来时悲信断;满腔愁绪,子规啼处忆人归。”“费长房,缩不尽相思地;女娲氏,补不完离恨天。”

其实,纳兰也不想这样深陷,但想自拔又谈何容易呢?“慈悲筏,济人出相思海;恩爱梯,接人下离恨天。”可是,这个世界之上,哪里有这两种工具呢?

“最是烧灯时候,宜春髻、酒暖葡萄”这两句,仍然是回忆和沉醉。最让我难忘的是元宵节的时候,你梳了美丽的发髻,陪我一起喝那温暖的葡萄美酒。

“凄凉煞,五枝青玉,风雨飘飘”这句,总让我搞不懂。这里的“五枝青玉”之灯,据《西京杂记》记载,是咸阳宫用的灯,大概高七尺五寸,作蟠螭,以口衔灯,灯燃,鳞甲皆动。从以上的记载来看,这个灯乃是皇家御用之物,就算纳兰的父亲明珠是一人之下、万万人之上的高官，但御用之物，我看未必能用。那么，这里的“五枝青玉”出现在纳兰这首词里，是不是不太合适?

所以，在这首词中又出现了和另外一首悼亡词中的“玉钩斜路”类似的物品，在我看来，这有暗指皇宫的嫌疑，也有专家据此认为“玉钩斜路”用在卢氏身上不确。

这句“凄凉煞，五枝青玉，风雨飘飘”的意思是：在微弱的灯火光照之下，窗外风雨飘飘，就如同我内心的心境一样无比凄凉。有专家认为“五枝青玉”是灯的美称，这个不错，但在古时，那么森严的等级制度，皇家的御用之物，明珠肯在家里使用? 我认为，明珠没有这么大的胆子。如果纳兰只是简单地用以代指灯，他为什么偏偏要选一个这么危险的词语呢? 在我看来，他一定是要向我们传达或暗示着什么。

其实，我怀疑，纳兰虽然在写悼亡词，但写着写着，想到了那个身陷皇宫的表妹也不无可能。纳兰此时的思念，不能明着写，所以，他学李商隐一样，用一些隐喻的方法隐藏起来，这也不是没有可能。

此时，如果真的是这样的话，那么这段写的就是他表妹。他认为，他表妹在灯火之下，无比凄凉地思念着自己吧。这样的想法是事实吗? 我不知道。我只知道，在风雨飘飘当中，我们都在渐渐逝去，无法挽留，无法拒绝。

·第三十篇·
只向从前悔薄情

泪咽却无声，只向从前悔薄情。凭仗丹青重省识，盈盈。一片伤心画不成。

别语忒分明，午夜鹣鹣梦早醒。卿自早醒侬自梦，更更。泣尽风檐夜雨铃。

——南乡子·为亡妇题照

还是悼亡词，这首词和以上悼亡词不同的是，这首词乃是题写在卢氏的遗像之上的。纳兰睹画思人，无比悲痛，所以他才说：泪咽却无声。一片伤心画不成。

盛冬铃在《纳兰性德词选》中这样评价此词："容若丧偶之后，一直难遣悲怀。在亡妻遗像上题词，犹如当面呼唤，相看泪眼，这时以笔代言，写下来自是字字牵情，语语酸心。"

命定的距离，扣押了纳兰的思念。这无处可寄的相思，滴到唇边化身为泪，淹死了多少无情？疼痛隐藏在体内，渴望着怎样的爱抚？过去不是今天，但纳兰的今天其实一直是过去。岁月的泪水填不平内心的相思，疼痛会悄然成为过去，并暗暗从纳兰的心里撤走吗？

过去的记忆，始终飘浮于纳兰的心头，他无法忘记。过去看似近在眼前，其实无限遥远。纳兰无法走到记忆的心头，只有默默地疼痛，守候着温暖的到来，守候着用泪水在心里把卢氏勾画完整。

站在回忆中等你。独自苦苦地等。一个风雨飘摇的夜晚，一盏微弱的灯火中，横躺着一颗深深怀念而伤痛的心。遥遥无期的守望，凝固成一滴滴清泪，无声地抽泣着，这么冰冷的结局。纳兰站在她的身后，远远地站着，像一棵树，其上的叶子飘落无声。

纳兰不是月亮，也不是太阳，但纳兰就算自己只是一缕微风，也执意要熬尽心血，伴她寂寞，过完一生。纳兰此时只能想象，想象在那个很远的地方，他脸上的泪水可以为她引路，引她回来。她纤弱的身影，牵着他的心进入了人生的背面，剥光了纳兰的心灵。

读这首词时，我总是会想到晏小山。他在《木兰花》中这样写道："初心已恨花期晚，别后相思长在眼。兰衾犹有旧时香，每到梦回珠泪满。　多应不信人肠断，几夜夜寒谁共暖。欲将恩爱结来生，只恐来生缘又短。"纳兰和晏小山一样，都是一个恋旧、无法忘记过去的男子。

此时，他也想和卢氏"欲将恩爱结来生"，但他又何尝不跟小山一样，最后只落得个"只恐来生缘又短"这样的结局。

卢氏的这张遗像，有很多专家认为是出自名家之手，但到底出自哪个名家之手，他们又都说不出个一二三来。但我觉得，从"一片伤心画不成"这句来看，这幅遗像当是纳兰自己画的。众人只知道他擅长诗词，但都忽略了他在书画上的造诣。我读了纳兰的书札，那些字很是漂亮。

在我看来，绘画纳兰不可能不研修。纳兰的好友张见阳，是著名的画家，尤擅画“风兰”，他画了幅风兰寄给纳兰，纳兰因此还在上面填了一首词。纳兰死后，张见阳就再也没有画过风兰，可见张见阳对他情深意厚。因此，纳兰不可能不受到些许的感染。

“泪咽却无声，只向从前悔薄情”句，其实写的仍然是他的怀念，他的后悔。也许有很多人在读纳兰《浣溪沙》的“被酒莫惊春睡重，赌书消得泼茶香，当时只道是寻常”这句的时候，会问，纳兰在当时为什么会“当时只道是寻常”呢？答案就在这句“只向从前悔薄情”中。为什么过去以为那些和卢氏在一起的生活是平常的呢？那是因为他的心不在卢氏身上，所以没有尽心尽意地爱她。所以，我说纳兰的悼亡词中一直充斥着一种悔悟，一种愧疚。

有泪水流了下来，而人又因为哽咽，不能出声。由此可见，纳兰已经悲痛到了极点。他说不出话来，只能抽泣。其实，即使他能说得出来，如今的情感，又对谁说呢？纳兰是寂寞的，寂寞的连一个说话的人都没有。这个背负着富贵、倜傥光环的男子，在这点上显得是何等悲哀。写到这里，我油然为他心疼。

关于这点，我们可以从纳兰写给其友严绳孙的信中看出一点痕迹。他在寄给严绳孙的信中这样写道：“弟胸中块垒，非酒可浇，庶几得慧心人以晤言消之而已。”此时，卢氏走了，他那个久等的表妹也没有回来，而继娶的官氏又不是一个慧心之人，那些内心的伤痛又该和谁说呢？我懂得纳兰的这种处境，就像我一样，内心的伤痛，只能独自背负，说出来也未必有人懂得，与其这样，还不如放在心里。

卢氏的死给纳兰带来的悲痛，更多的是生命的短暂以及因为悔悟而产生的愧疚。对于一个真性情的男子来说，卢氏的死让纳兰触到了一种比自己表妹被选入宫更加沉重的无奈和疼痛。这是死别之痛，跟生离之疼，是完全不一样的。纳兰这短暂的一生，有过生离，也有过死别，所以，他的情词才如此哀凄婉约。

"只向从前悔薄情"，可是，如今后悔还有什么用呢？想想过去的那些时光，你还活着的时候，我对你太过薄情了，没有好好怜你，惜你，爱你，没有花更多的时间陪你，却留下你一个人独自"小胆怯空房"，陷在思念、孤独和寂寞中，自己一个人煎熬。这是纳兰的悔悟语，也是愧疚语。

那个时刻，你在一声叹息之后吐出最后一丝气息，以及腮边那清澈的泪水，让我的心彻底地碎在无边无际地寒冷和阴暗里。内心被冻结了，一动也不能动。面对无法回来的你，内心在惊叹过后，便是疼痛的侵袭，以及那扎心刺骨的思念。内心在黑夜里暗自抽泣、呜咽。一次次在心中放纵自己，披着温暖的往事失声恸哭。

无数的夜晚，只是一个夜晚，这跟对你的思念有关。无数的时光，反衬了往事的有限。没有你的消息，难道只有过去才是永恒？对于你而言，我是遥远，让你无法接近。纳兰现在的伤痛之中，其实隐藏了无数的寂寞和愧疚。如今，他想放弃了一切，只为了和她一起过着用心的生活，可是如今已经没有路抵达她的世界。深情的哭泣，散落的只是对时光流逝的惊恐，然后是无奈，甚至是绝望。

"凭仗丹青重省识，盈盈"之句中的"省识"，有专家解释为记性，或记起来。这里其实是一种情感的触摸。在这里，我觉得也可以解释为"看清楚"。而这句里的"丹青"，就是卢氏的遗像。时光会慢慢地将你带走，如今我只能选择用笔，沿着自己的记忆，把你的音容笑貌勾勒出来，用心守护。

"盈盈"，原指水清浅貌。这里一语双关，指的是泪水的清澈，更是卢氏的容颜还清晰地映在纳兰的脑海里。这里的"盈盈"，我觉得是化用了《古诗十九首》中一首名叫《迢迢牵牛星》的诗。这首诗是这样写的："迢迢牵牛星，皎皎河汉女。纤纤擢素手，札札弄机杼。终日不成章，泣涕零如雨。河汉清且浅，相去复几许？盈盈一水间，脉脉不得语。”

有专家这样评价“盈盈一水间，脉脉不得语”这两句：“‘一水间’可望而不可即，此距离最妙，远则邈而不可见，近则无美感。‘盈盈一水间’，遂成阻隔两情之象征；‘脉脉不得语’谓眺望也是一种语言。”

这首诗是关于牛郎和织女的一些情感表达。这首诗中的“盈盈一水间，脉脉不得语”，指的是牛郎和织女虽然只隔着清浅的银河，但不能相见，只能含情脉脉地用泪水彼此相望，确认彼此的情意。深情地对视，只是因为距离过于遥远。我想纳兰这里也有这个意思。

眺望也是一种语言，这话实在是经典。纳兰还不如这首诗中的牛郎呢，牛郎还能和自己的妻子对望，还能一年见她一次，而深情地眺望对方也是一种情感的表达。纳兰此时和卢氏，已经是一个在地上，一个在地下，永远两两相诀。

“一片伤心画不成”，写得相当疼痛。画着画着，内心无比伤心，因此停下了笔。有专家认为这句是化用了元好问的《题家山归梦图》诗中的“卷中正有家山在，一片伤心画不成”这两句。因为太过于伤心，想画下去是何等的艰难啊？要知道，每画一笔，就是一次失去；每画一笔，都是拿一把利器往自己的心上扎一次。

“别语忒分明，午夜鹣鹣梦早醒”句，是回忆和现实的描写。“别语”，我个人觉得当是卢氏临死之前对纳兰的嘱托和交代。卢氏其实是带着一颗放不下的心而离开的。“忒”，方言，是太或很的意思。“别语忒分明”的意思是：你临走之前的话语、嘱托或交代太过清晰，直到如今还言犹在耳，不曾散去。

“鹣鹣”，一种鸟，这种鸟，像凫，青赤色，和鸳鸯一样喜欢成双成对地飞。这里的“午夜鹣鹣”，应该是纳兰的回忆，指的是从前两个人之间和谐的生活。这种生活是在午夜的时候，双宿双栖，成双成对，一起面对和度过这漫长难熬的黑夜。

“梦早醒”，是悲叹，是无奈，是抱怨，是无力，更是绝望。这里的“梦”是什么呢？就是“往事已成空，还如一梦中”的“梦”。过去夫妻两个人在一起的恩爱生活，如今看来多像是一场梦啊。他愿意沉醉其中，永远不要醒来了，可惜随着卢氏的离开，他却早早地醒了过来，不得不独自面对荒芜、冰凉而孤独的人世。

这里的“午夜鹣鹣梦早醒”和“只向从前悔薄情”一样，在我看来都是悔悟之语。这里的“梦早醒”，让我想到了南唐后主李煜。他在一首词中这样写道：“梦里不知身是客，一晌贪欢。”纳兰和李煜一样沉醉于梦中，没有更好地珍惜卢氏在世的时光，现在知道珍惜了，可是梦却早已醒来，人已逝去。

“卿自早醒侬自梦，更更。泣尽风檐夜雨铃”这句，严迪昌在《清词史》中这样评价：“‘卿自早醒侬自梦’也即对‘人间无味’是否醒悟的表述。词人设想爱妻早醒，也早离尘海，弃去无味人间，自己却仍然梦瞢独处其间，了无生趣。”

俄罗斯著名诗人叶赛宁在《过去了的——永不再来》一诗中这样写道：“那个清凉的夜晚一去不回/我再也见不到那音容笑貌/我再也听不到那支愉悦的歌/在花园里夜莺曾曼声高唱//那个絮春的幽夜飞逝了/不必说：‘回来呀，再等一等。’/阴沉的秋天降临了/绵绵秋雨洒落无限愁绪//我的女友如今已长眠墓地/在她心房珍藏着纯洁的爱情/暴风雪催不醒她的酣睡/也无法使她凝住的血液沸腾//欢迎的歌早就静息了/夜莺已经飞到海那边/嘹亮的歌声不再鸣响了/在清凉的夜晚夜莺曾经歌唱//啊，消逝了那十分迷人的情趣/那时在我的生活中幸福地尝受//现在我心灵上只留下冰冷的感觉：过去了的——永不再来。”

“卿”，是夫妻的尊称。这里当指的是卢氏。“侬”，上海方言指的是你，而在诗词当中，应该指的是我的意思。“更更”，一更又一更，应该也有一夜又一夜的意思。这里指的是从卢氏走后,每个夜晚对于他来说都是煎熬。你早早从这个冰冷的尘世之梦中醒了过来,去到了另外一个世界,留下了还在梦中的我,让我在一个个孤独而寂寞的夜晚,无比思念而悲痛。怀念是内心微弱的火光,直指到内心隐藏的角落,这是一块泪水开拓而出的土地。

此时,我想做一缕风,渴望亲近你。更渴望是窗外的雨水,这是绵绵的细语,能够流进你的心田。肆虐的伤痛,写满了纳兰的心,一闪一闪像明亮之星。时光的轮子踩过纳兰的心,拉长了他内心的怀念。泪水之枝上挂满的,只是怀念的气息。她虽然走了这么久,但却在他的心里一动都未曾移动。

总是如影随形,眼泪默默流尽。

“夜雨铃”,夜晚雨水之下的铃声。这个意境,也是另外一个词牌《雨霖铃》的意境。这个词牌源自唐玄宗。据说,杨贵妃被赐死以后,玄宗在一个雨天,走在栈道之上,听到了马上挂的铃铛发出的铃声,无比悲痛。此时,他非常思念杨贵妃,所以写了这个曲子。纳兰这里的“泣尽风檐夜雨铃”,和《木兰花令》一词中的“泪雨霖铃终不怨”的情意大体相同。

这里的“泣尽风檐夜雨铃”,写的是刻骨之哀。窗外有雨,雨水之下有一个哭泣的人。雨水就如同这个人悲伤的哭泣,而风轻轻地吹动风铃,一声一声,哀凄之至。这铃声一声一声地敲疼纳兰的心。此时,雨声,风声,铃声,声声入耳,凄哀于心。疼痛在这之后,捧着怀念浮上心头,荡漾着,久久不去。就像许美静在《荡漾》一歌中唱的那样:“心荡漾,泪滴落在湖心荡漾,如果我什么都保留,更让你魂系梦牵。我不想阻挡你在我心荡漾,如果连遗憾我都不会欣赏,不是对谁都如此纠缠,只可惜你无缘分享……”

只可惜你无缘和我分享。

就算用尽所有的文字去写,也写不出我内心的疼痛,写不出我对你的思念。过去的一切,在纳兰的眼里,像一只蝴蝶翩翩飞舞。有一些情感充满了苦痛,真实而清澈，让有些人无比遥远。如今如果可以相见，会不会也只能是执手相看泪眼，竟无语凝噎？而我尘满面，鬓已成霜，你是否还能认得？在风雨中，整个世界都是你的影子。

纳兰仿佛在说：你离开我，我却还站在原地，等你回来……

·第三十一篇·
不辞冰雪为卿热

辛苦最怜天上月。一昔如环，昔昔都成玦。若似月轮终皎洁，不辞冰雪为卿热。

无那尘缘容易绝。燕子依然，软踏帘钩说。唱罢秋坟愁未歇，春丛认取双栖蝶。

——蝶恋花

这首词看来应该还是悼亡词。盛冬铃这样评价此词："这首《蝶恋花》是容若的代表作之一，历来受到论者或选家的重视。词上阕因月起兴，以月为喻，因回忆当初夫妇间短暂幸福的爱情生活，则曰'若似月轮终皎洁，不辞冰雪为卿热'，真是深情人作深情语。下阕借帘间燕子、花丛双蝶来寄托哀思，设想亡妻孤魂独处的情景，则曰'唱罢秋坟愁未歇，春丛认取双栖蝶'，这又是伤心人作伤心语……"

相对于纳兰的长调，我还是喜欢这样较为抒情没有啥典故的直抒性情的小令。这个时候，纳兰其实已经不属于自己。我们从爱上一个人，或依赖上一个人的时候，就不再属于自己。他现在属于怀念和无力。他总在夜晚的心中寻找些痕迹。每一个夜里，他总在寂寞的时候，把怀念搂在自己的怀里。

许多的记忆，已经在时光中渐渐褪色，纳兰的怀念是和时光进行微弱的抵抗。只要一提到月亮，多半跟怀念、思念、孤独和疼痛纠缠不清。不论是在唐诗当中，还是在宋词之中，天上的一轮月亮，都不再是一轮月亮，而是一番深情的倾诉或疼痛。

唐朝的张九龄在《望月怀远》中这样写道："海上生明月，天涯共此时。情人怨遥夜，竟夕起相思……"在宋词当中，我记得早年看过一句"十分好月，偏不照人圆"，这样的句子至今我都还记得。可见月亮已经不再单纯只是天上的月亮，而是诗人们用于抒情的一种意象和隐喻。纳兰这里的月亮，也不单纯只是月亮，也是纳兰内心深处的疼痛甚至是思念或怀念。

纳兰无从投寄的深情，沉重无比。纳兰一次又一次地在自己的心里找到那些已经发黄的痕迹，一次次接近那些堆积于心的记忆。记忆触动内心这架巨大的悲痛之琴，弹拨的情绪，一如当初的执着。梦中，他曾多少次梦入卢氏的世界，可是，无法触摸她遥远的容颜，清泪点点，湿透青衫。

我的朋友胭脂这样写道："世事得失，往往开始时一目了然，走着走着，不由自主。过程和结局退到千山万水之外。红头文件上立誓状的，不经意，负了那么多条生命；海誓山盟的，彼一时分道扬镳；恍惚中的似是故人来，到结局往往花落人亡两不知。这世间，我悄然掩藏在布置好的棋局中，看着看着，我喜欢的，也是厌倦的。沉吟，掩卷。杏花烟雨的江南，我想我是一瓣开错了年代和季节的莲花，总是不合时宜地试探一些事，深省一些事。辜负一些人，冷了自己的心肠。"

她又写道："在青梅落下、竹马老去之后，于欲罢不能、无能为力之时，与你相逢别离、起承转合的轮回之前，我一直都没学会好好爱自己。"这岂不就是纳兰的真实写照？纳兰又何尝学会了好好爱自己呢？我觉得，纳兰爱朋友，爱他思念的人，就是不爱他自己。

"辛苦最怜天上月。一昔如环，昔昔都成玦"句，写的是人生如月般处在残缺之中。"昔"，就是"夕"。"玦"，就是半环形的玉，这里形容月亮的残缺。我记得，那个语不惊人死不休的"鬼才"李贺在一首诗中也用过这个字，他这样写道："宝玦谁家子？长闻侠骨香。"李贺这里的"玦"是半环形玉佩。

天上的月亮最辛苦，最让人怜惜，只有一天是圆满的，剩下的时光都是残缺不全的。纳兰这里借月比喻他和卢氏之间总是处在别离之间，相聚的时光太少。这里纳兰"怜"的是月吗？在我看来，与其说纳兰在怜月，还是如说纳兰在怜卢氏，甚至是怜他自己。

家似月儿圆时少，人似秋云散处多。纳兰和卢氏，说白了，就是这样。独见伤心者，孤灯坐幽室。思君如满月，夜夜减清辉。

无法回头。月光如水，卢氏从这晶莹的水上漂了过来，带着春天的美好，停泊在纳兰心灵必经的路上。那些被时光遮掩的细节，被月光一点一点地揭了出来。写到这里，我想代纳兰这样写：我将没有可以放下心灵的栖息之地，从你走后。从记忆这盏瘦小的灯火，向外张望，便被时光的栅栏隔断尘缘。

红尘之上，爱情是一枚青涩的果实，还没长成，但时节已经到了落叶飘零的深秋。此时，我想这样写：倘若这滴滴清泪，这缕缕不灭的回忆，这破碎的心灵，无法泅渡到你的世界，我的温暖也必一寸一寸地冷却。在繁华的背后，我将沉浮于荒凉和入骨的冷，一个人自己煎熬。

伸出自己的手，触到的只是遥远；迈出自己的脚，必陷于怀念的深渊，深不可测。无法让唇边的温存，让指间之上卢氏的体温，让怀里的她身体的轻颤，让她心灵之上的灼燃，退却到纳兰的记忆之外。在夜晚的深处，天空的那轮月亮，见证了一切的悲欢离合。卢氏如同美好的春天，看似近在咫尺，而纳兰已经无法跨越时光的栅栏与她接近。

瞬间熄灭于心的温存，在淡淡的月光之下，无法分辨，这淡淡的月光，照疼了谁人的天荒地老。过去的芬芳，已在纳兰的心间渐渐退潮。而卢氏冰冷的手，是否会伸进纳兰温暖的手里，一如这淡淡而残缺不全的月光，照进纳兰的眼里，照进泪水当中。成串成串的记忆，让卢氏凋零于和她音尘隔绝的路上。

在远方，川流不息的怀念，只是那天上的月亮，圆满的一夕已经成为过去，剩下的，只是些无法圆满、残缺不全的时光。怀念当中流淌的一丝一丝的光，引纳兰回到过去，偏激荡在那颗疼痛的心上。我悄然想替纳兰说：就算此时，我用尽所有的泪水，也哭不回你。你的容颜，凭着我的记忆，依旧清晰如画。

一片伤心画不成的人，这是欲罢不能的伤口，也是不舍割弃的执着，更是一往情深的深爱。一切悲欢交集的词语，在离合的情感之中，渐渐认识到真实的结局。情深缘浅的触摸，留下的只是点点的伤痕，在时光之河中，渐渐远行。而在此时，纳兰已认清，卢氏是他泪水的引力，却不是主人；她是他此生无法忘记的江南梦。而纳兰自己，是她那打马而过的过客。

有一个诗人说：我要把你——我心爱的女人，埋在我的体内，让你的身影，像鸟样嵌入另外一个人的怀里，尽管我为此流尽泪水，肝肠寸断。

“若似月轮终皎洁，不辞冰雪为卿热”句，写的是纳兰的执着和一往情深。“卿”，是“你”的爱称。“不辞冰雪为卿热”这句，化用了一个典故。据《世说新语》一书记载：“荀奉倩与妇至笃，冬月妇病热，乃出中庭，自取冷还，以身熨之。”其实，不知道为什么，在悼念卢氏的词语里，我还能读出纳兰初恋的气息。

这句“若似月轮终皎洁，不辞冰雪为卿热”，在我看来，并不是单纯只写给卢氏的，我认为也是写给他表妹的。这句的意思是要告诉他表妹，只要你能在深宫中像一轮月亮一样，坚守自己的皎洁和纯净，就算让他做荀奉倩那样的男人也在所不惜。有很多人认为我这样的想法是无中生有，但我真的是这样感觉的。又有谁敢说没有这种可能呢？

你如果坚持最初的誓言，坚守自己的纯洁，我愿意为你等下去，我也愿意用心给你取暖，为你付出任何代价也在所不辞。这样情深一往的爱，我从来都不认为是写给卢氏的。原谅我，也许是我感受错了，我也希望是我感受错了。因为如果在这个时候，纳兰还这样执着地爱他的表妹，这种深情虽然我个人喜欢，但我会为卢氏觉得心冷似灰。

“无那尘缘容易绝。燕子依然，软踏帘钩说”，这句是感叹，是悲慨。“无那”，让我想到了南唐后主李煜。李煜在《一斛珠》中这样写道：“晓妆初过，沉檀轻注些儿个。向人微露丁香颗，一曲清歌，暂引樱桃破。　罗袖裛残殷色可，杯深旋被香醪涴。绣床斜凭娇无那，烂嚼红绒，笑向檀郎唾。”

李煜的这首词，有很多专家认为写的是一个歌女的万种风情。而我觉得这里的女子，应该是大周后。李煜这里的“无那”，应该是很或非常的意思，这里应该是作形容词用。而纳兰这里的“无那”恐怕就不能解释为很或非常了，应该是无奈的意思。

“无那尘缘容易绝”，应该是纳兰心灵深处发出的一声叹息。尘缘似水，转眼逝去，让人无可奈何。最是人间留不住，镜里朱颜花辞树。这里颇有“无可奈何花落去”的神韵。“燕子依然”，应该是燕子依旧的意思，这句，我认为就是晏殊的“似曾相识燕归来”之意。燕子依然成双，而人已殊途。剩下的，只能由怀念倾诉。

一个寡妇这样写过：故人恩义重，不忍复双飞。纳兰又何尝不像这个寡妇一样“不忍复双飞”呢？虽然他续娶了官氏，但那是“父母之命”的结果，他是没有办法拒绝和推却的。我的好友胭脂写道：“我心早知，再不要以日后怀想的态度，来对待与你这一场非比寻常。无论他日彼岸回首，是长乐？是未央？是悲剧还是喜欢收场？尽这般妄执个地老天荒，你我两两相望。红尘太深，这次第，悲欣交集，如果情深，何来缘浅？究竟要用什么言语，才形容得了我今日感受？”纳兰又何尝没有这样的疑问，纳兰又何尝没有这样的困惑呢？

燕子依然成双，而人孤独至深。它们站在软钩之上，像一对恩爱的夫妻一样喃喃细语着些什么，交流着彼此的情意，在彼此的心上再次确认彼此存在的痕迹。而纳兰听到并看到这些，不可能不从心里油然生出一种莫名的悲痛。此时，他已经到了“一寸相思一寸灰”的地步，除了疼痛，便是无边无尽的怀念，带着彻骨的冷涌向他。雁尚且有情，何况人乎？

此时，纳兰正像一个诗人写给一个女孩的诗一样，这个诗人这样写道：“穿过你留下的漠然的距离，我无边无际地爱你，我想把自己的心取出，镶嵌在天空上成为一颗星辰，照你在暗夜里独自流下的泪。你走后，我的灵魂再也不会欢呼，我的嘴唇却唱出了哀歌，我像一个流浪者，我被怀念追得喘不过气来。我陷入空虚中，银河之外的空虚，也敌不了这种没有你的空虚……”这首诗看似平淡无奇，没有用过多的技巧，但其中深隐的深情，却不是一般的男子可以拥有并体会的，让我想到纳兰说的“诗乃心声，性情中事也……”

“唱罢秋坟愁未歇，春丛认取双栖蝶”句，写的是无力，更是疼痛。这句“唱罢秋坟愁未歇”，总是会让我想到李清照在《凤凰台上忆吹箫》中的那句“休休。这回去也，千万遍阳关，也则难留”。这里的“秋坟”，化用了李贺的《秋来》一诗：“秋坟鬼唱鲍家诗，恨血千年土中碧。”

这个诗坛的“鬼才”李贺，是一个语不惊人死不休的诗人，他这首《秋来》中的“鲍家诗”，其实就是鲍照的诗。他的诗多抒写人生无常的感慨，他的诗对李贺的影响很深。这里“唱罢秋坟”指的是悼念之歌，“唱罢秋坟愁未歇”的意思是：就算唱完了悼亡之歌，用以哀悼亡人，但满心的愁绪从没有停止过在心头生长。

如今，纳兰和卢氏之间，就像席慕蓉写的那样：“你若是江南采莲的女子，我必是你皓腕下错过的那一朵。你若曾是那个逃学的顽童，我必是从你袋中掉落的那颗崭新的弹珠，在路旁的草丛里，目送你毫不知情地远去。你若曾是面壁的高僧，我必是殿前的那一炷香，焚烧着，陪伴你度过一段静穆的时光……”

这种陪伴，只能是一个在天上，一个在地下。对于纳兰而言，所有的词语都披戴着疼痛。打开纳兰的内心，拨开其上的时光之灰，我们就可以发现那些疼痛走过的，以及怀念走过的痕迹。这时生命的光芒静静地燃烧着一种隐忍的液体。那从自己眼前消失的人，带着古典的疼痛，是一种怎样的经验？

“春丛”，花丛。这句“春丛认取双栖蝶”的意思应该是：花丛虽然可以认出去年的那对蝴蝶，可是，你已经和我生死分离，永不能和我双宿双栖。梦已消瘦，情已憔悴，人已逝去。把怀念折叠起来，不动声色地打马走过这个薄凉的红尘。苍茫的人生风雨，放马而来，洒落灰烬。

在我看来，纳兰是卢氏永远的悬而未决的悬念，她是他一生的愧疚。弯月总在她的眉尖，苍茫的温暖，匆匆路过。高悬的泪眼挂在天空，是一盏失眠的灯，有凄凉的情感冷冷地在风中摇曳着时光的光彩，憔悴的人影静静地忍受着它们的路过。只是，心绪依然的时候，有燕子成双成对地飞过，沿着泪水流过的波纹，飞翔而去。

我发现，有一个人的名字，在我们的眼前凝成清泪。

轻轻地呼唤沧海桑田的你，地老天荒的你，都是我一生放在心头的疼。你是否会把手递给我，像月光流进我的心里，像从前一样漫不经心而又温柔地悄悄燃烧？好的，如果你愿意，我的怀抱，我的心，甚至我的生命，都愿意做你燃烧的巢穴，就算要忍受灼疼的切割，也在所不惜。

灯火阑珊处，有泪眼闪烁，亮在尘缘逝尽的地方。花期已过，内心的寒冷，将持续下去。纳兰留在情感里，在天冷地冷心冷的时候，独钓一江寒雪。他不过是一个溺水的人，在一株芭蕉叶上抵达人生风雨的尽头。词，在这个时候，不过是他呼救和呻吟的另外一种方式。

心中已经无梦可追，这才是他此生的悲哀。梦想，虽然看似遥不可及，但至少能给我们前行的动力。可是，此时，人生的无奈，朦胧了纳兰的幸福。缠绵的伤痛在文字之间，渴望飞翔。今夜，我和纳兰一样，正试图用自己的文字，做一次飞翔的努力，准备一次彻底的坠落。

一个诗人说：看啊，我已经为了等你，凝成了永恒。亲爱的，这似乎就是我们写给你的情诗。

·第三十二篇· 洒尽无端泪

洒尽无端泪，莫因他，琼楼寂寞。误来人世。信道痴儿多厚福，谁遣偏生明慧。莫更著、浮名相累。仕宦何妨如断梗，只那将、声影供群吠。天欲问，且休矣。

情深我自判憔悴。转丁宁、香怜易爇，玉怜轻碎。羡杀软红尘里客，一味醉生梦死。歌与哭、任猜何意。绝塞生还吴季子，算眼前、此外皆闲事。知我者，梁汾耳。

——金缕曲·简梁汾

这首词，是写给顾贞观的，词意真切而直白。

谢章铤在《赌棋山庄词话》中这样说："汉槎，梁汾友耳，容若感梁汾词，谋赎汉槎归，曰：'三千六百日中，吾必有以报梁汾。'厥后卒能不食其言，遂有'绝塞生还吴季子，算眼前、此外皆闲事'句。嗟乎，今之人，总角之友，长大忘之。贫贱之友，富贵忘之。相勖以道义，而相失以世情，相怜以文章，而相妒于功利。吾友吾且负之矣，能爱友之友如容若哉。”

盛冬铃这样评价此词：“……容若此作是在为吴汉槎入关一事奔走时填写的。词意充满了对受到清王朝文化高压政策迫害的汉族知识分子的同情。这种感情出现在一个满族贵公子身上，难能可贵。词是寄给顾梁汾的，宛转反复，痛快淋漓，情真意切。在沉痛中蕴蓄着悲愤，显然是受到了顾氏原唱的影响。”

什么是朋友呢？朋友就是在你困难的时候，默默伸出自己的手来帮助你一把的人。就像周华健在《朋友》这首歌中唱的那样：“朋友一生一起走，那些日子不再有。一句话一辈子，一生情一杯酒。朋友不曾孤单过，一声朋友你会懂。还有伤还有痛，还要走还有我……”

真正的朋友，一定愿意和你一起经历风雨，有的时候，你的痛苦就是他的痛苦，你的快乐就是他的快乐，这才是真正的朋友。现在的人活得很悲哀，在酒桌上都是朋友，饭一吃完，就没有人认识你了。电话簿里的号码多得很，但真正有困难的时候，却找不到一个人可以帮助自己。

所以，我活在这个世界上，真心对人，渴望能够和从前的人一样，对待自己爱的人，甚至是对待自己身边的朋友，贫贱之友，富贵不忘；相勖以道义，而相重以世情。像纳兰一样，爱人如己，这才是生命之道。

顾贞观来明珠家当家庭教师有些日子了，自从冬天里接到吴兆骞从宁古塔寄来的信后，他就一直郁郁寡欢，愁眉不展，茶饭不思。闲暇时他在小屋里站在窗前望着遥远的北方，为蜷缩在冰天雪地瑟瑟发抖的朋友牵肠挂肚，又为自己无法帮助友人而暗暗叹息。

纳兰看在眼里，急在心里，三番五次去开导都无济于事。吴兆骞发配宁古塔，与顾贞观没有半点关系，而且，这种皇帝亲自抓的案子，要想翻案，别说他一个解去职官的平头百姓，就是朝中的大臣也爱莫能助。天子是没有错误的，错了也是对的。道理顾贞观也明白，但他想起老朋友在那奇寒之地冻得牙根颤抖、孤独无援的悲惨景况，就悲从中来。

看着朋友消瘦的面容，纳兰心如刀绞。万般无奈，他只好写词相劝。

“洒尽无端泪，莫因他，琼楼寂寞。误来人世。信道痴儿多厚福，谁遣偏生明慧。莫更著、浮名相累。仕宦何妨如断梗，只那将、声影供群吠。天欲问，且休矣”，上段，是对顾贞观的安慰和劝导。

“无端”，应该是事与愿违，或没有办法的意思。“琼楼”，琼楼玉宇，从字面理解应该指的是月中宫殿。这里让我想到了苏轼的词“我欲乘风归去，又恐琼楼玉宇，高处不胜寒”。苏轼这首词，应该是在他失意时写下的。苏轼把“琼楼玉宇”直接和“高处不胜寒”联系在了一起，肯定有他的深意所在。

“高处不胜寒”的“高处”，应该就是“琼楼玉宇”，指的是朝廷。纳兰这里的“琼楼”，估计也是这个意思。但冯秀亭认为是雪后寺观。这里纳兰是告诉顾贞观，就算你没能得到朝廷的重用，也不要因此落泪，仕途之上本来就充满了寒冷和无比的寂寞。

这里有劝慰顾贞观别一直为吴兆骞的遭遇耿耿于怀、积愤难平的意思，但实际上是正话反说，暗喻现实的可悲和残酷。吴兆骞的遭遇可哀可叹，而造成这种遭遇的现实更是可哀可厌。就因为顺治皇帝心里不爽，把人家扔到那冰天雪地里饱受摧残。

“误来人世。信道痴儿多厚福，谁遣偏生明慧”，这句，我感觉是说吴兆骞的。纳兰的意思是：众人都认为痴人自有傻福，但他偏就是那么聪明，误来人世。

这句是对吴兆骞在才华和学识上的肯定。吴兆骞，字汉槎，号季子，江苏苏州人。清初著名诗人。少有才名，与华亭彭师度、宜兴陈维崧三人，被称为“江左三凤”。诗风悲凉慷慨,著有《秋笳集》。

都说傻人自有傻福,可是,他偏偏那么聪明。庄子有一句名言“木以不材得终其天年,人以无为而成其有为”,意思是说那些茁壮成材的树木都被砍去用了,不成材的反倒因为无用而被弃之不理,结果存留下来。人也是如此,许多无所作为的人,在宁静的、与世无争的生活中得以接近生命的真谛。

接下来,纳兰摆事实,讲道理,苦口婆心劝慰顾贞观,并且表述自己看透官场险恶、洁身自好的立场。

“莫更著、浮名相累”,这句是对顾贞观的劝慰。纳兰告诉顾贞观不要为了浮名所累,要活得自由而快乐。活得自由而快乐,估计是纳兰心里最深的渴望,只是一直是他无法实现又遥不可及的奢望。他在写给严绳孙的信中透露了他对这样生活的渴望,他说:“弟是以甚慕魏公子之饮醇酒、近妇人也。”

“仕宦何妨如断梗,只那将、声影供群吠”句,是告诉顾贞观,仕宦之途,就像一个断梗的浮萍,居无定所,漂浮不定,这是微不足道的营生。但那些小人的诬陷之声,就像恶狗的叫声一样,让人觉得心寒。

“天欲问,且休矣”这句,我觉得纳兰是在说:一切在时光当中,都是微不足道的,就算恶人再恶,小人再诬陷,总有老天去收拾他们,我们只要对得起自己的良心就是了。在时光的长河中,人不过就是一粒微尘,就像《圣经》中所说的那样:灵仍归给赐灵的神,尘土仍归于地。在时光的永恒中,人不过就是一粒微尘。但作为微尘,也应该有微尘的尊严和他们活着的意义。

“情深我自判憔悴。转丁宁、香怜易爇,玉怜轻碎。羡杀软红尘里客,一味醉生梦死。歌与哭、任猜何意。绝塞生还吴季子,算眼前、此外皆闲事。知我者,梁汾耳”,下段,是对顾贞观的叮嘱。

“情深我自判憔悴”这句,我觉得,其实是纳兰再次在这里对顾贞观强调,你放心，我一定会为营救吴汉槎一事而尽力，就算为此憔悴，也在所不惜。这是对好友的劝慰。人生有友如此，死又何憾呢？

因为我在乎我们的友情，我又甘愿为了朋友而憔悴。这是一种什么样的友情呢？这就是为了朋友舍生忘己的精神。为了朋友，哪怕前面是刀山，我也要前行，哪里前面是火海，我也要走进去，为自己的朋友走出一片天地出来。

“转丁宁、香怜易爇，玉怜轻碎”句，是纳兰要顾贞观叮嘱吴兆骞一定要好好保重，等他们一起救他回来。“爇”，是燃烧、点燃的意思。从字面理解应该是，你替我叮嘱他，香易燃尽，玉易破碎，所以要珍惜自己，好好保全自己。

顺治十四年(1657)八月，吴兆骞参加江南闱乡试，高中举人。正在得意的时候，十一月，江南闱科场舞弊案起，风云突变。这起案子的起因如下：主持江南考区的主副考官方猷、钱开宗被控营私舞弊，顺治皇帝大为光火，决意严查、严惩，一时间，风声鹤唳，草木皆兵。随着事态的发展，考场舞弊案逐渐蔓延、演变成各种势力相互倾轧的激烈斗争。掌河南道御史上官铉建议，应该将江南考区中举的人都召来复考，以甄别真伪。顺治皇帝立即批准。于是江南各府县出动人马，到处拘索返乡的举人，押送京师复试。

到了京城，顺治皇帝亲自坐镇瀛台，主持复试。当时，考场内外，兵丁林立，刀光剑影，如临大敌。

清人李延年在《鹤微录》中描述当时的情景：“试官罗列侦视，堂下列武士，锒铛而外，黄铜夹棍，腰市之刀，悉森布焉。”这种恐怖气氛影响考生的临场发挥是肯定的。本来诗名已经传遍京城的吴兆骞再次声震京师，这次不是因为他的才华，而是因为他竟然在瀛台复试中交了一张白卷。

关于江南名士吴兆骞为何会交白卷，有两种版本。一个版本是吴兆骞恃才傲物，不满清廷所为，不愿意在刀棍威逼下为文，故意如此。另外一个版本是吴兆骞其实是被吓傻了，虽然他自恃有才，但终归是一介书生，刀枪环绕下，魂飞魄散，脑袋里一片空白。无论如何，在皇帝面前交白卷的后果都是相当严重。

最后的处理结果是：吴兆骞遭除名，重打四十大板，家产没收，而且株连父母兄弟妻子一块陪着流放宁古塔。

吴汉槎自"丁酉科场案"蒙冤流放宁古塔，在那穷山恶水羁留好几十年，从一个风华正茂的潇洒才俊蹉跎成老眼昏花的落魄老头儿，当中的苦楚无法言说。

"歌与哭"，这里，当是"长歌当哭"之意。不管是吟唱也好，哭泣也罢，随便他们怎么去想吧。这里有一种忽视外在一切影响，重视内在自由，或坚持自我的一种坚定立场。

"绝塞生还吴季子，算眼前、此外皆闲事。知我者，梁汾耳"句的意思是：如今，对于我们俩人来说，除了救吴兆骞回来，其他的，都是闲事，可以置之不理。我相信，顾兄你一定也知道我的心意。

可悲可叹啊，香草容易点燃，美玉容易破碎。美好的东西都摆脱不了这样的宿命。所以，那些热衷功名利禄的人，那些投机的家伙，一直能够弹冠相庆、醉生梦死。是歌是哭，随便别人怎么说吧。你放心，从现在起，我会把搭救吴兆骞的事尽心尽力去办，其他什么事都不值得我上心了。那些功名利禄、那些飞黄腾达，都于我无关。真正懂我的人，只有顾兄你了。

要知道，吴兆骞是当年顺治皇帝钦点的命犯，现在要康熙皇帝去翻他老子的案，那是万万不可能的。皇威高高在上，容不得半点冒犯。所以，救吴兆骞的难度系数不是一般的大。在纳兰竭力周旋下，他的老爹明珠认了这桩赔本的买卖，利用自己的权势暗度陈仓，以认修内务府工程的名义，交了两千两银子，成功地把吴兆骞营救出来，这时正好是纳兰答应此事的第五年。

吴兆骞当年流放出塞时，纳兰才四岁，根本不认识这个走霉运的才子。即使在与顾贞观成为朋友，在他的苦苦相求下，纳兰也只是答应十年之内想办法救出吴兆骞。毕竟案情重大,不是一件举手之劳的事,在某种意义上说,几乎是不可能办成的事。最后纳兰答应以五年为期,完全是看在顾贞观为朋友两肋插刀的忠义之情上。顾贞观结交了纳兰容若是幸运的,吴兆骞结交了顾贞观是幸运的。能读到"绝塞生还"这四个字并且为之深深打动的人是幸运的。

我放下手中的《饮水集》,抬起头来,看看四周,努力想去找到一股温暖的气息,那种从朋友的胸襟里涌出来的恢弘之气。我不清楚,在我们身上,除了虚伪、文凭、地位、应酬等等,还有什么可以给朋友? 许多东西离我们越来越远,越来越飘忽。只有月光,那皎白如水的月光依然垂顾着这个渐渐变得让人无法认识的世界。

其实不是世界变了,变了的只是我们自己。

·第三十三篇·

午风吹断江南梦

藕风轻，莲露冷，断虹收，正红窗、初上帘钩。田田翠盖，趁斜阳鱼浪香浮。此时画阁垂杨岸，睡起梳头。

旧游踪，招提路，重到处，满离忧。想芙蓉湖上悠悠。红衣狼藉，卧看桃叶送兰舟。午风吹断江南梦，梦里菱讴。

——金人捧露盘·净业寺观莲，有怀荪友

康熙十六年至十八年的某年夏天，纳兰带着一群朋友，前往和自己家一墙之隔的净业寺去观看荷花。在观看荷花的时候，想到了远在南方的严绳孙，心里的思念之情油然而生，因景及情写了这首词。

"金人捧露盘"，这个词牌来自于一个故事。据说唐代诗坛"鬼才"李贺因病辞掉在宫中担任的职务后，从长安去了洛阳，在去洛阳的途中写下了《金铜仙人辞汉歌》这首诗。他在这首诗的序中这样说："魏明帝青龙元年八月，诏宫官牵车，西取汉孝武捧露盘仙人，欲立致前殿。宫官既拆盘，仙人临载，乃潸然泪下。”

教坊的乐家们取以制曲，格调苍凉凄楚。李贺这首诗中有两句“衰兰送客咸阳道，天若有情天亦老”，流传很广。天若有情天都会老去，何况人哉？

净业寺当时在什么地方呢？冯秀亭引《京城古迹考》：“莲花池旧名积水潭，在都城西北隅，池多植莲，因名莲花池。池上有净业寺，又名净业湖。”《燕都游览志》：“净业寺，从德胜门西循城下行，径转得此寺。”《明水轩日记》：“净业寺门临水岸，去水止尺许，其东有轩，坐荫高柳，荷香袭人，江南云水之胜无以过此。”

严绳孙走后，纳兰无时无刻不思念着这个朋友，这从纳兰寄给严绳孙的手札中就可以看出：“分袂三日，顿如十载，每思清夜酒阑，残星凉月，相对言志，不禁泣下。前者因行李匆遽，未得把臂一送，深为歉仄，驰恋之心，想彼此同之也。至叮嘱之言，以吾兄高明人，故不敢琐琐，然此中愁肠，正不知有几千结也。稍俟绿肥红瘦，即幸北来，万勿以寻旧约，作当日轻薄态，留滞时日，以负弟望也。至恳，至恳。”

据说，在当时站在净业寺附近形似银锭的银锭桥上观赏荷花是一大雅事。身为才子的纳兰，这样的雅事，自然不会放过。所以，纳兰这里的“藕风轻，莲露冷，断虹收，正红窗、初上帘钩。田田翠盖，趁斜阳鱼浪香浮。此时画阁垂杨岸，睡起梳头”，就是为我们描写了当时的一些景况。

纳兰去的时候，尚是湖里的莲花竞相吐艳之时。每当晴天，一朵朵的红荷映霞，灼灼似火，像极了一个脸上带着胭脂之香的少女，让我们暗暗心动。轻风轻轻吹过，莲蓬摇曳，清香飘溢，景色宜人，美不胜收。

湖池里风轻露冷，一段彩虹消退，夕阳映红了窗户，照到了帘钩上。斜阳里，荷叶田田，鱼儿游来游去，涌起层层绿波，荷香阵阵飘来。这是净业寺外什刹海盛夏里的一幅动人景象。藕风、莲露、断虹、红窗、田田翠盖、鱼浪香浮，这些华美的意象组成了一个华丽的意境，令人心驰神往。

纳兰用畅游式的叙述，在观莲赏花之时，睹物思人，笔锋走偏，严严实实把严绳孙想念了一遍。咏物绘景如果只是停留在一般的景物描写，也没有多大意思，必须要抒怀，达到情景交融的状况，也就是王国维大师经常说的“境界”。

“藕风”，从字面理解就是荷花之上的轻风。“莲露”，指的是落在荷花之上的露水。后面加了一个“冷”字，形容落在荷花之上的露水之清之纯之净。“断虹”，一段彩虹。彩虹，常常在大雨之后的夏天形成。如果这样理解，那么纳兰是不是在雨后去的净业寺？有这种可能。

所以说，诗词不像散文，它必须用最为简短的文字来表达最为复杂的情感。如果这段是散文的话，那么，肯定要在“藕风轻，莲露冷，断虹收”句前加个“雨后”这两字。“帘钩”，窗帘之上的钩子，用以挽起窗帘。“红窗”，从字面理解是红色的窗子，这个词，我个人感觉，还是跟女子有关。“红窗”，应该可以理解成女子所住的闺房的窗子。这里，我个人觉得，也有这个意思。纳兰这里的“红窗”，也可以理解成装饰华美的窗子。

“初上帘钩”这句，交代了一个时间。我记得李清照在《凤凰台上忆吹箫》一词中这样写道：“香冷金猊，被翻红浪，起来慵自梳头。任宝奁尘满，日上帘钩。”这里的“初上帘钩”，跟李清照的“日上帘钩”，在我看来，意思相近。李清照这里的“日上帘钩”的意思是，太阳都升得很高了，当是接近中午的那个时间段。

而纳兰这里的“初上帘钩”，有专家认为，从前面的“藕风轻，莲露冷，断虹收”，就可以知道纳兰去观荷的时候，已经是黄昏了，所以，吹过荷花的时候，露水就有点冷了。而我怎么都觉得，这里把“初上帘钩”解释成为“黄昏”有点欠妥。我的看法则刚刚相反，这里的“莲露冷”写的是清晨至中午的这段时间。

如果纳兰要表达黄昏这个时间段，他完全可以用“初下帘钩”啊。就像李清照另外一首词《满庭芳》中写的那样：“小阁藏春，闲窗锁昼，画堂无限深幽。篆香烧尽，日影下帘钩……”这里的“日影下帘钩”，我觉得写的就是黄昏。把阳光“初上帘钩”，解释成为“黄昏”，是不是有点让人无法理解？我觉得，这里当是跟李清照的“日上帘钩”一样，指的是接近中午的这个时间段。

我这么一说，也许有人会问了，下句“田田翠盖，趁斜阳鱼浪香浮”这句，明明告诉你了，黄昏来了啊。我想提醒的是，在一首诗词当中，不一定是维持在一个时间段，它有可能是词人截取的好几个时间段发生的一些事情，放在一起。就像有很多专家想不通李清照的那首《一剪梅》：“红藕香残玉簟秋，轻解罗裳，独上兰舟。云中谁寄锦书来，雁字回时，月满西楼……”

有专家就认为，在“雁字回时，月满西楼”之时，词人是不可能“轻解罗裳，独上兰舟”的，更有甚者，为了维持上下这两句都是在一个时间段而发生的事情，竟然把“兰舟”解释成为“床”。他们认为这样一解释，就顺理成章了，直接就是雁子从窗外飞过，月亮照着她所住的房子，而词人轻解罗裳，准备上床睡觉了。这样的解释，就是缺乏想象力的标志，简直让人大跌眼镜。一首多么美好的词，经过他们一解释，诗意和美感全无。我不能不为这些专家僵化的思想而心生叹服。

除了这些专家们的解释，难道就没有另外一种可能吗？难道就不能是李清照早晨醒来，觉得秋天来了，荷花都凋谢了，床上的凉席上也有了些许的凉意，决定不要在床上睡了，起来轻解罗裳，独自乘着兰舟，去河中泛舟散心了吗？人家李清照说不定还做采莲女去采莲了呢。在这之前，李清照有过去河中泛舟的先例，这点我们不能忽略。

如果这里的“初上帘钩”，真的解释为“黄昏”，那我就真的无语了。难道，纳兰写这首词的时候，“上”和“下”都分不清？我想，纳兰也不至于犯这种低级的错误吧。

不过这里“藕风轻，莲露冷，断虹收”这句，是形容，也是拟人化的写法。用一个“冷”字就把荷花的柔弱之态给写了出来。

“田田翠盖，趁斜阳鱼浪香浮”这句，化用了《古乐府》中的民歌：“江南可采莲，莲叶何田田。鱼戏莲叶间。鱼戏莲叶东，鱼戏莲叶西，鱼戏莲叶南，鱼戏莲叶北。”一朵朵荷花在斜阳的光照之下盛开，一条条鱼儿在荷香中浮游。这简直就是江南水乡的一幅写意画。

田田的荷叶上，那一朵朵的洁白之花，那出类拔萃的美丽、清雅，那种出淤泥而不染，濯清涟而不妖，不枝不蔓、不亢不卑的境况，多么像严绳孙的品性，也多么像纳兰自己的品性。两个朋友，因此相互吸引。这是真正的儒雅。在纷纷扰扰的人世间，一个甘于寂寞的人，是一个可敬的人。

荷花的清高不是幽兰的冷僻孤傲，也不是梅花的冰清玉洁，更不是黄菊的萧萧索索。这是流落尘世而特立独行的洁身自爱，是真正的谦谦君子。清入关后，许多曾经激扬文字的文人志士和明朝的高官能臣，都摇身一变做了清朝的官宦或御用文人。反倒是严绳孙这样前明时代的文人，固执地在前明的挽歌里坚持某种信念。

物以类聚，人以群分。纳兰与严绳孙的投缘固然有官宦子弟与生俱来的性情，还有就是某种稀缺的品质而使他俩相互欣赏。

“此时画阁垂杨岸，睡起梳头”句，是纳兰站在净业寺看荷的时候，神游向外，幻想着严绳孙此时在他的家乡无锡的一些情景。如果把这段译成散文，我想一定是这样的：此时，我站在净业寺观看荷花的时候，我想你在自己的家乡，那鱼米之乡的生活是多么快乐而自由啊。

“画阁”，装饰华美的阁楼。“垂杨岸”，应该指的是那栽有杨柳的河边。这句的意思是:此时,在你的家乡,你才刚刚睡醒。其实,这是对严绳孙闲适生活的向往和羡慕。相对于自己的生活,严绳孙现在就是活在天堂,而纳兰觉得自己就活在地狱,两者相差甚远。纳兰过的是啥生活呢?我们从他寄给严绳孙的信中可以知晓:“弟秋深始得归,日直驷苑,每街鼓动后,才得就邸。曩者文酒为欢之事,今只堪梦想耳。兹于廿八日又扈东封之驾,锦帆南下,尚未知到天涯何处,如何言归期耶!弟比来从事鞍马间,益觉疲顿,发已种种,而执役如昔,从前壮志,都已隳尽。昔人言身后名不如生前一杯酒,此言大是。弟是以甚慕魏公子之饮醇酒近妇人也……沦落之余,方欲葬身柔乡,不知得如鄙人之愿否耳……”

我们常常在读纳兰词的时候,忽略了纳兰真实的愿望,甚至是渴望。我们当真关心他想做一个怎样的人、过怎样的生活吗?

“旧游踪,招提路,重到处,满离忧。想芙蓉湖上悠悠。红衣狼藉,卧看桃叶送兰舟。午风吹断江南梦,梦里菱讴”,下段,是抒情,是渴望。

“旧游踪”,曾经去游玩过的地方,也是曾经的欢娱之地。这个词,其实本身就充满了强烈的回忆和怀念的气息。我记得,晏小山也用过这个词:“秋千院落重帘幕,彩笔闲来题绣户。墙头丹杏雨余花,门外绿杨风后絮。 朝云信断知何处?应作襄王春梦去。紫骝认得旧游踪,嘶过画桥东畔路。”

晏小山这首词,一定是写给某个他深爱着的、一直无法忘记的女子的。黄苏说:“末二句言重经其地,马尚有情,何况人乎?似为游冶思其旧好而言。”老马识途。而马尚且对过去的路途这么熟悉,何况人呢?岂不是闭上眼睛就能到达呢?纳兰在这里,表达的情绪估计跟小山一样。唯一不同的是,一个是为友情,另外一个是为爱情。

“招提路”:梵语,“四方”之意。后来,成为寺庙的代称。这里的意思当是通向净业寺的路。

这句“旧游踪，招提路，重到处，满离忧”的意思是：我脚下这条寺院的路，我们当初曾经一起走过，如今旧地重游，心里充满离别的忧伤。

“想芙蓉湖上悠悠。红衣狼藉，卧看桃叶送兰舟”这句，也是想象式。这里是纳兰在自己的脑海中想象着严绳孙正在做的一些事情。

“芙蓉湖”，湖名，在严绳孙的家乡无锡县西北，据说又名上湖和射贵湖。“红衣狼藉”，是指荷花的凋落。我觉得此句是化用了元好问的词“红衣半落，狼藉卧风雨”。

我记得元好问在《摸鱼儿》中用过这个词：“问莲根、有丝多少，莲心知为谁苦？双花脉脉妖相向，只是旧家儿女。天已许。甚不教、白头生死鸳鸯浦？夕阳无语。算谢客烟中，湘妃江上，未是断肠处。　香奁梦，好在灵芝瑞露。人间俯仰今古。海枯石烂情缘在，幽恨不埋黄土。相思树，流年度，无端又被西风误。兰舟少住。怕载酒重来，红衣半落，狼藉卧风雨。”

元好问为什么写这首词呢？金章宗在位的时候，河北大名县有两个年轻男女，因为相爱却不能得到家庭的认可，而赴水殉情了。当地官员派人下河寻找，却始终没有发现两人的尸体。最后有人在水中采藕，看到两具尸体，衣服仍然可以查验，所以大家才知道这个事情。第二年，这个河里的莲花都并蒂盛开……

这里的“红衣半落，狼藉卧风雨”，指的应该就是荷花的零落。在这首词中，元好问把这两个年轻人喻做河中之莲，盛赞他们伟大而坚贞的爱情。

“桃叶”，是一个女子的名字，也有专家解释为“桃叶渡”。这也是一个爱情故事。故事跟晋朝著名的书法家王献之有关。桃叶，王献之的小妾。王献之跟桃叶两人感情很好，王献之还为她写过一首诗：“桃叶复桃叶，渡江不用楫。但渡无所苦，我自来迎接。”桃叶和道：“桃叶复桃叶，渡江不待橹。风波了无常，没命江南渡。”

桃叶还有两首诗是这样写的：“桃叶映花红，无风自婀娜。春花映何限，感郎独采我。”“桃叶复桃叶，桃叶连桃根。相怜两乐事，独使我殷勤。”后来，诗人们就喜欢用“桃叶渡”来代指渡口。这里的“桃叶送兰舟”，指的应该是有情男女的分离。“兰舟”，舟的美称，就是小船。“桃叶”代指女子，“兰舟”代指男子。

这句“想芙蓉湖上悠悠。红衣狼藉，卧看桃叶送兰舟”，我们可以这样理解：我想你在芙蓉湖上此时正在悠然自得地泛舟其上，你躺在小船上，任风把船儿摇来摇去，看着荷花凋零，又默默地看着情人之依依惜别的场景。那是多么悠闲、多么惬意啊！

“菱讴”，采菱人所唱的歌。一阵午风把纳兰吹回到了现实当中。这句“午风吹断江南梦，梦里菱讴”，可以这样理解：唉，一阵午风吹来，吹断了我沉醉在江南的思绪，我只有在梦里才能和你一起再唱采菱歌了。

曲曲折折的荷花池上面，弥望的是田田的叶子，微风过处，送来缕缕清香，仿佛远处高楼上渺茫的歌声……

写到这里，为什么又是“午风”了呢？竟然是“午风”，难道第二天纳兰才醒来吗？

此时，纳兰站在净业寺旁的莲花旁，怀抱着另外一朵莲花，想念着自己遥远的朋友。

朋友就是一片茶叶，要用心灵之泉的水才能泡出沁人的芳香。

后记 不负人，终负己

今年，身体多病，心灵抑郁，不想说话，一说话就想发脾气，这不是我想要的结果。于是，只能把自己关在家里，安静地和自己为伴，在孤独中越陷越深。手术之后，未能恢复得那么好，所以，怕冷，基本上靠吃药维持。这是我写这本书之前、之时、之后的一些状况。

独自坐在窗前，星光闪烁，像一个人脸上的泪水。张小娴说：天上的星星，是情人的眼泪。而我脸上不停落下的泪水，又是为了谁呢？恐怕，这仅仅是我对这个人世的悲悯吧。张爱玲说：因为懂得，所以慈悲。因为懂得了生命，所以，我总是会有一种捂都捂不住的疼。我保持了对细小事物甚至微不足道事物的怜惜、敏感和热爱。

这么多年，一直热爱文字，热爱诗词，并坚持用它们柔软自己，洗净自己。写这些文字的时候，心里的疼痛和身体上的病痛纠缠在一起，它们像一条蛇一样疯狂地扑向我，咬我，并渴望吞吃我。而我唯一的一点抵抗，就是我对这个凉薄尘世的热爱，还有对某些人的眷恋。

诗人孙文波说：开始不是快乐的，到结束都不是。是啊，这个世界，快乐是虚伪的东西，唯有伤痛才是永恒的存在。这个静夜，万家的灯火，渐次熄灭，这种平凡的场景，让我泪流满面。越来越喜欢这种平凡、平淡而俗气的东西，因为这些才让我觉得暖和。它们真切地抵达我内心柔软的角落，找到一些对应的痕迹。记得功夫大师李小龙说过：平淡是真，简捷为美。

一个写作者，不过就是在寻找一个能和自己内心和灵魂相匹配的东西、位置和人。我用了很多的夜晚，独自行走在纳兰容若的情感世界里，不停地和他的情感匹配着，并因此接近了自己内心的疼。此时，对于我这个用心热爱，以及身体背负病痛、心灵背负煎熬的人来说，是何等的残忍。但人生又是因为这些残忍才真实地可感可触。

这可能是我最后一次去解读纳兰容若的情感世界了，每当读到纳兰容若的词，我总是觉得，不是纳兰在疼、在叹息、在流泪、在绝望，甚至是在等待，而是我自己。每次读纳兰容若的时候，我的心都止不住地疼。因为，我读的不是纳兰容若，而是我自己。

这个世界，真的是触手冰凉，就像晏几道所说得那样：自古人意，薄于云水，佳会更难重。这样一个和纳兰容若一样深情的男子，为什么就没有人知道怜他惜他知他？

一生短暂，我们能紧紧抓住的会有什么？爱如捕风，命如花瓣，如此而已。我们怎么用心用力，有很多人和事我们都无法亲近并占有或抓住。纳兰容若如此，晏几道如此，李商隐如此，柳永如此，黄景仁如此，项莲生如此，秦观可能也如此，我自己更是如此。

诗人柏桦说：回忆，是我们的命运。是啊，对于一个诗人来说，写出来的东西，不过就是已经逝去或正在逝去的人事，除此之外，文字的存在还有什么意义？读纳兰词，其实，在我看来，就是读他的回忆，读他自己内心的不舍而已。不舍，是因为早已失去，自己不想放开这最后一缕暖。这种暖虽然慢慢会变冷，但对于诗人们来说倍觉珍贵。

我早年说过：回忆，就是要自己再破碎一次。这种疼痛，绝不是那种重生之后的喜悦，而是那种被强行掐灭的疼。一个人不快乐，无非就是想不开，放不下，忘不了。虽然失去了，但自己的内心仍然还执著地留在原地，一动未动。说来说去，活在这个世界，有很多事情，有很多情绪，我们只能如鱼饮水，冷暖自知而已。

对此，纳兰容若是深有体会的。从前，我想做很多人的朋友，而此时，不想再交新朋友，虽然心里想做一个人的朋友，却未能如愿。因为朋友这两个字当中，蕴含了一种不管人生有多大的风雨，我都要和他“执子之手，与之偕老”的认真，所以，在这个如此凉薄的人世，我再也负担不起。在我看来，真正的朋友，就要像多多所写的：“你跟或不跟我，我的手就在那里，不离不弃。”

为什么我再也负担不起呢？因为，相交满天下，知心能几人？世事零落，内心虽然倍感凄楚，但也毫无办法。如果既是知心人，又何必离得那么近？既是知心人，便不可能离开我们，而是会默默地站在远处关心着我们，会在我们需要帮助的时候，伸出他温暖的手。既是如此，这样的人在我们的一生必定不会遇到太多，有一个足以安慰我们空洞的内心。

有西方人认为，爱人是脸对脸的，而朋友是肩并肩的。而那个武侠小说大师古龙这样说过：“朋友是不分尊贵贫贱、职位高低的，朋友就是朋友。朋友，就是你在天寒地冻的时候，想起来心中会有一丝丝暖意的人。”看来，朋友需要肩并肩一起走过人生，不管遇到多大的雨水，多狂的冷风，都一起走到底。所以，此时，我负担不起这样的长久，这样的重。

为此，我常常在读完纳兰容若的时候，心里暗生温暖。纳兰容若虽然未能得到让他满意的爱情，但他得到了像顾贞观和张见阳这样值得以命相许的朋友，这多少让我为他这短暂的一生感到欣喜和安慰。生命，重要的不是长度，而是质量。这质量，在我看来，就是到底有没有用心对待这个世界，以及自己身边的人。

纳兰容若的词，让人感动的就是他的真情。除此之外，他的词不再具有什么意义。著名的词评家陈廷焯这样说过："情有所感，不能无所寄；意有所欲，不能无所泄。古之为词者，自抒其性情，所以悦己也。今之为词者，多为其粉饰，务以悦人，而不恤其丧也，而卒不值识者一噱。"况周颐比陈廷焯说得更简单一些："真字是词骨，情真、景真，所作必佳。"宗白华在他的著作《美学散步》中说得更加清楚："深于情者，不仅对宇宙人生体会到至深的无名的哀感，扩而充之，可以成为耶稣、释迦的悲天悯人，就是欢乐的体验也是深入肺腑，惊心动魄。"

祖籍扬州的宁萱女士认为"情真、情假，与悦己、悦人，乃是词及一切文学艺术高低优劣的分水岭。悦人之作，即使费尽推敲之思，也难以打动人心；悦己之作，即便脱口而出，也必定打动人心"。宁萱女士，估计很少人能知道，但如果说到她的老公，很多人都应该认识。她的老公乃是余杰。两个人都是基督徒，跟我的信仰相同。所以我觉得，这里的文学观，其实不仅仅是宁萱女士的，更是余杰的。

纳兰词，在纳兰写的时候，都不是为了悦人的，而是为了悦己。他不过只是在宣泄自己内心的思念，内心的悲痛，这些真情实感而已。所以，他的词，晏小山的词，李煜的词，项莲生的词，黄景仁的诗等等，都是悦己之作。而悦己之作，在我看来，不过就是自己说给自己听的话语。换句话说，就是在词语中我遇到了我。西方有人这样说：自言自语，才是最好的文学。诚乃知者之言。

越写心里越凉。纳兰和我一样，不想负人，但最终负的只能是自己。所以，在爱别人的时候，我们也要考虑爱惜自己。因为，只有自己才能爱自己。我不渴望得到别人的爱，我也不渴望得到什么怜悯，甚至是同情，我只渴望得到大家的理解。这本《今生最爱纳兰词》，不管读者喜欢不喜欢，但我自己喜欢，它是我亲自经过阵痛生下的孩子。

杜拉斯说：打开一本书，就是漫漫长夜。是啊，早年无法理解这句话的意义，而如今理解了，已经再也没有多少力气去阅读，去写作。这本《今生最爱纳兰词》，至少，我认为自己是用了心去写的，是经过了漫漫长夜的煎熬，是我遇见了我。仅此而已。

纳兰为什么只活了三十多点？我想，到是可以用一句古人的话来解释。古人说：情深不寿，慧极必伤。纳兰其实是死于对其表妹的深情，对其妻的愧疚。他其实，对这个尘世是毫无眷恋的。但至少，我对这个尘世还有眷恋。因为，这个尘世之上，还活着让我眷恋的人，让我远远观望的人，就像迪克牛仔唱道：能看你一生幸福到老，这样就好。

亲爱的读者们，感谢你们陪我一起渐渐老去。感谢你们原谅我放纵自己，一次次在文字当中遇到我自己。亲爱的读者们，请你们一定要比我幸福。请那个站在远方让我一直观望的人，也一定要幸福。愿每一个人都能得到幸福的眷顾。

孙文波说，我打开酒瓶，微醉中自我祝福：生活，你不给予我幸福，请给予我平静。

是啊，愿上帝给我力量，让我平静地面对身体上的病痛、心灵的煎熬，以及一切的得到和失去。

最后借宁萱女士的一段话结束吧：世事喧嚣，人生寂寞。我一直以为，支撑我生活的动力，便是罗素所称的三种单纯然而又极其强烈的激情：对爱情的渴望、对知识的渴求，以及对于人类苦难痛彻肺腑的怜悯。而在这样的动力下生活，注定是孤独，无尽的、近于绝望的孤独。我想，在这片已经不再蔚蓝、不再纯洁的天空下,如果还有一双眼睛与我一同哭泣,那么生活就值得我为之受苦吧。

是的,如果还有一双眼睛与我一同哭泣,那么,我宁愿忍受一切的得到和失去,甚至是自己内心的煎熬,纵然不能让这些哭泣的人找到幸福和快乐,但至少我愿意陪他们一起哭泣。索非亚·罗兰曾说过:“如果你没有哭过,你的眼睛就不会迷人。”是啊,纳兰容若的眼睛,无疑让我着迷。因为,他的眼睛跟我的眼睛有一种很是接近的颜色。

陈忠涛于2013年1月26日深夜